BY THE PRICKING OF MY THUMBS

AGATHA CHRISTIE COMPLETE COLLECTION
BY THE PRICKING OF MY THUMBS
엄지손가락의 아픔 애거서 크리스티 장편 소설 | 홍현숙 옮김
황금가지

BY THE PRICKING OF MY THUMBS

나는 한국에서 우리 할머니의 작품을 정식으로 출간한다는 소식을 듣고 무척 기뻤다. 할머니가 1920년부터 1970년 무렵까지 오랜 세월에 걸쳐 집필한 작품들은 21세기인 지금 읽어도 신선하고 재미있다. 등장 인물들이 워낙 자연스러워서 요즘 사람들과 다를 바 없고 이들이 등장하는 상황과 장소가 전 세계 사람들의 애정과 향수를 자극하기 때문이다. 한국 독자들은 이번에 새로 나온 정식 한국어 판을 통해 그 동안 접하지 못했던 애거서 크리스티의 일부 작품들을 읽을 수 있을 것이다. 덕분에 한국에 새로운 세대의 애거서 크리스티 팬들이 탄생할지도 모르겠다는 생각을 하면 가슴이 벅차다.

애거서 크리스티는 대표적인 두 명의 주인공으로 기억되는 작가이다. 14권의 작품에 등장하는 마플 양은 영국의 작은 시골 마을에서 평온한 나날을 보내며 뜨개질과 수다로 소일하는 미혼의 할머니이지만, 놀라운 기억력과 날카로운 두뇌 회전으로 주변에서 벌어진 살인 사건을 해결한다.

그리고 마플 양과 상반되는 성격을 지닌 에르퀼 푸아로는 자신만만하고 콧수염을 포함한 자신의 외모와 벨기에라는 국적에 대한 자부심이 상당하다. 그는 이집트와 이라크를 비롯한 세계 각지에서 수수께끼를 해결하며 『오리엔트 특급 살인 *Murder On The Orient Express*』, 『나일 강의 죽음 *Death On The Nile*』, 『애크로이드 살인 사건 *The Murder Of Roger Ackroyd*』 등 애거서 크리스티의 여러 대표작에 모습을 드러낸다.

황금가지의 대담하고 참신한 표지와 전반적인 디자인 덕분에 작품의 성격이 잘 살아난 것 같아 기쁘다. 또한 한국 독자들이 할머니의 원작이 지닌 참된 묘미를 느낄 수 있도록 충실한 번역을 위해 애써 준 점도 높이 사고 싶다.

할머니의 작품이 20세기의 그 어떤 작가들보다 많이 팔리고 있는 이유는 나이와 국적에 상관없이 읽을 수 있는 재미와 감동을 갖추었기 때문이다. 모쪼록 한국 독자들도 황금가지에서 선보이는 애거서 크리스티 작품들을 즐겁게 감상하기를 바란다.

매튜 프리처드

애거서 크리스티의 손자

ACL 이사장

'토미와 터펜스는 잘 있나요? 요즘은 어떻게 지내죠?'라며 내게 안부 편지를 보내온, 영국과 다른 나라의 많은 독자에게 이 책을 바친다. 여러분 모두에게 안부를 전하며 토미, 터펜스와 즐거운 해후를 나누길 바란다. 더 늙긴 했지만, 영혼은 조금도 시들지 않은 이 부부와!

—애거서 크리스티

엄지손가락의 아픔이 느껴지는 걸 보니,

뭔가 불길한 일이 닥치려나 보다.

— 셰익스피어의 『맥베스』 중에서

차례

제1부
양지바른 언덕

에이다 이모

　베레스퍼드 부부는 아침 식탁에 앉았다. 두 사람은 평범한 부부로, 이들과 똑같은 노년의 수많은 부부가 같은 시각에 영국 전역에서 아침을 먹고 있었다. 그날은 평범한 보통 날이었다. 일주일 중 닷새를 차지하는 그렇고 그런 날 말이다. 비가 올 것 같긴 했지만, 그렇다고 완전히 찌푸리지도 않은 날씨였다.

　토미 베레스퍼드의 머리칼은 한때 붉은색이었다. 아직 붉은 흔적이 남아 있긴 했지만, 이제 대부분 모래 빛깔이 섞인 회색으로 변색된 터였다. 붉은 머리칼을 가진 사람이 중년에 이르면 종종 그렇게 되듯이 말이다. 터펜스 베레스퍼드의 머리는 젊었을 때는 부스스하고 심하게 곱슬거렸다. 하지만 이제 그 검은 머리칼에 되는 대로 잿빛 줄무늬가 섞여 들어 오히려 보기 좋았다. 베레스퍼드 부인은 머리칼을 염색할 생각도 해 보았지만, 결국 타고난 대로 사는 게 더

낮다는 결론을 내렸다. 부인은 대신 얼굴이 환해 보이는 새 립스틱을 바르기로 했다.

나이 든 부부는 마주 앉아 아침 식사를 시작했다. 제삼자가 이 광경을 본다면, 분위기는 좋지만 이들에게서 별다른 점은 찾아볼 수 없다고 말할 것이다. 그 제삼자가 젊다면, 이렇게 덧붙일지 모른다.

"그래요, 분위기가 밝긴 해요. 그렇지만 역시 끔찍하게 지루해 보여요. 노인들이 다 그렇듯이 말이죠."

하지만 베레스퍼드 부부는 아직 스스로를 늙었다고 생각하는 나이에 이르지 않았다. 게다가 이들은 물론, 다른 나이 든 부부도 단지 나이가 들었다는 이유만으로 자동적으로 끔찍하게 지루해 보인다는 판결을 받는다는 사실을 꿈에도 생각지 못할 것이다. 물론 그렇게 생각하는 것은 젊은이들뿐이다. 그래도 이들은 젊은이들이 인생에 대해 아는 게 뭐가 있겠느냐며 관대하게 넘길 것이다. 가엾은 것들, 젊은이들은 온갖 시험과 성생활, 튀는 옷차림과 색다른 머리 모양을 고민하느라 여념이 없지. 베레스퍼드 부부가 보기에 자신들은 한창때를 막 지났을 뿐이다. 이들은 자신은 물론, 상대인 배우자를 사랑하며 조용하지만 행복한 하루하루를 보냈다.

물론 우리 모두에게 그렇듯이, 이들에게도 중대한 순간이 닥쳤다. 토미가 편지 한 통을 펴서 훑어본 후에 자그마한 편지 더미 위에 그것을 왼손으로 올려놓았다. 그는 다음 편지를 집어 들었으나, 펼치지는 않고 그냥 손에 들고만 있고 그것을 읽지는 않았다. 토미의 시선은 토스트를 올려놓은 접시에 머물러 있었다. 아내가 잠시 그를 바라보다 입을 열었다.

"왜 그래요, 여보?"

"왜 그러냐고? 왜 그러냐고?"

토미가 웅얼거리자 터펜스가 재촉했다.

"내 말이 그 말이에요."

"왜 그러긴 뭘 왜 그래. 무슨 일이 있다고."

"뭔가를 골똘히 생각하고 있잖아요."

터펜스가 나무라듯 쏘아붙였다.

"아무 생각도 안 하고 있었어."

"아니, 하고 있었으면서. 무슨 일이에요?"

"아무것도 아냐. 무슨 일이 있겠어? 배관공이 청구서를 보냈군."

"아, 예상보다 많이 나와서 그러는군요."

터펜스가 알겠다는 듯한 표정으로 대꾸했다.

"당연하지. 늘 그랬잖아."

"왜 우리가 배관 일을 배우지 않았는지 모르겠어요. 당신이 배관 일만 배웠어도 난 배관공 아내가 되어서 매일매일 돈을 긁어모았을 텐데."

"멀리 내다보는 눈이 없어 그런 기회를 못 본 거지."

"방금 보고 있었던 게 배관공이 보낸 청구서였나요?"

"아니, 전단지를 보고 있었어."

"비행 청소년이나 인종 차별 폐지에 관한?"

"아니, 양로원이 또 하나 문을 열었대."

“뭐, 그쪽이 오히려 낫네요. 하지만 당신이 그 일에 대해 그토록 근심스러운 표정을 짓는 이유를 모르겠군요.”

“그 생각을 하고 있었던 게 아냐.”

“그럼, 무슨 생각을 하고 있었나요?”

“그냥 어떤 생각이 들었을 뿐이야.”

“무슨 생각이죠? 결국 털어놓게 될걸요.”

“대단한 일은 아냐. 그러니까 그냥, 에이다 이모 생각을 하고 있었지.”

“그랬군요.”

터펜스가 알겠다는 듯이 말하고는 생각에 잠긴 듯 나지막한 소리로 중얼거렸다.

“그래요, 에이다 이모님 말이죠.”

두 사람의 눈이 마주쳤다. 유감스럽게도, 사실 요즈음 거의 모든 가정에는 ‘에이다 이모’ 문제라고 할 만한 고민거리가 있다. 어밀리아 이모, 수전 이모, 캐시 이모, 조앤 이모 등 이름은 제각기 다르지만 말이다. 이들은 할머니일 수도, 연로한 사촌일 수도, 심지어는 이모 할머니일수도 있다. 어쨌든 이들의 존재는 삶의 문제를 던진다. 이에 대한 적절한 해결 방법을 찾아야 한다. 적당한 노인 시설을 조사하고 그 시설에 관해 온갖 질문을 퍼부어야 한다. 벡스힐에 있는 ‘월계수 양로원’이나 스카버러에 있는 ‘행복한 초원 양로원’ 같은 곳에서 ‘완벽하게 행복한 삶을 살다 돌아가신’ 에이다 이모 같은 분을 둔 친구들과 담당 의사에게 조언을 구해야 한다.

엘리자베스 이모, 에이다 이모와 같은 많은 노인들이 오랫동안

머문 자신들의 집에서 헌신적이지만 때로는 독단적이기도 한 늙은 하인의 보살핌을 받으며 행복하게 살던 시절은 이제 지났다. 옛날에는 양쪽 다 그런 해결책에 전적으로 만족했다. 꼭 하인이 아니라도, 어느 집에건 가난한 친척, 빈곤에 시달리는 조카, 좀 모자라는 노처녀 사촌이 있게 마련이었다. 그들은 모두 맛있는 세끼 식사와 포근한 침실을 갖춘 부잣집을 열망했다. 수요와 공급이 서로를 만족시키며 모든 것이 원활하게 돌아가는 셈이다. 하지만 요즘은 사정이 달라졌다.

오늘날의 에이다 이모 같은 노인에게는 적당한 해결책이 반드시 있어야 한다. 관절염이나 다른 류머티즘성 질환으로 집에 혼자 있다가 걸핏하면 계단에서 넘어지거나, 만성 기관지염을 앓고 있거나, 이웃과 다툼을 벌이거나, 상점 주인에게 욕을 퍼붓는 노인들에게 적절한 조치가 필요하듯이.

불행히도 에이다 이모는 나이 면에서 정반대 입장에 있는 아이들보다 한결 더 골치 아픈 존재이다. 아이들은 고아원에 보내거나, 낯선 사람을 친척이라고 속여 기르게 하거나, 휴일에 맡아 주는 적당한 학교에 집어넣거나, 승마 여행이나 캠프를 물색해 보내 버리면 된다. 아이들이 자신들에게 내려진 이런 처분에 이의를 제기하는 경우는 거의 없다. 하지만 에이다 이모의 경우는 완전히 다르다. 터펜스 베레스퍼드의 혈육인 프림로즈 이모할머니는 끔찍한 골칫거리였다. 프림로즈 이모할머니를 만족시키는 것은 불가능했다. 나무랄 데 없는 주거 환경과 노인을 위한 모든 편의 시설을 갖춘 곳임에

도, 프림로즈 이모할머니는 양로원에 들어가자마자 조카 손녀에게
그곳을 대단히 칭송하는 편지를 남기더니, 화를 내며 아무런 예고
도 없이 그곳을 나와 버렸다.

"눈에 흙이 들어가기 전에는 안 돼. 그런 곳에는 1분도 더 있을 수
가 없다고!"

1년 남짓한 기간 동안 프림로즈 이모할머니는 비슷한 시설을 열
한 군데나 들락거렸고, 마침내 아주 매력적인 청년을 만났다는 편
지를 보내왔다.

정말이지 헌신적인 청년이야. 어린 나이에 어머니를 여의어서 그런
지 누군가를 간절히 모시고 싶어 하지. 그래서 내가 아파트를 세주고,
그 청년이 들어와 나와 함께 살 계획이란다. 우린 둘 다 이 방법에 대
만족이야. 우리는 서로를 위해 태어난 사람들 같아. 사랑하는 프루던
스, 넌 이제 신경 쓸 필요 없단다. 이제 앞날에 대한 걱정이 없구나.
내일은 내가 머빈보다 일찍 죽을 경우에 대비한 대책을 논의하러 변
호사를 만날 예정이란다. 자연의 이치대로라면 의당 내가 먼저 죽게
되지 않겠니? 물론, 지금은 내 건강 상태가 아주 좋아서 그런 걱정을
할 필요가 없지만 말이다.

터펜스는 서둘러 북부로 갔다(그 사건은 애버딘에서 벌어졌다). 하
지만 그곳에는 이미 경찰이 도착해 있었다. 경찰은 얼마 전부터 거
짓 핑계로 돈을 갈취해 온 사기꾼을 추적하고 있었고, 그 결과 매력

이 넘치는 머빈을 구속했다. 프림로즈 이모할머니는 대단히 분개하며 부당한 음해라고 주장했으나, (스물다섯 개의 다른 사건이 계류 중인) 법원의 재판에 참석한 후에는 자신의 젊은 피보호자에 대한 생각을 바꿀 수밖에 없었다.

"터펜스, 내가 가서 에이다 이모님을 뵙고 와야 할 것 같아. 이모님을 뵌 지도 꽤 되었으니."

"그런 것 같아요. 얼마나 되었죠?"

터펜스가 시큰둥하게 묻자 토미가 잠시 생각한 후 대답했다.

"1년 가까이 된 것 같아."

"그보다 더 되었을걸요. 1년이 넘은 것 같아요."

그 말에 토미는 잠시 시간을 따져 보았다.

"맙소사, 시간이 정말 빠르다니까. 그렇지 않아? 그렇게 오래되었다는 게 믿기지 않아. 하지만 당신 말이 맞는 것 같네, 터펜스. 이모님에 대해 그렇게 까맣게 잊고 지냈다니 끔찍하군, 안 그래? 죄의식이 들 정도야."

"그렇게 생각할 필요 없어요. 그래도 이모님께 선물도 보내고 편지도 부쳤잖아요."

"아, 그랬지, 맞아. 당신은 그런 일에 아주 능해, 터펜스. 하지만 가끔 책에 보면 무척 우울한 얘기들이 있잖아."

"도서관에서 빌려 온 그 저급한 책 생각을 하고 있군요. 가난한 노인들이 얼마나 끔찍한 생활을 하는지, 얼마나 고생하는지에 대한 책 말이에요."

"그건 실화에 기반한 거였어."

"그럼요, 그런 곳이 틀림없이 있을 거예요. 끔찍하리만큼 불행한, 불행할 수밖에 없는 사람들도 있다고요. 하지만 우리가 뭘 어쩌겠어요, 토미?"

"최대한 조심하는 것 외에 뭐가 있겠어. 양로원을 선택할 때 신중을 기하고, 모든 것을 샅샅이 따져 보고, 능력 있는 의사의 치료를 받을 수 있는지 확인해야겠지."

"머리 씨보다 더 훌륭한 의사는 없다는 걸 당신도 인정할 수밖에 없을걸요."

"맞아. 머리 씨는 최고 수준의 의사야. 친절하고 참을성 있고. 문제가 있었다면 벌써 연락이 왔을 거야."

토미의 표정이 밝아졌다.

"그러니까 걱정할 필요 없다니까요. 이모님 연세가 지금 어떻게 되시죠?"

"82살. 아니, 아냐. 83살이 되셨을걸. 너무 오래 살아 다른 사람들이 먼저 죽는 걸 보는 건 오히려 끔찍할 것 같지 않아?"

"그건 우리 생각일 뿐이에요. 다른 사람들은 그렇게 생각 안 해요."

"장담할 순 없을걸."

"그러니까 당신의 에이다 이모님은 안 그러시다고요. 그분이 먼저 떠나보낸 옛 친구들의 숫자를 우리에게 들려줄 때, 이모님 눈이 얼마나 반짝거렸는지 기억 안 나요? 끝으로 이모님은 에이미 모건이 앞으로 6개월도 넘기지 못할 거라는 소식을 들었다고 말씀하셨죠. '그 친구는 내가 너무 까다롭다며 자기가 나보다 오래 살 게 분명하다고 입버릇처럼 말해 왔지. 하지만 내가 그 애보다 훨씬 오래 살게 되었다고.' 그때 이모님이 얼마나 의기양양해 하셨다고요."

"그래도……."

"알아요. 알아. 그래도 당신은 의무감을 느끼고, 그래서 가 봐야겠단 거죠."

"내 생각이 뭐가 틀려?"

"유감스럽게도 당신 생각이 옳아요. 그것도 절대적으로. 근데 나도 가겠어요."

터펜스가 영웅적인 선언이라도 하는 듯이 덧붙였다.

"안 돼. 왜 당신이 간단 말이야? 그분은 당신 이모가 아니야. 아냐, 나만 가면 돼."

"아뇨, 나도 고난을 겪어야겠어요. 우리 둘이 짐을 나눠 져야죠. 당신에게 그 일이 즐거울 리 없고, 나 또한 그래요. 게다가 에이다 이모님 역시 단 한순간도 즐거워하실 것 같지 않아요. 하지만 가긴 가야죠."

"아냐, 당신은 안 가는 게 좋겠어. 지난번에 이모님이 당신한테 얼마나 무례하게 대하셨는지 벌써 잊었단 말이야?"

"난 그런 거 개의치 않아요. 아마도 그때가 우리와 함께한 시간 중에 그 가엾은 노인이 즐거워한 유일한 순간이었을 거예요. 그런 일로 그분을 원망하진 않아요. 한순간도요."

"당신은 늘 이모님께 상냥했어. 그분을 별로 좋아하지도 않으면서 말이야."

"누가 에이다 이모님 같은 분을 좋아하겠어요. 한 명도 없을걸요."

"노인들을 보면 어쩔 수 없이 마음이 아파진단 말이야."

"난 안 그래요. 난 당신처럼 천성이 선하지 못하거든요."

"여자인 당신이 더 잔인한 데가 있어."

"그럴지도 몰라요. 여자들은 모든 일을 현실적으로 보는 경향이 있거든요. 착한 사람이 늙거나 아프면 나도 마음이 아파요. 하지만 착한 사람이 아니면 얘기가 달라지죠. 당신도 그럴걸요. 만일 누군가 20살에 상당히 심술궂고 40살이 되어도 똑같이 고약하고 60살에는 더 사악해져서 80살 무렵에 완벽한 악마가 된다면, 그런 사람이 단지 늙었다는 이유만으로 마음 아파할 이유가 뭐가 있겠어요. 사람들은 별로 달라지지 않아요. 70살이나 80살이 되어서도 정말로 좋은 사람들도 있긴 하죠. 보챔프 부인이나 메리 카 할머니, 그리고 우리 집에 종종 와서 청소를 해 주는 빵집 제빵사 할머니이신 포플릿 부인 같은 사람들 말이에요. 그렇게 친절하고 좋은 사람들을 위해서라면 난 뭐든지 할 수 있다고요."

"알았어, 알았다고. 현실적이 되란 말이지. 하지만 당신이 정말로 숭고한 마음에서 나와 함께 가고 싶다면……."

"나도 같이 가겠어요. 좋든 나쁘든 난 당신과 결혼했다고요. 에이다 이모님은 단연코 나쁜 쪽이 되겠지만 말이에요. 그래도 난 당신 손을 잡고 함께 갈 거예요. 이모님께 꽃 한 다발과 시럽이 든 초콜릿 한 상자, 그리고 잡지 한두 권을 갖다 드려요. 또 그……. 이름이 뭐더라? 그 여자한테 편지를 띄워서 우리가 간다고 알리는 게 좋을 거예요.”

“다음 주로 할까? 난 화요일이 좋아. 당신만 괜찮다면 말이야.”

“화요일로 해요. 그 여자 이름이 뭐였지? 생각이 안 나네요. 수간호사인가 관리인인가 하는 여자 말이에요. P로 시작되는 이름인데.”

“패커드 원장.”

“맞아요.”

“어쩌면 이번엔 다를지도 몰라.”

“다르다고요? 어떻게?”

“나도 몰라. 하지만 뭔가 흥미로운 일이 일어날 것 같아.”

“가는 길에 기차 사고가 일어날지도 모르죠.”

터펜스가 조금 밝아진 표정으로 말했다.

“기차 사고가 일어나길 바라는 거야?”

“물론 바라는 건 아니고, 그저…….”

“그저, 뭐?”

“어떤 식으로든 모험이 벌어지지 않겠어요? 인명을 구하거나 뭔가 좋은 일을 한다거나 하는, 유용하면서도 신나는 일 말이에요.”

“기대할 걸 기대해야지!”

“알아요. 그냥 가끔 그런 생각이 들 때도 있다는 거죠.”

토미가 쏘아붙이자 터펜스도 동의했다.

'양지바른 언덕'이 어떻게 그런 이름을 갖게 되었는지는 알 수 없었다. 그곳은 딱히 언덕이라고 할 수 있는 곳도 아니었으며, 지형이 평평해서 누인 거주자들에게 대단히 저합할 것 같았다. 넓기만 별다른 특징 없는 평범한 정원이 딸려 있는 건물은 상당히 큰 빅토리아풍의 저택으로 상태가 양호했다. 여기저기 기분 좋은 나무 그늘이 드리워져 있고, 미국담쟁이덩굴이 벽면을 타고 기어오르고 있었으며, 칠레소나무 두 그루가 이국적인 정취를 더해 주었다. 햇살을 받기 좋은 곳에 벤치가 놓여 있고, 노부인들이 동풍을 피해 앉을 수 있도록 베란다에도 정원용 의자가 한두 개 놓여 있었다.

토미가 현관의 초인종을 눌렀다. 그러자 피곤해 보이는 얼굴에 나일론 작업복을 입은 젊은 여직원이 토미와 터펜스를 공손히 맞아 주었다. 직원은 작은 접견실을 가리켜 보이며 다소 숨이 찬 듯 말했다.

"패커드 원장님께 알려 드리겠습니다. 두 분이 오는 걸 알고 계셨으니 곧 내려오실 거예요. 하지만 조금 기다려야 하실지도 모르겠네요. 캐러웨이 부인 때문에요, 그분이 또 골무를 삼키셨거든요."

"대체 왜 그런 짓을 하시는 거죠?"

터펜스가 놀라서 물었다.

"재미로 그러시죠. 늘 그러시는걸요."

여직원이 그렇게 간단히 설명한 후 방에서 나갔다. 터펜스가 자리에 앉아 생각에 잠긴 듯 말했다.

"나라면 골무를 삼키는 게 재미있지 않을 텐데. 내려갈 때 이러저리 걸리는 느낌이 끔찍할 거야. 그렇게 생각하지 않아요?"

잠시 후, 문이 열리고 패커드 원장이 늦어서 미안하다며 접견실로 들어섰다. 패커드 원장은 체구가 크고 모래 빛 머리칼을 한 50세가량의 여인으로, 만날 때마다 토미가 늘 경탄해 마지않는 침착한 자신감을 지니고 있었다.

"기다리시게 해서 죄송합니다, 베레스퍼드 씨. 처음 뵙겠습니다, 베레스퍼드 부인, 이렇게 와 주셔서 감사합니다."

패커드 원장의 인사에 토미가 응대했다.

"누가 뭘 삼키셨다고 들었습니다."

"아, 말린이 그러던가요? 네, 캐러웨이 부인이라고 연로하신 노인인데 늘 뭔가를 삼키신답니다. 하루 종일 한 사람에게만 붙어 있을 순 없으니 아주 까다로워요. 물론 아이들이라면 그럴 수 있죠. 하지만 나이 지긋한 부인의 취미치고는 좀 별나다고 생각하지 않으세요? 버릇도 함께 나이를 먹는지, 해가 갈수록 점점 심해지신답니다. 천만다행인 것은 그래도 부인에게 별다른 해가 없었다는 거죠.”

“혹시 칼을 삼키는 곡예사의 딸이 아니실까요.”

터펜스의 말에 원장이 반응했다.

“흥미로운 추측이시네요, 베레스퍼드 부인. 그럴지도 모르죠. 에이다 팬쇼 부인께 두 분이 오신다고 말씀드려 두었습니다, 베레스퍼드 씨. 두 분을 제대로 알아보실지 모르겠네요. 정신이 늘 온전하신 게 아니라서…….”

“이모님은 요즘 어떻게 지내시나요?”

“글쎄요, 요즘 눈에 띄게 쇠약해지셔서 걱정입니다. 얼마 동안 맑은 정신으로 계시다가, 얼마 동안 정신이 흐릿해지는지 아무도 잘 모르거든요. 어젯밤에 제가 두 분이 오신다는 소식을 전했더니, 지금이 학기 중이라 올 수 없는데 제가 뭔가 착각한 거 아니냐고 말씀하시더군요. 베레스퍼드 씨가 아직 학교에 다니고 있는 줄 아시는 것 같았습니다. 연로하신 분들은 유감스럽게도 가끔 혼란에 빠지곤 하시는데, 특히 시간 문제에 있어 더욱 그러시죠. 게다가 오늘 아침에 다시 말씀드리려니까, 이번엔 조카가 죽었는데 어떻게 오냐고 하시더군요. 하지만 직접 만나면 알아보실 겁니다.”

패커드 원장이 차분하게 설명했다.

“건강은 어떠신가요? 여전하신가요?”

“글쎄요. 건강은 그럭저럭 괜찮으신데, 솔직히 말씀드리자면 여기 오래 계시진 못할 것 같습니다. 특별히 편찮으신 곳은 없지만 심장이 예전 같지 않으시거든요. 사실 꽤 안 좋죠. 그러니 마음의 준비를 하고 계시다가 그분이 갑자기 세상을 뜨셔도 너무 놀라지 않으시길 바랍니다."

"저희가 꽃을 좀 가져왔어요."

"초콜릿도 준비했습니다."

터펜스와 토미가 차례대로 말했다.

"아, 정말 친절하시네요. 팬쇼 부인이 아주 좋아하시겠어요. 지금 올라가 보시겠습니까?"

토미와 터펜스는 자리에서 일어나 패커드 원장을 따라 접견실에서 나왔다. 패커드 원장은 두 사람을 널찍한 계단으로 안내했다. 그런데 그들이 2층 복도를 지날 때, 갑자기 어느 방문이 벌컥 열리더니 키가 150센티미터쯤 되어 보이는 자그마한 부인이 뛰어나와 찢어지는 목소리로 비명을 질러 댔다.

"코코아 줘. 내 코코아 내놓으라고. 제인 간호사는 어디 있어? 내 코코아 내놔."

그러자 간호사 복장을 한 여자가 옆방에서 달려 나와 말했다.

"저런, 저런. 부인, 그만하세요. 코코아는 벌써 드셨잖아요. 20분밖에 안 됐다고요."

"아냐, 난 먹은 적 없어, 간호사 양반. 거짓말하지 마. 난 코코아를 먹은 적이 없다고. 목이 말라."

"정 그러시다면 한 잔 더 드리죠."

"마신 적도 없는데, 한 잔 더라니 무슨 소리야."

세 사람은 계속 걸었다. 복도 끝에 이르러 패커드 원장이 어느 방문을 짤막하게 두드리고는 문을 열고 안으로 들어갔다.

"자, 팬쇼 부인, 조카분이 부인을 뵈러 왔습니다. 좋으시죠?"

패커드 원장이 밝은 음성으로 말했다.

창문가에 놓인 침대 위에서 노부인이 세워 둔 베개 위로 불쑥 일어나 앉았다. 깡마르고 주름진 얼굴에 은회색 머리칼을 가진 그 부인은 높이 솟은 커다란 코에 불만 가득한 얼굴을 하고 있었다. 토미가 앞으로 나가 인사를 건넸다.

"안녕하세요, 에이다 이모님, 좀 어떠세요?"

에이다 이모는 토미의 말은 무시한 채 패커드 원장에게 성난 음성으로 쏘아붙였다.

"신사분에게 숙녀의 침실을 구경시키다니 무슨 짓이야. 내가 젊었을 때는 가당치도 않은 얘기였지! 저 사람이 내 조카라니! 저 사람이 누구야? 배관공이야, 전기공이야?"

"자, 이제 그만하세요."

패커드 원장이 상냥하게 타일렀다.

"이모님의 조카 토머스 베레스퍼드예요. 이모님을 위해 초콜릿을 가져왔어요."

토미가 초콜릿 상자를 내밀며 말했다.

"그런 식으로 날 농락하진 못할걸. 당신 같은 인간이라면 잘 알아. 더 지껄여 보지 그래. 이 여잔 누구야?"

팬쇼 부인이 밥맛없다는 듯 터펜스 쪽을 쳐다보며 묻자 터펜스가 대꾸했다.

"프루던스예요. 이모님의 조카며느리, 프루던스라고요."

"웃기는 이름도 다 있네. 식모 이름 같아. 매튜 작은할아버지 집에 컴포트(편안함의 의미를 지님 ― 옮긴이)라는 식모가 있었는데, 다들 '리조이스 인 더 로드(주 안에서 기뻐하라는 의미를 지님 ― 옮긴이)'라고 불렀지. 감리교 신자였어. 하지만 패니 작은할머니가 곧장 그런 수작에 종지부를 찍었지. 그 식모한테 작은할머니 집에 있는 동안은 레베카라고 부르겠다고 했거든."

"장미꽃을 가져왔어요."

"병실에 꽃 따위가 다 뭐야. 산소나 마셔 버리는 놈들인데."

"부인을 위해 꽃병에 꽂아 드릴게요."

패커드 원장이 끼어들었다.

"그런 짓은 할 생각도 마. 지금쯤이면 내가 얼마나 주관이 뚜렷한 사람인지 잘 알 텐데."

"좋아 보이시네요, 에이다 이모님. 건강해 보이세요."

토미가 말했다.

"무슨 수작을 부리는 거야. 당신이 내 조카라니 무슨 속셈으로 이러는 거야? 이름이 뭐라고 그랬지? 토머스?"

"네, 토머스, 토미예요."

"한 번도 못 들어 본 이름이잖아. 내 조카는 단 한 명뿐인데, 그 애 이름은 윌리엄이야. 지난 전쟁 때 죽었지. 잘된 일이야. 살아 있었다 해도 몰락했을 테니까. 아, 피곤해."

에이다 이모는 베개에 몸을 기댄 후, 패커드 원장에게 이렇게 덧붙였다.

"이자들을 데리고 나가 줘. 낯선 사람을 내 방에 들이지 말라고."

"친척을 만나면 기분이 좋아지실 줄 알았어요."

패커드 원장이 침착하게 대응했다.

에이다 이모가 비열하게 들리는 웃음소리를 나지막하게 뱉어 냈다.

"좋아요. 나갈게요. 장미는 여기 두겠어요. 이 꽃들이 좋아지실지 모르니까요. 어서요, 토미."

터펜스가 이렇게 말한 다음 문 쪽으로 몸을 돌렸다.

"그럼 안녕히 계세요, 에이다 이모님. 절 기억 못 하시다니 서운한 걸요."

에이다 이모는 터펜스와 패커드 원장이 문 밖으로 나갈 때까지 아무 말도 하지 않았다. 토미가 두 사람의 뒤를 따랐다.

"거기, 너는 이리 오너라. 네가 누군지 잘 알아. 토머스지? 빨간 머리 토머스 말이야. 네 머리칼은 당근색이었어. 이리 오너라. 너랑 말 좀 해야겠다. 저 여자는 필요 없어. 네 아내인 척해 봤자 아무 소용 없지. 어딜 날 속이려고. 저런 여자는 여기 데리고 오지 말거라. 이리 와서 이 의자에 앉아 네 어머니 소식 좀 들려다오. 넌 가라니까."

에이다 이모가 문간에서 머뭇거리는 터펜스에게 손을 휘저으며 추신처럼 짤막하게 덧붙였다.

터펜스가 즉시 뒤로 물러섰다.

"오늘도 여전하시네요. 믿기 힘드시겠지만 상당히 기분이 좋으실 때도 있답니다."

계단을 내려가며 패커드 원장이 차분한 목소리로 설명했다.

토미는 에이다 이모가 가리켜 보인 의자에 앉아, 어머니가 돌아가신 지 이제 40년이 다 되어 가니 어머니에 대해서는 별로 드릴 말씀이 없다고 조용히 말했다. 에이다 이모는 이 말을 듣고도 별다른 동요를 보이지 않았다.

"저런, 그렇게 오래됐나? 시간이 정말 빨리 흐른다니까."

에이다 이모가 토미를 찬찬히 살펴봤다.

"왜 결혼을 하지 않는 게냐? 널 챙겨 줄 착하고 능력 있는 여자를 만나야지. 너도 이제 나이가 들어가잖니. 저런 덜떨어진 여자들하고 어울려 다니지 말거라. 네 부인 행세를 하고 다니지 않니."

"다음에 이모님을 만나러 올 때는 터펜스한테 우리 결혼 증명서를 챙겨 오라고 해야겠네요."

"그러니까 저 애 말이 사실이라는 게냐?"

"저희는 결혼한 지 30년도 넘었어요. 아들하고 딸도 한 명씩 뒀고, 걔들도 다 결혼했는걸요."

"아무도 나한테 그런 얘기를 해 주지 않았다는 게 문제구나. 네가 그때그때 소식을 전해 주기만 했어도……."

에이다 이모가 능숙하게 이유를 둘러댔다.

토미는 그 말에 반박하지 않았다. 예전에 터펜스가 진지하게 훈계를 한 적이 있었기 때문이다.

"예순다섯 넘은 노인이 당신을 나무라면, 절대 말대꾸하지 말아요. 당신이 옳다고 따지고 들지 말라고요. 얼른 사과하고, 다 당신 잘못이니 너무 죄송하다고, 다시는 그러지 않겠다고 하는 수밖에 없어요."

토미는 지금이야말로 터펜스의 충고에 따라야 할 때라고 생각했다. 특히나 에이다 이모는 늘 그런 식이지 않았던가.

"죄송해요, 에이다 이모님. 시간이 지나면 뭐든 잘 잊히잖아요. 하지만 모두가 그런 건 아니죠. 이모님은 과거 일을 잘 기억하시니까요."

토미가 능청스럽게 말을 이어 나갔다.

에이다 이모가 히죽 웃었지만, 토미의 말에 반박하지는 않았다.

"네 말이 맞는다. 내가 널 좀 거칠게 맞이했다면 미안하구나. 하지만 난 남들이 날 어떻게 생각하는지는 개의치 않는다. 넌 여기가 어떤 곳인지 몰라. 여기 이 인간들은 날 보러 왔다면 아무나 들여보낸단다. 말 그대로 아무나 말이다. 그러니 내가 이 인간들 말만 듣고 아무나 받아들였다간, 언제 강도가 들어 이 침대에 누운 채로 죽어 나자빠지는 신세가 될지 알 게 뭐냐."

"글쎄요, 그럴 것 같지는 않은 걸요."

"넌 아무것도 몰라. 신문에 실린 기사, 사람들이 와서 하는 얘기들. 난 그런 걸 전혀 믿지 않아. 그래서 늘 경계를 늦추지 않는단다. 들어 보겠니? 지난번엔 이자들이 한 번도 본 적 없는 낯선 사내를 데리고 들어와서는 윌리엄스 의사 선생이라고 소개하더구나. 머리 씨가 휴가 중이라 새 동료가 대신 왔다나? 새 동료라니! 자기가 머리 씨의 새 동료인지 내가 어떻게 알겠니? 그자가 그렇다고 말할 뿐인데."

"그분이 머리 선생님의 새 동료이긴 했나요?"

"뭐, 알고 보니 그렇긴 했지. 하지만 그때 당시엔 누가 그걸 확신할 수 있겠니. 작고 검은 가방을 들고 차에서 내린 것뿐인데. 의사들이 혈압계와 잡동사니를 넣고 다니는 그 가방 알지? 다들 궁금해하는 그 마술 상자 같은 거 말이다. 그게 누구였지? 조애나 사우스콧(영국의 종교적 계시자. 사후 '예언의 상자'를 남겼으나, 내용은 보잘것없었던 것으로 밝혀졌다―옮긴이)이었나?"

에이더 이모는 트집 잡을 거리가 없어진 게 좀 신경에 거슬리는 듯했다.

"아뇨, 그건 경우가 다르죠. 예언자 행세를 한 사람 아니었나요?"

"아, 맞아. 그러니까 내 말은 이런 곳에는 누구나 들어와 의사 행세를 할 수 있다는 거야. 그러면 간호사들은 즉각 달려 나와 거짓 웃음을 짓고 킬킬거리며 '네, 선생님, 그럼요, 선생님' 하며 관심을 끌어 보려 하고. 바보 같은 년들! 그런데 만약 환자가 그 자칭 의사를 모르는 사람이라고 하면, 입을 모아 벌써 잊어버렸냐고, 사람을 너무 잘 잊는다고 그러지 뭐냐. 난 어느 한 사람도 잊어 버린 적이 없는데 말이다. 단 한 번도 없고말고. 캐롤라인은 어떻게 지내냐? 한동안 소식을 듣지 못했구나. 캐롤라인을 본 적이 있니?"

토미가 좀 멋쩍어하며 캐롤라인 이모는 15년 전에 돌아가셨다고 말했다. 에이다 이모는 이 말을 듣고도 슬픈 기색이 없었다. 하긴 캐롤라인 이모는 에이다 이모의 친자매가 아니라 사촌일 뿐이었다.

에이다 이모가 흥미롭다는 투로 말했다.

"모두들 죽어 나가는구나. 체력이 부족해서 그래. 사람들은 그게 문제야. 심장이 약하거나, 관상 동맥 혈전증이 있거나, 고혈압, 만성 기관지염, 류머티즘성 관절염 같은 문제를 달고 살지. 약해 빠진 인간들 같으니. 그래서 의사들이 먹고사는 거 아니겠어. 그런 인간들한테 약상자나 약병을 줄줄이 들이대면서 말이야. 노란 약, 분홍 약, 녹색 약, 심지어는 놀랍게도 검은 알약까지 있더구나. 우리 할머니가 살아 계실 때는 유황이나 당밀 시럽 같은 걸 먹었지. 사실 그런 건 아무 효과도 없단다. 네가 정말 병이 낫길 바란다면, 유황이나 당밀 시럽 같은 건 절대로 먹어선 안 되는 거야."

에이다 이모가 흡족한 듯 고개를 주억거렸다.

"의사를 전적으로 믿어서도 안 된다, 알지? 전문적인 문제, 그러니까 새로운 치료법 같은 걸 들먹거릴 때 특히 말이야. 여기서 독살이 많이 일어난다는 소문을 들었다. 외과 의사들이 이식용 심장을 얻기 위해서 그런다는구나. 난 그게 사실이라고 생각하지는 않아. 패커드 원장은 그런 걸 묵인할 사람이 아니니까."

아래층에서는 패커드 원장이 조금 미안한 듯 터펜스에게 복도로 면한 방을 가리켜 보였다.

"정말 죄송합니다, 베레스퍼드 부인. 나이 드신 분들이 어떠신지 잘 아실 거예요. 이분들은 좋아하고 싫어하는 게 분명한 데다 그걸 끝까지 고집하신답니다."

"이런 시설을 운영하시려면 정말 어려움이 많겠어요."

"아뇨, 별로 그렇지는 않아요. 전 이 일을 무척 좋아한답니다. 여기 계신 분들도 모두 좋아하고요. 누구든 자기가 보살피는 사람을 좋아하게 마련이죠. 이분들에겐 각자 나름의 살아가는 방식이 있으세요. 모든 일에 좀 성급하긴 하지만, 방법만 알면 다루기가 오히려 쉽답니다."

터펜스는 패커드 원장이 그 방법을 알고 있다고 느꼈다.

"이분들은 정말이지 어린아이 같아요. 아이들은 논리적일 수가 없죠. 그래서 아이들과 함께 시간을 보내기가 힘든 거고요. 이분들도 논리적이진 않지만, 당신들이 듣고 싶어 하는 얘기를 자꾸 들려줘서 안심시켜 드리면 좋아하세요. 그러면 다시 행복해하시죠. 전 상당히 좋은 직원들을 두고 있답니다. 모두 참을성 있고 선한 사람들이죠. 하지만 그다지 영리한 편은 아니에요. 머리가 좋은 사람들은 성마른 경우가 많거든요. 아, 도노반 양, 무슨 일이죠?"

패커드 원장이 코안경을 걸치고 계단을 달려 내려온 젊은 여성에게 물었다.

"패커드 원장님, 로켓 부인이 또 사고를 치셨어요. 곧 숨이 끊어진다며 당장 의사를 불러내라고 하세요."

"이번에는 어떤 일로 죽는다고 하시죠?"

패커드 원장이 아무렇지도 않은 듯이 물었다.

"어제 버섯이 든 스튜를 드셨는데, 그 버섯에 독이 있어 온몸에 독이 퍼졌다고 하시네요."

"새로운 얘기군요. 내가 올라가서 만나 뵈어야겠어요. 죄송하지만 이만 가 봐야겠습니다, 베레스퍼드 부인. 이 방에 잡지와 신문이 갖춰져 있습니다."

"제 걱정은 하지 마세요."

베레스퍼드 부인은 패커드 원장이 가리킨 방으로 들어갔다. 활짝 열린 프랑스식 창문 너머로 정원이 내려다보이는 아름다운 방이었다. 꽃병이 놓인 탁자를 중심으로 안락한 의자들이 놓여 있었다. 한쪽 벽에는 책장이 서 있었는데, 현대 소설과 여행서, 그리고 이곳의 노인 거주자들이 반가워할 한물간 베스트셀러가 꽂혀 있었다. 잡지는 탁자 위에 놓여 있었다.

그때 접견실에 있는 노인은 단 한 명뿐이었다. 백발을 뒤로 넘겨 빗은 노부인으로, 그녀는 의자에 앉아 한 손에 든 우유 잔을 쳐다보고 있었다. 곱상한 얼굴에 흰 피부를 가진 그 노부인이 터펜스를 보고 상냥하게 미소 지으며 물었다.

"안녕하세요, 여긴 살러 오신 건가? 방문차 오신 건가?"

"방문차 왔어요. 시이모님이 여기 사시거든요. 지금 남편이 그분과 함께 있어요. 한 번에 두 사람을 상대하긴 좀 피곤하실 것 같아서요."

"사려 깊기도 하시지. 혹시……. 아니, 당연히 그래야지. 차 한잔 하시겠수? 홍차, 아니면 커피라도? 내가 벨을 울리리다. 여기 사람들은 굉장히 열심히 일하거든."

부인이 우유 한 모금을 음미하듯 마신 후에 말했다.

"됐습니다. 정말이에요."

"그렇다면 우유 한 잔은 어때요? 적어도 오늘은 독이 들어 있지 않은 것 같은데."

"아뇨, 괜찮아요. 금방 갈 건데요, 뭘."

"정 그러시다면야. 하지만 신경 쓸 것 없어요. 여기선 아무도 그런 거 귀찮아하지 않는다우. 부인이 여기 없는 걸 찾지만 않는다면 말이우."

"저희 시이모님은 아마도 가끔은 여기 없는 걸 찾으실 거예요. 성함이 팬쇼 부인이신데, 아세요?"

"아, 팬쇼 부인. 그럼요."

뭔가 더 이상 말해선 안 될 것 같은 느낌이 들었지만, 터펜스는 신이 나서 덧붙였다.

"꼭 마귀할멈 같으세요. 늘 그래 오셨죠."

"아, 맞아요. 정말 그래요. 내게도 나이가 들면서 점점 그분을 닮아 가신 이모님이 계셨다우. 하지만 우린 모두 팬쇼 부인을 굉장히 좋아해요. 마음만 먹으면 아주, 아주 재미있는 분이거든. 사람들에 대해 말씀하시는 게 말이에요."

"알아요, 그러실 거예요."

터펜스는 잠시 에이다 이모를 새로운 각도에서 돌이켜 보았다.

"아주 신랄하시지. 난 랭커스터예요. 랭커스터 부인이라고 불러요."

"전 베레스퍼드예요."

터펜스도 자신을 소개했다.

"이렇게 말하긴 뭣하지만, 사람들은 때때로 조금은 악의를 즐긴다우. 여기 사는 노인들이나 세상일에 대한 팬쇼 부인의 말이 그렇지요. 어떤 사람들은 그게 하나도 재밌지 않겠지만, 재미있어 하는 사람들도 있지."

"여기 오래 계셨나요?"

"꽤 됐지. 어디 한번 따져 봅시다. 7년, 아니 8년인가. 그래, 8년이 넘었을 거야. 여기 있다 보니 세상사와 멀어졌다우. 사람들과도 그렇고. 남아 있는 친척들은 모두 외국에서 살지."

랭커스터 부인이 한숨지으며 말했다.

"서글프시겠네요."

"아니, 꼭 그렇지는 않아요. 그 사람들 생각을 별로 하지 않으니까. 사실 잘 아는 사람들도 아닌걸. 난 몹쓸 병을 앓고 있다우. 아주 몹쓸 병이지, 그래서 난 이 세상에 혼자 남겨졌어, 그 병 때문에 내가 이런 곳에서 사는 게 좋다는 거야. 내가 여기 들어온 건 정말 운이 좋은 거라우. 여기 사람들은 아주 친절하고 사려 깊거든. 정원도 정말 아름답지. 난 내가 혼자 살지 못한다는 걸 잘 알아요. 가끔씩 정신이 오락가락하거든. 아주 심하게 말이우. 난 여기 문제가 있어요. 그래서 자꾸 헷갈리지. 과거에 있었던 일을 제대로 기억하지 못하는 때가 많다우."

노부인이 이마를 두드리며 말했다.

"그러시군요. 하지만 문제가 없는 사람이 어디 있겠어요. 그렇게 생각하지 않으세요?"

"어떤 질병은 아주 고통스럽다우. 여기에도 아주 심한 류머티즘 성 관절염을 앓는 불쌍한 노인이 두 분 있지. 그 양반들은 아주 고생이 심해. 그래서 난 언제 어디서 어떤 일이 있었는지 좀 헷갈리는 정도는 그리 대수로운 게 아니라고 생각한다우. 어쨌든 몸이 고통스럽진 않으니까."

"그럼요, 맞는 말씀이세요."

문이 열리더니, 하얀 작업복을 입은 직원이 커피 주전자와 비스킷 두 개가 담긴 접시를 쟁반에 받쳐 들고 들어왔다. 여직원이 터펜스 옆에 그것을 내려두며 말을 걸었다.

"패커드 원장님이 손님께 커피 한 잔 대접해 드리라고 해서요."

"아, 고마워요."

여직원이 나가자, 랭커스터 부인이 말했다.

"그것 봐요. 여긴 아주 친절하다고, 그렇지 않아요?"

"정말 그러네요."

터펜스가 커피를 잔에 따라 마시기 시작했다. 두 여인은 한동안 아무 말 없이 앉아 있었다. 터펜스가 비스킷이 담긴 접시를 내밀었지만, 노부인은 고개를 저었다.

"고맙지만 됐어요. 난 이 우유면 족해요."

노부인이 빈 잔을 내려놓고 눈을 반쯤 감은 채 의자에 기대앉았다. 터펜스는 이 노부인이 평소처럼 오전의 짧은 낮잠을 즐기는 것이겠거니 생각하며 잠자코 있었다. 그러나 랭커스터 부인은 갑자기 몸을 뒤틀며 깨어났다. 그러더니 눈을 커다랗게 뜨고 터펜스를 빤히 보며 말했다.

"벽난로를 쳐다보고 계시구려."

"제가 그랬나요?"

터펜스가 조금 놀란 음성으로 대답했다.

"그래요. 혹시 부인의 가엾은 아이인가요?"

랭커스터 부인이 몸을 앞으로 굽히며 나지막한 목소리로 물었다.

터펜스가 머뭇거리며 조금 뒤로 물러앉고는 답했다.

"아, 아뇨. 그런 것 같지 않은데요."

"그런 것 같았어. 그 때문에 온 것 같더라니까. 언젠가는 나타날 거라고 생각했지. 게다가 예전처럼 벽난로를 쳐다보고 있었잖우. 거기 있거든. 벽난로 뒤에."

"아, 그런가요?"

"언제나 같은 시간이야. 언제나 같은 때지. 11시 10분, 11시 10분. 그래, 매일 오전 이 시간이라니까."

노부인이 벽난로 위의 시계를 올려다보며 나지막한 음성으로 말했다. 터펜스도 시계를 올려다보았다.

"사람들은 알지 못해. 사실을 말해도 믿으려 들지 않는다니까!"

부인이 한숨을 내쉬며 탄식했다.

그 순간 문이 열리고 토미가 방 안으로 들어섰다. 터펜스는 마음이 놓였다. 그녀가 자리에서 일어섰다.

"나 여기 있어요. 이제 가야죠. 안녕히 계세요, 랭커스터 부인."

문 쪽으로 가던 터펜스가 고개를 돌려 작별 인사를 했다.

"어땠어요?"

복도로 나온 후에 터펜스가 토미에게 물었다.

"당신이 나간 뒤로 만사형통이었지."

"나를 보고 이모님 기분이 나빠지셨나 봐요, 그렇죠? 어쩌면 오히려 더 즐거우셨을지도 모르지만."

"즐거우셨다니?"

"나처럼 나이가 든 데다 단정하고 정숙하며 조금은 지루한 사람보다는, 성적 매력이 넘치는 타락한 여자가 당신 취향에 맞을 거라고 생각하셨나 봐요."

"바보 같은 소리. 누구랑 얘기를 하고 있었소? 정신이 좀 왔다 갔다 하지만 아주 상냥한 노부인 같던데."

토미가 장난스럽게 아내의 팔의 꼬집으며 말했다.

"아주 친절한 분이세요. 사랑스러운 할머니 같아요. 그런데 불행히도 머리가 좀 이상하시죠."

"머리가 이상하다고?"

"그래요. 벽난로 뒤에 죽은 아이가 있다고 생각하는 거 같아요. 그 가엾은 애가 혹시 내 아이가 아니냐고 묻더라고요."

"어처구니없군. 여긴 살짝 돈 사람들이 꽤 있는 거 같아. 아무 문제없이 정상적인 노인들도 있겠지만 말이야. 그래도 인상은 선해 보이던걸."

"상냥하긴 해요. 친절하고 아주 사근사근한 사람 같아요. 그런데 왜 그런 망상을 갖고 있는지, 그리고 정확히 어떤 망상인지 모르겠어요.”

그때 갑자기 패커드 원장이 나타났다.

“안녕히 가세요, 베레스퍼드 부인. 커피는 드셨나요?”

“그럼요, 감사드려요.”

패커드 원장이 토미를 쳐다보며 말했다.

“이렇게 와 주셔서 정말 감사했어요. 팬쇼 부인도 선생님이 찾아
와 주셔서 정말 기쁘셨을 거예요. 부인께서 무례하셨던 것에 대해
서는 죄송하지만 말이에요.”

“이모님이 저로 인해 상당히 즐겁기도 하셨을걸요.”

터펜스가 말했다.

“네, 일리 있는 말씀이세요. 팬쇼 부인은 남들을 함부로 대하는 걸
좋아하시죠. 유감이지만 그런 일에 아주 능숙하기도 하시고요.”

“그렇다면 능숙한 그 기술을 가능한 한 자주 발휘하시겠군요.”

토미가 말했다.

“두 분은 정말 이해심이 깊으신 분들이세요.”

“저와 이야기를 나눴던 노부인 말씀인데요, 성함이 랭커스터 부
인이라고 하셨던 것 같은데요?”

터펜스가 말을 꺼냈다.

“아, 네, 랭커스터 부인요. 우린 모두 그분을 무척 좋아한답니다.”

“조금 특이한 데가 있는 분이시죠?”

“망상이 있으세요. 여긴 그런 분이 몇 계시답니다. 해롭진 않은 망
상이죠. 망상을 현실로 믿으신답니다. 우린 그런 일에 별다른 관심

을 보이지도, 부추기지도 않아요. 별로 중요하게 여기지 않는 거죠. 제 생각엔 그저 상상력 연습이거나, 이분들이 실제로 살고 싶은 현실을 꿈꾸시는 것 같아요. 신나기도 하고, 슬프기도 하고, 비극적이기도 하죠. 어떤 망상인지가 뭐가 중요하겠어요. 다행히 피해망상증 환자는 안 계시거든요. 그런 것만은 곤란하죠.”

패커드 원장이 관대한 음성으로 설명했다.

“자, 이제 끝났어. 앞으로 적어도 반년 동안은 다시 올 필요 없다고.”

차에 오른 토미가 한숨을 내쉬며 말했다.

하지만 그들은 반년 뒤에도 에이다 이모를 보러 올 필요가 없었다. 에이다 이모가 그로부터 3주 후에 잠을 자다 숨을 거두었기 때문이다.

장례식

"장례식은 역시 슬퍼요, 그렇지 않아요?"

터펜스가 말했다.

두 사람은 에이다 이모의 장례식에 참석하고 막 돌아오는 터였다. 에이다 이모의 가족과 선조들이 묻힌 링컨셔의 시골 마을에서 식이 거행되었기 때문에 두 사람은 오랫동안 힘겨운 기차 여행을 해야 했다.

"그럼 장례식이 어떻길 바라는 거야? 미친 듯한 환락의 장?"

토미가 따지듯 물었다.

"그런 곳도 있어요. 아일랜드인들은 장례 전날에 경야를 보내잖아요. 알죠? 처음에는 한참 동안 애가를 부르며 울부짖다가도, 술을 퍼 마시며 광란의 잔치를 벌이죠. 술 어때요?"

터펜스가 찬장 쪽을 올려다보며 물었다.

토미가 찬장으로 가서 당연하다는 듯 적당한 술을 꺼내 들었다. 화이트 레이디였다.

"그게 좋겠네요. 난 상복이 싫어요. 오랫동안 처박아 둬서 항상 좀 약 냄새가 나거든요."

터펜스는 검은 모자를 벗어 방 한쪽에 집어 던지고 검고 긴 외투도 벗었다.

"상복을 계속 입고 있을 필요는 없잖아? 장례식장에서만 입으면 되지."

"알아요. 난 지금 당장 2층으로 올라가서 진홍색 옷으로 갈아입어야겠어요. 그렇게만 해도 기분이 한결 나아지거든요. 그동안 당신은 내가 마실 화이트 레이디나 따라 놔요."

"터펜스, 정말이지 난 장례식이 이렇게 잔치 같은 분위기일 줄은 정말 몰랐어."

잠시 후 화사한 선홍색 드레스에 루비와 다이아몬드로 된 도마뱀 브로치를 어깨에 단 터펜스가 나타났다.

"내가 장례식이 슬프다고 한 건, 에이다 이모 같은 사람의 장례식이 슬프다는 거예요. 문상 온 사람도 거의가 노인인 데다 꽃도 별로 없고, 통곡하는 사람도 코를 훌쩍이는 사람도 없죠. 외롭게 살다 간 노인의 죽음은 별로 슬퍼하는 사람이 없으니까."

"내 장례식이었다면 당신은 훨씬 즐거운 마음으로 참석할 수 있었겠구려."

"그건 완전한 오답이에요. 난 당신보다 먼저 죽는 게 소원이기 때문에 당신 장례식에 대해서는 생각하고 싶지도 않아요. 하지만 만일 내가 당신 장례식에 참석하게 된다면 대단히 슬프긴 할 거예요. 손수건을 많이 준비해야겠지요.”

“검은 테두리가 있는 걸로?”

“음, 검은 테두리는 생각해 본 적 없지만, 괜찮겠는걸요. 그건 그렇고, 매장식은 볼만하더군요. 감정을 고양시켜 주던데요. 진정한 슬픔은 실체가 있어요. 고통스러운 가운데서도 분명히 어떤 작용을 하죠. 땀을 흘리는 것 같은 정화 작용이랄까.”

“내 죽음이나 그게 당신한테 미칠 영향을 생각하니 기분이 안 좋군. 장례식에 대해선 잊어버립시다.”

“나도 같은 생각이에요. 잊어버려요.”

“불쌍한 노인이 한 분 세상을 뜨셨어. 하지만 평화롭게 아무 고통 없이 가셨지. 그러니 이쯤 해 두자고. 모든 걸 깨끗이 잊고 싶어.”

토미가 책상으로 가서 종이 몇 장을 뒤적였다.

“내가 록버리 씨 편지를 어디 두었더라?”

“록버리 씨가 누구죠? 아, 당신한테 편지를 보낸 그 변호사 말이죠.”

“맞아. 이모님 일을 마무리 짓자던 편지. 내가 지금 남은 그분의 유일한 혈육인 것 같아.”

“그분이 당신한테 돈 한 푼 안 남기셨다니 안됐네요.”

“만일 이모님한테 재산이 있었다면, ‘고양이의 집’에 남기셨을 거야. 그랬으면 그쪽 사람들이 한 푼 안 남기고 다 써 버릴 테고. 어쨌든 나한테 돌아올 건 별로 없었겠지. 내가 그 돈이 필요한 것도 아니고 받고 싶지도 않지만 말이야.”

“에이다 이모님이 고양이를 그렇게 좋아하셨나요?”

“잘은 모르지만 그러셨을걸. 고양이 얘길 하는 건 한 번도 들은 적이 없지만 말이야. 이모님은 나이 드신 친구분들이 놀러 오면 ‘내가 작은 거 하나를 자네 앞으로 남겨 놓았어. 자네가 그렇게 좋아하는 이 브로치를 자네에게 주라고 유언장에 써 놓았다네.’라고 말씀하시는 걸 아주 좋아하셨어. 하지만 실제로 ‘고양이의 집’을 빼고는 누구에게도 동전 한 닢 남기지 않으셨지.”

토미가 생각에 잠긴 듯한 목소리로 말했다.

“그냥 재미로 그러신 게 분명해요. 이모님이 친구분들에게 하셨다는 말씀을 놓고 보면, 그 친구들을 정말로 좋아하신 건 아니라는 생각이 들어요. 그분들을 끌고 정원을 산책하길 좋아하셨을 뿐이죠. 이모님은 늙은 악마 같다고요, 그렇지 않아요, 토미? 늙은 악마를 재미있어하는 사람만 그분을 좋아할 수 있어요. 당신이 호호백발이 되어 집 안에 처박혀 지내야 한다면 그런 것에서 재미를 느낄지도 모르죠. 그건 그렇고, 양지바른 언덕에 또 가 봐야 하는 건가요?”

“패커드 원장이 보낸 다른 편지는 어디 있지? 아, 여기 있군. 내가 록버리 씨의 편지와 함께 두었지. 맞아, 패커드 원장이 가져가라는 물건이 그곳에 좀 있다고 했거든. 이제 내 물건이 된 것 같지만 말이야. 이모님이 그 시설에 들어갈 때 가구 몇 점을 갖고 들어가셨대. 물론 옷과 잡동사니 같은 이모님의 개인적인 물건도 있겠지. 누군가는 그걸 처리해야 해. 편지도 있을 거고. 내가 이모님의 유언 집행자이니 이제 내 일이 되었군. 쓸 만한 건 별로 없을 거야, 안 그래? 아, 내가 마음에 들어 했던 작은 책상이 있겠군. 그건 원래 윌리엄 삼촌 거였어.”

“그걸 유품으로 간직하면 되겠군요. 아니면 모조리 경매로 팔아 버리든지.”

“당신은 거기 또 갈 필요 없어.”

“난 그러고 싶은걸요.”

“가고 싶다고? 왜지? 당신한텐 지루하지 않을까?”

“뭐가요? 이모님 물건을 뒤져 보는 일요? 아뇨, 그렇진 않을걸요. 난 호기심이 많은 편이에요. 오래된 편지와 옛날 장신구들은 늘 흥미진진하죠. 그냥 경매에 부치거나 낯선 이들이 가져가기 전에 누군가는 그것들을 봐 줘야 한다고 생각해요. 그래요, 가서 남겨진 물건을 보고, 가져올 만한 것과 그냥 처리해 버릴 것을 나눠 보자고요.”

“진짜 가고 싶은 이유가 뭔데? 뭔가 다른 이유가 있지, 그렇지?”

“맙소사, 나에 대해 너무 잘 아는 사람과 결혼 생활을 하는 것도 끔찍한 일이라니까요.”

“거 봐. 뭔가 다른 이유가 있는 거지?”

“대단한 건 아니에요.”

“이봐, 터펜스. 당신은 다른 사람의 유품을 헤집는 걸 좋아할 만한 사람이 아니야.”

“하지만 내가 해야 하는 일이에요. 다른 이유도 하나 있긴 한데…….”

“어서 털어놓으라고.”

“사실 머리가 약간 이상한 그 노부인을 다시 한 번 만나 보고 싶어요.”

“뭐? 벽난로 뒤에 죽은 아이가 있다고 한 그 부인 말이야?”

“네, 그 부인과 다시 이야기를 해 보고 싶어요. 무슨 생각으로 그런 말을 했는지 궁금해요. 그 부인의 기억 속에 있는 일일까요, 아니면 그저 상상해 낸 이야기일까요? 생각하면 할수록 이상한 느낌이 들어요. 그 부인이 머릿속으로 꾸며 낸 이야기인지, 아니면 벽난로나 죽은 아이 같은 일이 과거에 실제로 있었는지 궁금해요. 왜 그 부인은 죽은 아이가 내 아이라고 생각했던 걸까요? 내가 죽은 아이를 둔 사람처럼 보이나요?”

“죽은 아이를 둔 부모가 어떻게 보이는지 모르겠구려. 별다른 점이 있을 것 같지는 않아. 어쨌든 터펜스, 거기 가는 건 우리가 해야 할 일이야. 당신은 한쪽에서 그 음침한 사건을 즐기도록 해요. 그럼 됐구려. 패커드 원장한테 편지를 보내 날을 잡도록 합시다.”

"여긴 예전과 똑같아요."

터펜스가 깊은 한숨을 내쉬며 말했다.

토미와 터펜스는 양지바른 언덕의 현관 문 앞에 서 있었다.

"왜 안 그렇겠어?"

"모르겠어요. 그냥 시간과 관련한 생각이 드네요. 시간은 장소마다 다른 속도로 흐르는 것 같아요. 어떤 곳은 오랜만에 돌아오면, 그동안 시간이 정신없이 빨리 흘러 별별 일이 다 일어나고 엄청나게 달라진 것 같은 느낌이 들죠. 하지만 여긴……. 토미, 오스탕드(벨기에 북서부의 항구 도시 겸 휴양지 — 옮긴이) 기억나요?"

"오스탕드? 우리가 신혼여행 갔던 곳이잖아. 물론 기억하고말고."

"거기 걸려 있던 표지판 생각나요? '전차서있는곳.' 우리가 그걸 보고 웃었잖아요. 너무 웃겼죠."

"그건 오스탕드가 아니라 녹(Knock)에서였던 것 같은데."

"그거야 별로 중요한 게 아니고, 어쨌든 그 일 기억하죠. 여기가 바로 그 말, '전차서있는곳'이란 안내문 같아요. '시간이서있는곳.' 여긴 그동안 아무 일도 일어나지 않았어요. 시간이 멈춰 서 있는 거죠. 모든 일이 똑같이 반복되는, 다른 말로 하면 유령들이 사는 곳 같아요."

"무슨 말을 하는지 모르겠군. 초인종은 누를 생각도 않고, 시간이 어쩌고저쩌고하며 여기 종일 서 있을 참이오? 예를 하나 들면, 에이다 이모님은 여기 없잖아. 달라지긴 달라진 거지."

토미가 초인종을 눌렀다.

"그게 유일하게 달라진 점일 거예요. 내 관심을 끈 그 노부인은 여전히 우유를 마시며 벽난로 타령을 하겠죠. 누군지 모를 다른 부인은 골무나 찻숟가락을 삼킬 거고, 그 자그마하고 웃기는 할머니는 꽥꽥거리며 방에서 뛰쳐나와 코코아 타령을 할 거고, 패커드 원장은 계단을 달려 내려올 거고. 그리고……."

문이 열리고 나일론 작업복을 입은 젊은 여직원이 나왔다.

"베레스퍼드 부부 되시죠? 패커드 원장님이 기다리고 계십니다."

그 직원은 지난번과 똑같은 접견실로 두 사람을 안내했고, 이내 패커드 원장이 2층에서 내려와 두 사람을 맞았다. 패커드 원장은 전에 비해 덜 활기찬 태도로 그들을 맞았다. 애도하는 듯한 진중한 분위기를 풍겼지만 두 사람을 불편하게 할 만큼 지나치지는 않았다. 패커드 원장은 적당한 정도로만 애도하는 태도를 보일 노련함을 갖추었다.

　70년이 성경에서 말하는 인생의 길이였고, 양지바른 언덕에서도 그 이하의 나이에 죽음을 맞는 노인은 거의 없었다. 하지만 인간에게 죽음이 예정되어 있는 만큼 그런 일도 어김없이 일어났다.

　"이렇게 와 주셔서 정말 감사합니다. 두 분이 살펴보시기 좋게 모든 것을 깨끗이 정리해서 내놓았습니다. 빨리 와 주신 점도 감사드려요. 사실 빈방에 새로 들어올 분들이 서너 분 대기 중이시거든요. 물론 두 분에게 서두르시라고 이런 말씀을 드리는 건 아닙니다."

　"그럼요. 충분히 이해합니다."

　토미가 말했다.

　"팬쇼 부인이 쓰시던 방에 아직 모든 게 그대로 있습니다."

　패커드 원장은 두 사람이 지난번에 마지막으로 에이다 이모를 보았던 방문을 열었다. 침대에 드리워진 하얀 시트 밑으로 정갈히 접힌 담요와 베개의 윤곽이 드러났다. 방은 쓸쓸한 분위기를 풍겼다.

　옷장 문은 활짝 열려 있었고, 속에 있던 옷은 단정하게 개인 채로 침대 위에 놓여 있었다.

　"보통 어떻게 하나요? 그러니까 이렇게 남은 옷가지와 물건을 대개 어떻게 처리하시죠?"

　터펜스가 물었다.

　"이런 물건을 받으면 감사해 마지않을 단체를 두세 곳 알려 드리겠습니다. 팬쇼 부인께선 상당히 좋은 모피 숄과 외투를 갖고 계셨는데, 베레스퍼드 부인께서 직접 사용할 의향은 없으시겠죠? 아니면 이런 물건을 처분할 자선 단체를 개인적으로 알고 계신가요?”

패커드 원장은 변함없이 유능하고 노련하게 일을 처리했다.

터펜스가 고개를 가로저었다.

“부인께선 보석도 갖고 계셨어요. 제가 안전한 곳에 보관해 두었답니다. 지금은 경대 오른쪽 서랍에 들어 있습니다. 두 분이 도착하시기 직전에 이곳으로 다시 옮겨 두었답니다.”

“여러 가지로 애써 주셔서 정말 감사합니다.”

토미가 말했다.

터펜스는 벽난로 위에 놓인 그림을 봤다. 조그마한 유화로, 작은 홍예다리(가운데가 반원형으로 불룩한 다리 — 옮긴이)가 놓인 운하 옆에 있는 연분홍색 집을 그린 그림이었다. 운하 제방을 가로지른 다리 밑에 빈 배가 한 척 매여 있고, 뒤로 멀찌감치 포플러 나무 두 그루가 서 있는 풍경화였다. 꽤 괜찮아 보였다. 토미는 왜 터펜스가 그 그림을 뚫어져라 바라보는지 궁금했다.

“우습기도 하지.”

토미가 의아한 눈빛으로 그렇게 중얼거리는 터펜스를 응시했다. 그는 오랜 경험으로 터펜스가 우습다고 말하는 것이 사실은 전혀 우습지 않음을 잘 알고 있었다.

“무슨 뜻이오, 터펜스?”

“우스워요. 전에 여기 왔을 때는 이 그림을 보지 못했거든요. 하지만 이상하게도 이 풍경을 어디선가 본 것 같아요. 그림 속의 집이 내가 본 어떤 집과 닮았을 수도 있고. 어쨌든 이 집이 생생히 기억나요……. 우스운 건 언제 어디서 보았는지 모른다는 거지만.”

“당신이 전에 이 그림을 보고도 보았다는 걸 의식하지 못하고 또 보고 있는 걸 거야.”

토미는 이렇게 말하면서도 터펜스가 ‘우습다’는 말을 반복한 것만큼이나 자신도 같은 단어를 서투르게 여러 번 사용했다고 생각했다.

“우리가 지난번에 여기 왔을 때 이 그림 본 기억나요, 토미?”

“아니, 하지만 그때는 주의해서 보지 않았어.”

패커드 원장이 설명했다.

“아, 그 그림 말씀이군요. 지난번에 오셨을 때는 보지 못하셨을 거예요. 그때는 확실히 이 그림이 벽난로 위에 걸려 있지 않았거든요. 사실 그건 이곳의 거주자 중 한 분이 팬쇼 부인께 드린 그림입니다. 부인이 그 그림을 한두 번 칭찬하시자, 그분이 팬쇼 부인께 선물로 드렸다지요.”

“그렇군요. 그러니까 우리가 지난번에 여기 왔을 때는 당연히 못 봤겠군요. 그런데도 저 집이 굉장히 친숙하네요. 당신은 안 그래요, 토미?”

“전혀.”

“그럼, 전 이제 가 보겠습니다. 제 도움이 필요하시면 언제든 찾아 주세요.”

패커드 원장이 싹싹하게 말했다. 그녀는 미소를 지으며 고개를 끄덕여 보인 다음 방에서 나가 문을 닫았다.

"저 원장의 치아가 정말이지 거슬리는걸."

터펜스가 말했다.

"왜 그러는데?"

"이가 너무 많아요. 아니, 너무 큰가? '너를 더 잘 잡아먹으려고 그런다, 아가야.'라고 했던 『빨간 모자』의 늑대가 생각나요."

"당신 오늘 좀 이상한 것 같아, 터펜스."

"그런 것 같긴 해요. 패커드 원장은 굉장히 좋은 인상이었는데, 오늘은 왠지 불길한 느낌이 들어요. 당신도 그래요?"

"아니, 난 안 그래. 자, 여기 온 소임을 다해야지. 저기 가엾은 에이다 이모님의 유품들 좀 봐. 유품은 변호사들이 쓰는 용어지만 말이야. 저게 바로 내가 말한 책상이라고. 윌리엄 삼촌이 쓰시던 책상. 마음에 들어?"

"근사해요. 섭정 시대(영국의 조지 3세가 앓는 동안 왕세자가 섭정을 맡아 본 시대로 1811~1820년에 해당함 ― 옮긴이)에 만든 것 같아요. 노인들이 밖에서 쓰던 물건을 갖고 올 수 있다는 게 너무 좋네요. 저 말 털로 만든 의자는 별로지만, 저 작은 작업대는 마음에 들어요. 끔찍하게 보기 싫은 장식 선반을 걸어 둔 우리 집 창문가 구석 자리에 안성맞춤이겠어요."

"좋아. 저 두 가지는 우리가 가져가도록 하지."

"아까 벽난로 위에 걸려 있던 그림도 가져가요. 그림이 아주 멋진데다, 분명히 어디선가 본 것 같은 느낌이 들어요. 자, 이제 보석을 살펴보자고요."

두 사람은 경대 서랍을 열었다. 안에는 카메오(줄무늬를 이용하여 양각으로 장식한 마노, 호박, 조가비 등 ― 옮긴이) 한 세트와 피렌체풍의 팔찌와 귀걸이, 여러 색의 보석이 박힌 반지가 들어 있었다.

"이 중 하나는 전에 본 적이 있어요. 보통은 이런 반지에 이름을 새겨 넣죠. '사랑하는 누구'라는 글귀를 써 넣기도 하고요. 다이아몬드, 에메랄드, 자수정……. 음, 사랑하는 사람의 이름은 없네요. 있을 리도 없겠지만. 누군가 에이다 이모님에게 '사랑하는 누구'라는 글귀를 새겨 넣은 반지를 준다는 게 상상이 안 돼요. 루비, 에메랄드, 어느 것부터 시작했는지 잊어버렸네. 다시 해 봐야지. 루비, 에메랄드, 또 루비, 아니 석류석인 것 같은데. 그리고 자수정과 다른 분홍빛 보석, 이건 루비가 틀림없어. 가운데는 작은 다이아몬드가 박혀 있네. 아, 이거 괜찮은데. 꽤 좋아 보여요. 골동품 같아서 낭만적인걸."

터펜스는 그 반지를 손가락에 끼어 보았다.

"데버라가 갖고 싶어 하겠는데. 피렌체풍의 팔찌와 귀걸이 세트도 탐낼 것 같고. 다른 사람들처럼 데버라도 빅토리아풍 장신구를 몹시 좋아하거든요. 이제 옷을 살펴보기로 해요. 좀 으스스하긴 하군요. 아, 이건 모피 숄이네. 값이 꽤 나가겠는걸. 내가 갖고 싶진 않고, 여기서 일하는 사람한테 주는 게 좋겠어요. 에이다 이모님에게 특별히 친절했던 사람이나 각별히 가까웠던 분에게요. 그런 사람이 좋겠어요. 진짜 모피거든요. 패커드 원장한테 물어봐서 처리하도록 하고, 나머지는 자선 단체로 보내 버리죠. 그러면 모두 해결되었군요. 그렇죠? 이제 나가서 패커드 원장을 찾아보도록 해요. 그리고 안녕히 계세요, 에이다 이모님. 지난번에 이모님을 뵙고 간 게 정말 다행스러워요. 절 좋아하지 않으셔서 유감이긴 했지만, 절 미워하며 기분 나쁜 말을 해서 이모님이 즐거우셨다면 저는 괜찮아요. 이모님도 즐거운 일이 있으셔야 하니까요. 이모님을 잊지 않을게요. 윌리엄 삼촌이 쓰시던 책상을 볼 때마다 이모님을 생각하겠어요."

터펜스가 침대 쪽을 바라보며 큰 소리로 작별 인사를 했다.

토미와 터펜스는 패커드 원장을 찾으러 나갔다. 토미는 책상과 작은 작업대는 사람을 불러 자신들의 집으로 보낼 것이며, 다른 가구는 지역 경매업자에게 넘겨 달라고 부탁했다. 그는 번거롭지 않다면 옷가지를 기부할 단체를 고르는 수고도 패커드 원장이 맡아 달라고 덧붙였다.

"이모님이 쓰시던 모피 숄을 좋아할 만한 분이 있을지 모르겠네요. 아주 좋은 거거든요. 이모님과 친하게 지내던 친구분이 계신가요? 아니면 간호사 중에 이모님께 특별히 잘해 드린 분이라도?"

터펜스가 물었다.

"아주 현명한 결정이세요, 베레스퍼드 부인. 유감스럽게도 이곳 노인들 중 팬쇼 부인과 특별히 친하게 지낸 분은 없었답니다. 하지만 오키프 양이 에이다 이모님을 많이 돌봐 드리면서 각별히 친절하고 따뜻하게 대해 드렸답니다. 제 생각엔 오키프 양이 그걸 받으면 굉장히 감사해하며 좋아할 것 같군요."

"그리고 벽난로 위에 있는 저 그림을 제가 갖고 싶긴 한데, 저 그림을 에이다 이모님께 주신 분이 돌려받고 싶어 하지 않을까요? 그 분에게 여쭤봐야 할 것 같은데…….”

“죄송합니다만, 베레스퍼드 부인. 그건 곤란할 것 같습니다. 그 그림은 랭커스터 부인이 팬쇼 부인께 드린 건데, 랭커스터 부인이 이제 여기 안 계시거든요.”

“여기 안 계시다고요? 랭커스터 부인요? 지난번 여기 왔을 때 뵌 분 말이죠? 흰 머리를 뒤로 넘겨 빗고 아래층 접견실에서 우유를 마시고 계셨더랬죠. 그분이 딴 데로 가셨나요?”

터펜스가 놀란 음성으로 물었다.

“네, 갑자기 그렇게 됐어요. 일주일 전에 그분의 친척인 존슨 부인께서 데려가셨답니다. 존슨 부인이 지난 사오 년간 아프리카에서 살다가 갑작스럽게 돌아오셨거든요. 남편이 영국에 집을 샀다면서 이제 직접 랭커스터 부인을 모시겠다고 하셨어요. 랭커스터 부인은 여길 떠나고 싶어 하지 않으셨건만. 이곳 생활에 익숙해지신 데다 모두와 아주 잘 지내며 행복해하셨거든요. 떠날 때는 무척 심란해하셨고, 눈물까지 보이셨답니다. 하지만 제가 어떻게 하겠어요? 랭커스터 부인이 그 문제에 대해 별다른 말씀을 못 하신 이유는 물론 존슨 부부가 부인이 이곳에서 지내는 비용을 지불하셨기 때문이죠. 제가 그분은 여기 오래 계셨고 그간 너무 잘 지내셨으니, 계속 여기 머무시도록 하는 게 어떻겠냐고 말씀드렸습니다만…….”

“랭커스터 부인이 여기 얼마나 계셨나요?”

“6년 가까이 되신 것 같아요. 맞아요, 그 정도 돼요. 이곳을 집처럼 편안히 느낄 시간이죠."

"네, 그렇군요."

터펜스는 인상을 찌푸리며 토미를 신경질적인 눈으로 쳐다봤다. 그러고는 결연한 표정으로 턱을 높이 치켜들었다.

"그분이 떠나시다니 유감스러운걸요. 지난번에 이야기를 나누었을 때, 전에 한 번 뵌 것 같다는 인상을 받았어요. 왠지 낯이 익더라고요. 생각해 보니 제 오랜 친구인 블렌킨숍 부인과 함께 그분을 만난 적이 있는 것 같기도 했고요. 그래서 다시 에이다 이모님을 뵈러 오면, 그분께 그게 사실인지 여쭤봐야겠다고 생각했지요. 하지만 그분이 친지 품으로 돌아가셨으니 이제 그럴 수도 없게 되었네요."

"충분히 이해합니다, 베레스퍼드 부인. 이곳의 거주자가 예전 친구나 친척을 알고 지냈던 사람을 만나면, 그건 그분들에게 상당히 의미 있는 일이랍니다. 랭커스터 부인이 블렌킨숍 부인 이야기를 하신 적이 있는지는 기억할 수 없지만, 그런 일은 충분히 가능하죠."

"랭커스터 부인에 대해 좀 더 이야기해 주실 수 있으세요? 그분을 데려간 친척이 어떤 분이며, 어떻게 이곳에 오시게 됐는지요?"

"대단한 건 별로 없습니다. 아까 말씀드린 것처럼 6년 전쯤 존슨 부인으로부터 이곳에 대해 묻는 편지를 받았답니다. 그 후에 존슨 부인이 직접 여기 오셔서 이곳을 둘러보셨죠. 친구한테서 양지바른 언덕에 대해 들으셨다면서 그 이름의 의미와 여러 가지 사항에 대해 묻고 가셨더랬죠. 그로부터 일이 주쯤 후에 런던의 법률 회사로부터 더 자세한 내용을 문의하는 편지가 왔고, 결국 랭커스터 부인을 맡기고 싶다는 편지가 온 거죠. 빈방이 있으면 일주일 후에 두 분이 같이 방문하시겠다면서요. 그때 마침 빈방이 있어, 존슨 부인이 랭커스터 부인을 이곳으로 데려오셨고, 랭커스터 부인은 이곳과 우리가 내드린 방을 마음에 들어 하셨습니다. 존슨 부인께서 랭커스터 부인이 쓰시던 물건 몇 가지를 갖고 와도 되겠냐고 하시길래 전 좋다고 말씀드렸죠. 보통 개인 소지품을 갖고 오시도록 허락하면 훨씬 만족스러워 하시거든요. 이렇게 해서 모든 게 흡족하게 마무리되었죠. 존슨 부인은 랭커스터 부인이 남편 쪽의 먼 친척으로, 자신들이 아프리카의 나이지리아로 가게 되어 걱정이라고 하셨답니다. 존슨 부인의 남편이 그곳에서 어떤 직책을 맡게 되어 몇 년 후에야 영국으로 돌아오시는 것 같았어요. 때문에 랭커스터 부인을 모실 만한 집이 마땅치 않아 이왕이면 부인이 마음에 들어 하는 시설에 맡기려고 하셨던 거죠. 주변에서 이곳이 좋다는 이야기를 들으셨대요. 이렇게 모든 일이 순조롭게 진행되어서 랭커스터 부인은 이곳에서 잘 지내셨던 거고요."

"그렇군요."

"여기 계신 분들은 모두 랭커스터 부인을 굉장히 좋아했어요. 그분이 약간…… 정신이 약간 흐릿하긴 하셨지만요. 제 말뜻을 아시죠? 그러니까 뭘 자꾸 잊어버리고, 혼동하시고, 어떨 때는 주소와 이름도 기억하지 못하셨지요."

"부인은 편지를 많이 받으셨나요? 외국에서 오는 편지나 소포 같은 거 말이에요."

"존슨 부부가 아프리카에서 한두 번 편지를 보내셨는데, 처음 1년이 지난 후에는 보내지 않으셨죠. 사람들은 잘 잊어버리니까요. 더구나 새로운 나라로 가서 완전히 다른 생활을 하게 되면 더더욱 그렇지요. 그분들이 랭커스터 부인과 연락을 자주 하지는 않으셨던 것 같아요. 먼 친척에 불과할 뿐이니, 그분들에게는 친척으로서의 책임감이 전부셨겠죠. 재정적인 문제는 모두 변호사인 에클스 씨를 통해 이루어졌는데, 아주 평판 좋고 훌륭한 법률 회사를 운영하고 계신 분이지요. 저희도 전에 그 회사와 한두 번 거래를 한 일이 있어 서로 잘 아는 사이랍니다. 랭커스터 부인의 친구나 친지분들은 거의 세상을 떠나셨는지, 소식을 전해 오는 분도, 찾아오는 분도 거의 없었습니다. 1년 뒤쯤에 아주 멋진 신사분이 한 분 찾아오셨는데, 랭커스터 부인과 개인적으로 친분이 있는 것 같지는 않고 존슨 씨의 친구, 그러니까 존슨 씨처럼 해외 근무를 하셨던 분 같았어요. 랭커스터 부인이 잘 지내시는지 확인하러 오신 것 같았습니다."

"그러고 나선 모두가 랭커스터 부인에 대해 잊어버린 거로군요."

"그렇다고 할 수 있죠. 슬픈 일이에요, 그렇죠? 하지만 드물다기보다는 오히려 흔히 벌어지는 일이죠. 다행히 이곳에 들어온 노인들은 여기서 친구를 사귄답니다. 취향이 같거나 비슷한 추억을 가진 사람끼리 친구가 되는 거죠. 그렇게 되면 훨씬 행복한 생활이 되니까요. 이분들은 대부분 과거의 삶을 많이 잊어버리신답니다."

"이분들 중에는, 그러니까 조금……. 약간……. 뭐라고 해야 할까……."

토미가 한 손을 천천히 이마로 가져가서 머뭇거리며 말하고는 이마에서 손을 떼었다.

"아, 무슨 말씀이신지 알겠습니다. 저희는 정신병자는 받지 않습니다. 하지만 그 경계선에 계신 분들은 받아들이죠. 즉 약간 노망해서 자신을 제대로 돌보기 힘든 분이나, 어떤 환상이나 망상을 품고 계신 분들 말입니다. 어떤 분은 자신이 역사 속의 인물이라고 상상하기도 하신답니다. 남들에게 해롭지 않은 방식으로 말이죠. 여기만 해도 마리 앙투아네트 두 분이 계신데, 그중 한 분은 늘 트리아농 궁전에 대해 말씀하시며 우유를 많이 드시지요. 우유가 그곳과 연관이 있다고 생각하시는 것 같습니다. 또 자신이 퀴리 부인이고 라듐을 발견했다는 분도 계세요. 그분은 신문, 특히 원자 폭탄이나 과학적인 발견에 관한 기사를 굉장히 열심히 읽으신답니다. 늘 이 분야에서 처음 실험을 시작한 거 바로 자신과 남편이라고 말씀하시면서요. 남에게 해를 주지 않는 망상은 노년기에 사람을 무척 행복하게 해 줍니다. 언제나 그런 망상에 빠져 있는 것도 아니고요. 매일 마리 앙투아네트나 퀴리 부인이 되는 건 아니에요. 대개 2주에 한 번 정도 증상이 나타납니다. 그분들도 그런 역할 놀이를 계속하는 데 피로를 느끼는 것 같습니다. 아니면 건망증일 수도 있겠군요. 그런 분들은 자신이 누구인지 잘 기억하지 못하는 경우가 많거든요. 아니면 아주 중요한 일을 잊어버렸다며, 생각이 나야 한다는 식의 말을 입에 달고 살기도 하시지요. 뭐 그런 증상들입니다."

"그렇군요……. 랭커스터 부인이 말씀하시는 벽난로는 이 접견실

안에 있는 건가요, 아니면 다른 벽난로인가요?"

터펜스가 머뭇거리다 이렇게 물었다.

"벽난로라고요? 무슨 말씀이신가요?"

패커드 원장이 터펜스를 빤히 쳐다보며 물었다.

"랭커스터 부인이 하신 말씀 중에 이해가 안 가는 부분이 있어 여쭤본 거예요. 그분이 벽난로와 관련해서 안 좋은 기억이 있거나, 아니면 무서운 책을 읽으신 것 같아요."

"그럴 수 있겠죠."

"또 그분이 에이다 이모님께 드린 그림이 아직 마음에 걸려요."

"정말이지 걱정할 필요 없으세요, 베레스퍼드 부인. 그분은 지금쯤 이 그림에 대해서는 까맣게 잊어버리셨을 거예요. 이 그림을 특별하게 여기신 것 같지도 않고요. 팬쇼 부인이 좋아하시자 기꺼이 넘겨주셨을 뿐이죠. 부인께서도 그 그림을 마음에 들어하셔서 챙기신 걸 알면 랭커스터 부인도 흡족해하실 겁니다. 제가 보기에도 좋은 그림이네요. 그림에 대해서는 잘 모르지만 말이에요."

"이렇게 해야겠어요. 원장님이 제게 주소를 주시면, 제가 존슨 부인에게 편지를 써서 그림을 가져가도 좋은지 여쭤볼게요. 그게 좋을 것 같아요."

"그분들이 가신다던 런던에 있는 호텔 주소가 제가 갖고 있는 유일한 주소랍니다. 클리블랜드 호텔이었던 것 같네요. 맞아요, 조지가(街) W1번지에 있는 클리블랜드 호텔. 존슨 부인이 랭커스터 부인을 그리로 모셨다가 사오일 후에 스코틀랜드에 있는 친척 집으로 가신다고 들은 것 같아요. 이후의 주소는 클리블랜드 호텔 측이 갖고 있을 겁니다."

"고마워요. 이제 에이다 이모님의 모피 숄을 처리할까요?"

"제가 가서 오키프 양을 데리고 오겠습니다."

패커드 원장이 방에서 나갔다.

"당신 그 블렌킨숍 부인 얘기는 또 뭐야."

터펜스가 흐뭇한 표정으로 토미를 쳐다봤다.

"내 자랑스러운 창작이에요. 블렌킨숍 부인을 써먹을 생각을 했다는 게 기뻐요. 그냥 누군가의 이름을 생각해 내려 했는데, 갑자기 블렌킨숍 부인이 떠오르더군요. 우습지 않아요? 그렇죠?"

"오래전 일이야. 이젠 전시에 활동하는 스파이도, 우리가 하던 역(逆) 스파이 활동도 없다고."

"안타깝네요. 그 일이 재미있었거든요. 그 하숙집에 살면서 새로운 인격을 만들어 내는 거 말이에요. 내가 진짜 블렌킨숍 부인이 된 것처럼 느껴지기 시작하더라고요."

"당신이 잘 헤어 나와서 다행이야. 전에도 한 번 말했지만, 내가 보기에 당신은 그때 좀 지나쳤어."

"그렇지 않았어요. 난 그 인물을 완벽하게 연기해 냈다고요. 좀 미련할 정도로 착한, 하지만 세 아들을 잘 건사하지 못하는 여자였죠."

"내 말이 그 말이야. 아들 하나로도 충분했다고. 아들 세 명은 너무 심했어."

"그땐 그 애들이 정말 있는 것처럼 느껴졌죠. 더글러스, 앤드

루……. 맙소사! 셋째 아들 이름을 잊어버리다니. 그 애들의 생김새와 성격, 그리고 주둔지까지 정확히 기억했는데, 게다가 그 애들한테서 받은 편지에 대해 막힘없이 이야기할 수 있었는데.”

“이제 끝난 일이야. 이곳에서 알아낼 건 더 이상 없어. 그러니 그 블렌킨솝 부인은 잊어버리라고. 내가 죽으면 나를 묻고 적당히 애도한 다음, 양로원 같은 데로 거처를 옮겨서 그때 깨어 있는 시간의 절반쯤을 블렌킨솝 부인 노릇을 하고 지내면 되겠구려.”

“한 가지 역할만 하고 노는 건 좀 지루하겠는걸요.”

“노인들이 마리 앙투아네트나 퀴리 부인 등이 되고 싶어 하는 이유가 뭘까?”

“너무 지루해서 그럴 거예요. 할 일이 전혀 없으니까요. 다리를 쓰지 못하니 걸어 다닐 수도 없고, 손가락이 뻣뻣해져서 뜨개질도 할 수 없게 되면, 당신도 그렇게 될걸요. 재미있는 일을 필사적으로 찾겠다가 어떤 유명한 인물을 흉내 내며 어떤 느낌이 드는지 시도해 보는 거죠. 난 충분히 이해가 가요.”

“당신이라면 이해할 수 있고말고. 당신이 갈 양로원에 신의 가호가 있기를. 당신은 클레오파트라가 되고 말 거야.”

“난 유명 인사는 되고 싶지 않아요. 난 ‘클리페의 앤’(잉글랜드 왕 헨리 8세의 네 번째 왕비 — 옮긴이)이 살던 성에서 일하는 식모 같은 사람이 될 거예요. 여러 가지 소문이 흉흉하게 떠도는 곳 말이에요.”

문이 열리고, 패커드 원장이 젊은 여자와 함께 들어왔다. 주근깨 박힌 얼굴에 부스스한 빨간 머리를 한 키 큰 여자로 간호사 복장을 입고 있었다.

"간호사 오키프입니다. 여기 베레스퍼드 내외분께서 할 말이 있으시답니다, 오키프 양. 저는 이만 실례하겠습니다. 절 찾는 분이 계셔서요."

터펜스가 에이다 이모의 모피 숄을 선물하자, 오키프는 넋이 나갈 듯 좋아했다.

"아! 너무 예뻐요. 하지만 제겐 과분합니다. 부인이 가지셔야 할 것 같은데……."

"아뇨, 아니에요. 내겐 너무 커요. 난 몸집이 작아서. 이건 당신처럼 키 큰 여자한테 어울려요. 에이다 이모님이 키가 크셨잖아요."

"기품 있는 노부인이셨죠. 젊었을 때 굉장히 예쁘셨을 것 같아요."

"아마 그러셨을 거예요. 그동안 돌보기 힘드셨죠?"

토미가 회의적인 음성으로 말했다.

"사실 좀 그런 면이 있으셨죠. 하지만 강인한 영혼의 소유자셨어요. 어떤 것에도 굽힘이 없으셨고, 항상 현명하셨죠. 그분이 모든 일을 얼마나 날카롭게 파악하시는지 알면 놀라실 거예요. 송곳처럼 예리하셨으니까."

"하지만 보통 성미가 아니셨어요."

"그런 면도 있으셨어요. 하지만 정말로 주변 사람들을 힘들게 하는 건 징징거리는 불평과 한탄이에요. 팬쇼 부인은 둔한 면이라곤 전혀 없으셨어요. 옛 시절의 재미있는 일화를 들려주시곤 했는데, 팬쇼 부인이 소녀 시절 말을 타고 시골집의 계단을 올라간 적이 있으셨다면서요, 물론 사실이죠?”

“글쎄요, 제가 이모님보다 한참 뒤에 태어나서.”

“여기서는 뭐가 진실인지 가늠하기 어렵답니다. 노인들은 여러 가지 이야기를 해 주시거든요. 그분들이 범죄자를 잡은 적도 있답니다. 그래서 즉시 경찰을 불렀죠. 자칫했으면 우리 모두 위험했을 거예요.”

“지난번에 여기 왔을 때 어떤 분이 독을 드신 일이 있었는데.”

터펜스가 말했다.

“아, 로켓 부인 말씀이시죠. 그분은 매일 그러세요. 하지만 그분에게 필요한 건 경찰이 아니라 의사지요. 그만큼 의사에 집착하신답니다.”

“그리고 또 어떤 분, 코코아를 달라고 소리치셨던 자그마한 노부인은⋯⋯.”

“무디 부인이실 거예요. 가엾은 분⋯⋯. 그분은 떠나셨어요.”

“여기를 떠나셨다는 건가요, 아니면 세상을 뜨셨다는 건가요?”

“갑작스러운 혈전증으로 돌아가셨죠. 선생님의 이모님을 무척 좋아하셨는데. 팬쇼 부인이 시간을 많이 내주진 않으셨어요. 무디 부인은 쉴 새 없이 이야기를 하는 분이시라⋯⋯.”

“랭커스터 부인도 떠나셨다고 들었어요.”

“네, 친척분이 데려가셨죠. 가고 싶어 하지 않으셨는데, 안되셨어요.”

“그분이 제게 접견실에 있는 벽난로 얘기를 하셨는데, 그건 무슨 이야기인가요?”

"그분은 이야깃거리를 많이 갖고 계세요. 자신에게 일어났던 일과, 또 자신만 아는 비밀까지……."

"어떤 아이에 대한 내용도 있었어요. 납치된 아이인지, 살해된 아이인지……."

"노인들은 이상한 이야기를 많이 꾸며 내세요. 텔레비전에서 아이디어를 얻는 경우도 허다하고요."

"그런 노인들과 일하는 게 힘들지 않아요? 피곤할 것 같은데."

"아뇨, 전 노인들을 좋아해요. 아니면 제가 왜 노인 돌보는 일을 자청했겠어요."

"여기 계신 지는 오래되셨나요?"

"1년 반 정도요……. 다음 달에 떠나긴 하지만요."

오키프가 잠시 말을 끊었다가 대답했다.

"왜죠?"

처음으로 오키프가 뭔가 감추는 듯한 느낌이 들었다.

"글쎄요, 베레스퍼드 부인, 누구나 변화가 필요한 법이라……."

"그래도 같은 업종에서 일하시겠죠?"

"그럼요. 정말 감사드립니다. 팬쇼 부인을 추억할 만한 물건을 갖게 되어 기쁘네요. 그분은 대단한 노인이셨어요. 요즘에는 그런 분을 찾아보기 힘들거든요."

오키프가 모피 숄을 집어 들며 말했다.

랭커스터 부인의 실종

I

에이다 이모가 쓰던 가구가 토미와 터펜스의 집에 도착했다. 책상을 제자리에 놓고 보니 아름다웠다. 장식 선반을 복도의 어두운 구석으로 밀어내고 그 자리에 작업대를 놓았다. 터펜스는 매일 아침 차를 마시며 볼 수 있도록 운하 옆 분홍 집이 그려진 그림을 침실의 벽난로 위에 걸었다.

그 그림을 그냥 가져온 게 마음에 걸리던 터라, 터펜스는 그 그림을 가져오게 된 경위와 랭커스터 부인이 되돌려받기를 원하면 언제든 돌려 드리겠다는 내용의 편지를 썼다. 그러고는 이 편지를 랭커스터 부인과 존슨 부인을 공동 수신자로 해서 런던의 조지가 W1번지에 있는 클리블랜드 호텔로 보냈다.

편지는 일주일 뒤에 '주소 불명'으로 돌아왔다.

"정말 신경 쓰이네."

터펜스가 투덜거리자 토미가 대꾸했다.

"그 사람들이 하루나 이틀 정도만 거기서 묵고 나갔겠지."

"이후의 주소를 남겼을 텐데……."

"'새 주소로 전송 바람'이라고 안 썼소?"

"물론 썼죠. 내가 직접 전화를 해서 물어봐야겠어요. 호텔 프런트에 주소를 남겨 놓았을 테니까……."

"내가 당신이라면 그만두겠어. 왜 이리 소란을 피우는 거요? 정신이 오락가락하는 노인이 그 그림을 기억하고 있을 것 같아?"

"그래도 해 보겠어요."

터펜스는 전화를 걸어 클리블랜드 호텔을 연결해 달라고 부탁했다.

몇 분 뒤 터펜스는 토미가 있는 서재로 들어왔다.

"이상해요, 토미. 그 사람들이 거기 묵은 적이 없대요. 존슨 부인도, 랭커스터 부인도, 그런 이름으로 예약된 방이 아예 없다는군요. 그 사람들이 거기 묵었던 흔적이 전혀 없다고요."

"패커드 원장이 호텔 이름을 잘못 기억했을 거야. 서둘러 쓰다가 실수했거나 아니면 쪽지를 잊어버려서 잘못 기억하고 있는 거겠지. 그런 일이 종종 있잖아."

"양지바른 언덕에선 그런 일이 벌어질 것 같지 않아요. 패커드 원장은 빈틈없는 사람이라고요."

"호텔을 미리 예약해 두지 않았다가 빈방이 없어서 다른 호텔로 갔나 보지. 당신도 런던의 숙박 시설 사정이 어떤지 잘 알잖아. 그래도 계속 소란을 피워야겠소?"

터펜스는 서재에서 나갔지만, 곧 다시 돌아왔다.

"방법이 있어요. 패커드 원장에게 전화를 걸어 그 법률 회사 주소를 알려 달라고 해야겠어요."

"무슨 법률 회사?"

"패커드 원장이 존슨 부부가 외국에 나가 있는 동안 모든 처리를 도맡아 해 준 법률 회사가 있다고 말했잖아요. 기억 안 나요?"

하지만 어떤 회의에 참석해 연설을 하기로 되어 있었던 토미는 그 연설문의 초안을 쓰느라 여념이 없었다. 토미가 작은 소리로 중얼거렸다.

"그런 우발적인 사건이 발생했을 때 적절한 조치는……."

그러다 그는 이렇게 물었다.

"'우발적인 사건'의 철자가 어떻게 되지, 터펜스?"

"내가 한 말 들었어요?"

"응, 아주 좋은 생각이야. 훌륭해. 대단하다고. 그렇게 하세요."

터펜스가 서재에서 나가다 말고 머리를 다시 들이밀고 되물었다.

"'우연적인 사건' 말인가요?"

"그게 아냐. 당신이 잘못 알아들었어."

"무슨 글을 쓰는데요?"

"다음에 I.U.A.S.에서 발표할 논문이야. 제발 일 좀 하게 내버려 둬."

"미안해요."

터펜스가 서재에서 나갔다. 토미는 문장을 썼다 지웠다를 반복했다. 글 쓰는 속도가 빨라지면서 토미의 얼굴이 조금 밝아졌다. 그때 다시 서재 문이 열렸다.

"여기 있어요. 파팅데일, 해리스, 로커리지 앤드 파팅데일, 링컨 테라스 32번지 WC2, 전화번호는 홀번 051386. 그 회사의 소유주는 에클스 씨로 되어 있네요. 자, 이제 당신이 맡아요."

터펜스가 토미의 팔꿈치 옆으로 종이 한 장을 내밀었다.

"안 돼!"

토미가 단호히 거절했다.

"해요! 에이다 이모님은 당신 이모잖아요."

"왜 여기서 에이다 이모님이 나와? 랭커스터 부인은 내 이모가 아니야."

"하지만 변호사잖아요. 변호사를 상대하는 건 남자들의 몫이라고요. 그 사람들은 여자는 어리석고 집중을 할 줄 모른다고 생각……."

"아주 타당성 있는 견해군."

"아, 토미. 좀 도와줘요. 당신은 가서 전화를 걸고, 난 사전에서 '우발적인'의 철자를 찾을게요."

토미는 터펜스를 한 번 쳐다보고 서재에서 나갔다.

마침내 토미가 돌아와 결연한 음성으로 선언했다.

"이 문제는 이걸로 끝이야, 터펜스."

"에클스 씨와 통화했어요?"

"정확히 말하면, 파팅포드, 록조 앤드 해리슨 사(社)에서 일하는 하급 직원이 틀림없는 월스 씨와 통화했어. 하지만 그 사람 모르는 게 없고, 설명도 유창하더군. 모든 편지와 연락 사항은 서던 카운티스 은행의 해머스미스 지점으로 보낸대. 그곳에서 모든 연락 사항을 당사자에게 전한다는 거야. 그리고 터펜스, 거기가 막다른 골목이야. 은행 측이 연락 사항은 모두 전하지만, 당신이건 어느 누구한테건 주소를 알려 주지는 않을 거라는군. 개인적인 정보를 알려 주지 못하도록 하는 규정이 있어서 어쩔 수가 없다나. 그자들의 입은 있는 대로 무게 잡는 우리 나라 총리 나리의 입만큼 무거운 것 같아."

"좋아요, 그럼 은행 앞으로 편지를 보내야겠어요."

"그렇게 해. 그리고 제발 부탁인데 날 좀 내버려 둬. 그렇지 않으면 이 연설문을 영영 못 끝내고 말 거야."

"고마워요, 여보. 당신 없이 내가 무슨 일을 하겠어요."

터펜스가 토미의 머리에 입을 맞추며 말했다.

"최고의 아첨이군."

토미가 중얼거렸다.

II

"그런데, 은행을 통해 존슨 부인에게 보낸 편지에 답장은 받았어?"

다음 목요일 저녁, 토미가 불쑥 물었다.

"그렇게 물어봐 주시니 황송하네요. 실은 못 받았어요. 받을 것 같지도 않고요."

터펜스가 빈정거리는 투로 대답했다.

"왜 못 받아?"

"관심도 별로 없으면서 뭘 그래요?"

터펜스가 차갑게 응수했다.

"이봐, 터펜스. 내가 좀 정신이 없었던 거 알아. 모두 I.U.A.S. 일 때문이야. 다행히 1년에 한 번뿐이라고."

"월요일에 시작되죠. 닷새 동안……."

"나흘 동안이야."

"당신네들은 모두 시골에 있는 비밀 기지로 쥐도 새도 모르게 몰려가서 연설을 하고, 서류를 읽고, 유럽이나 그 너머에서 특급 비밀 임무를 수행 중인 젊은이들을 조사하겠지요. I.U.A.S.가 뭐의 약자인지 잊어버렸지만, 요즘은 왜 그렇게 약자들을 많이 쓰는지……."

"안전 연대 국제 연합(International Union of Associated Security) 이야."

"대단하기도 하지! 너무 우스워요. 그곳은 건물 전체에 도청 장치가 설치되어 있겠죠. 모두가 다른 사람의 가장 비밀스러운 대화를 엿듣게 되는 셈이고요."

"그렇다고 할 수 있지."

토미가 미소 지으며 말했다.

"그런데 당신은 그런 일이 재미있나요?"

"어떤 면에선 그래. 옛 친구들을 많이 만나니까."

"지금은 모두 호호백발이 되어 있겠네요. 그런 회의를 해서 뭐 하나 쓸모 있는 구석이라도 있나요?"

"질문하고는! 누가 감히 그런 질문에 간단하게 '아니다', '그렇다'로 대답할 수 있겠어?"

"그러면 그 사람들 중에 좋은 사람도 있어요?"

"그 질문에는 그렇다고 대답해야겠는걸. 정말 좋은 사람이 몇 명 있거든."

"노익장 조시도 오나요?"

"응, 올 거야."

"요즘 그분은 어떻게 지내요?"

"귀도 아예 안 들리고 눈도 어두워진 데다가 류머티즘 때문에 운신도 제대로 못 해. 그러면서도 기 하나 죽지 않은 걸 보면 놀랄걸."

"알겠어요. 나도 가면 좋겠는데."

터펜스가 뭔가 생각에 잠긴 듯한 음성으로 말했다.

토미는 미안한 표정이 되었다.

"내가 가 있는 동안 당신도 할 일을 찾아야 할 거야."

"그래야겠어요."

터펜스가 여전히 생각에 골똘하며 대답했다.

토미가 걱정스러운 눈빛으로 아내를 응시했다. 터펜스는 늘 남을 심란하게 만드는 재주가 있었다.

"터펜스, 무슨 계획이라도 있어?"

"아직은 없어요. 생각만 하고 있는 중이에요."

"뭐에 대해서?"

"양지바른 언덕, 그리고 우유를 홀짝이며 실성한 것 같은 얼굴로 죽은 아이와 벽난로에 대해 이야기하던 그 상냥한 노부인에 대해서요. 그 생각이 머리에서 떠나질 않네요. 다음번 에이다 이모님을 뵈러 갈 때 그 부인에 대해 좀 더 알아볼 생각이었는데, 이모님이 돌아가시는 바람에 그 다음번이란 게 없어졌잖아요. 게다가 두 번째로 양지바른 언덕에 들렀을 때는 랭커스터 부인이 사라지고 없었죠!"

"친척이 그 부인을 데려간 거 말이야? 그건 사라져 버린 게 아니야, 아주 당연한 일이지."

"그건 실종이에요. 추적할 수 있는 주소도 없고, 편지에 답장도 없다고요. 이건 계획된 실종이에요. 점점 더 그런 확신이 들어요."

"하지만……."

터펜스가 토미의 말을 가로막았다.

"잘 들어요, 토미. 어떤 범죄가 일어났다고 가정해 봐요. 범인들이 보기엔 모든 게 안전하게 잘 은폐된 것 같았어요. 그런데 가족 중 한 사람이 무언가를 봤거나 알고 있다고 쳐 봐요. 그 사람이 늙고 수다스러운 노인이라면요. 그 노인이 여기저기 떠벌리고 다니는 바람에 갑자기 위협적인 존재로 부각되었다면, 당신은 어떻게 하겠어요?"

"수프에 비소를 넣을까? 아니면 파이프로 머리통을 내려치거나 계단에서 밀어 떨어뜨릴까?"

토미가 장난치듯 응수했다.

"그건 너무 극단적인 방법이에요. 갑작스러운 죽음은 사람들의 이목을 끌죠. 좀 더 간단한 방법을 찾아야 할 거예요. 그래서 노부인들을 위한 시설 좋고 평판 좋은 양로원에 보낸 거죠. 존슨 부인이나 로빈슨 부인 행세를 하며 그곳을 방문하거나, 의심 살 것 없는 제삼자를 끌어들여 필요한 절차를 밟도록 하는 거죠. 믿을 만한 법률 회사를 통해 재정일을 돌보도록 하고요. 그러면서 그 나이 든 친척이 가끔 환상이나 망상을 본다는 말을 흘리는 거예요. 그 나이에 다른 노인들이 대개 그러니까 아무도 이상하게 생각하지 않을 거예요. 그 노부인이 독이 든 우유나 벽난로 뒤에 있는 죽은 아이, 또는 악의에 찬 납치에 대해 떠들어도 아무도 귀 기울이지 않죠. 그저 늙은 아무개 부인이 또 헛것을 보나 보다고 치부할 뿐이에요. 아무도 이상하게 생각하지 않는 거죠."

"베레스퍼드 부인만 빼고 말이야."

"맞아요. 뭔가 이상한 느낌이 들어요……."

"이유가 뭐지?"

"나도 잘 몰라요. 동화 같다고나 할까. '엄지손가락의 아픔이 느껴지는 걸 보니, 뭔가 불길한 일이 닥치려나 보다.(셰익스피어의 비극 『맥베스』에 나오는 대사 ─옮긴이)' 갑자기 섬뜩한 공포를 느꼈다고 할까요. 난 늘 양지바른 언덕이 극히 정상적이고 행복한 곳이라고 생각했어요. 그런데 불현듯 이상한 생각이 들더니 그게 머리를 떠나지 않길래 내막을 더 알아내야겠다 마음먹었죠. 그런데 그 가엾은 랭커스터 부인이 사라져 버리지 않았겠어요? 누군가 부인을 납치해 간 거라고요."

"하지만 왜 그랬을까?"

"그 사람들의 관점에선 부인의 증세가 점점 악화되기 때문이었겠죠. 더 많은 걸 기억하고, 더 많은 사람들에게 떠벌리고. 아니면 부인이 누군가를 알아보았거나 반대로 누군가 부인을 알아보았을 수도 있죠. 부인이 단서를 전해 듣고 과거에 벌어진 일을 다시 생각하게 되었을 수도 있고요. 어떤 이유에서든 랭커스터 부인이 누군가를 위협하는 존재가 된 거예요."

"이봐, 터펜스. 그 얘기는 온통 누군가, 무언가라는 가정으로 가득해. 그건 그저 당신이 만들어 낸 얘기라고. 당신도 아무 상관도 없는 일을 휘젓고 다니고 싶진 않겠지……."

"당신 말에 따르면 휘젓고 다닐 게 아무것도 없는 셈이네요. 그러니 신경 쓰지 말아요."

"혼자 양지바른 언덕으로 가겠다는 거로군."

"거기 다시 갈 생각은 없어요. 거기서 알아낼 건 다 알아낸 셈이니까요. 그 노부인은 거기 있는 동안에는 상당히 안전하셨던 것 같아요. 부인이 지금 어디 계시는지 알아봐야겠어요. 너무 늦지 않게 그 부인을 찾아내야죠. 그분에게 무슨 일이 생기기 전에 말이에요."

"대체 그 부인에게 무슨 일이 일어난다는 거지?"

"생각하고 싶지 않아요. 하지만 추적은 시작되었어요. 난 사립 탐정 프루던스 베레스퍼드로 돌아가겠어요. 당신도 우리가 '퉁명스럽지만 영리한 탐정 부부'였던 때를 기억하죠?"

"내가 그랬지. 당신은 내 비서인 로빈슨 양이었고."

"잠시뿐이었죠. 어쨌든 당신이 그 비밀스러운 대저택에서 국제 첩보 활동을 벌이는 동안 난 이 일에 착수하겠어요. 난 '랭커스터 부인 구출 작전'으로 바쁠 거예요."

"당신은 그 부인을 무사히 찾아내게 될 거야."

"나도 그러길 바라요. 아무도 나처럼 기꺼이 이 일에 뛰어들진 않을 테니 말이에요."

"어떻게 시작할 거지?"

"당신한테 말한 것처럼 먼저 생각을 좀 해 봐야겠어요. 광고 같은 걸 내 볼까? 아니, 그건 경솔한 짓이야."

"어쨌든 조심하라고."

토미가 무기력한 목소리로 말했다.

터펜스는 아무 대답도 하지 않았다.

III

월요일 아침이었다. 앨버트가 두 침대 사이에 있는 탁자에 이른 아침 차가 담긴 쟁반을 내려놓고 커튼을 친 다음 날씨가 좋다는 인사를 건네고 방에서 나갔다. 빨간 머리에 건장한 체격을 한 엘리베이터 보이였던 그를 두 사람이 탐정 활동에 끌어들인 뒤로, 앨버트는 오랫동안 베레스퍼드가(家)의 집안일을 도맡아 해왔다.

터펜스가 하품을 하며 자리에서 일어나 앉아 눈을 비비고는 차를 따른 후에 레몬 한 조각을 찻잔에 떨어뜨렸다. 그러고는 날씨가 얼마나 좋은지 모른다고 토미에게 아침 인사를 했다.

토미가 몸을 비틀며 신음 소리를 냈다.

"일어나요. 오늘 갈 데가 있잖아요."

"맙소사, 그렇지."

토미도 일어나 앉아 차를 잔에 따랐다. 그러고는 벽난로 위에 걸린 그림을 감상했다.

"터펜스, 당신이 가져온 그림 정말 좋은데."

"양쪽 창문에서 들어오는 햇살이 그림을 환히 비춰서 그래요."

"평화로워."

"내가 전에 저 집을 어디서 봤는지 기억이 나야 하는데."

"그게 무슨 대수야. 언젠가는 기억나겠지."

"그건 소용없어요. 지금 생각나야 해요."

"이유가 뭐지?"

"모르겠어요? 저 그림이 내가 갖고 있는 유일한 단서라고요. 랭커스터 부인의 그림이잖아요."

"하지만 그 두 가지를 너무 연결시키지는 마. 내 말은 랭커스터 부인이 저 그림을 한때 갖고 있었던 건 사실이지만, 그 부인이나 가족 중의 누군가가 전시회 같은 데서 저 그림을 그냥 샀을 수도 있다는 거야. 선물로 받은 게 워낙 마음에 들어 양지바른 언덕으로 가져온 것일지도 모르지. 저 그림과 랭커스터 부인이 개인적으로 관련되어 있지 않을 수도 있다는 거야. 그렇다면 그걸 왜 에이다 이모에게 췄겠어."

"어쨌든 저 그림이 내가 갖고 있는 유일한 단서예요."

"평화롭고 근사한 집이야."

"나도 그렇게 생각해요. 근데 저 집은 빈집 같아요."

"빈집이라니, 무슨 소리야?"

"누가 저 안에 살고 있을 것 같지가 않아요. 누군가 저 집에서 나올 것 같지가 않다고요. 아무도 저 다리를 건너지 않을 거고, 아무도 저 배를 풀어 노를 저을 것 같지 않아요."

"맙소사, 당신 도대체 왜 그래?"

토미가 터펜스를 쳐다봤다.

"저 그림을 처음 봤을 때 그런 생각이 들었어요. '들어가 살고 싶은, 정말 근사한 집이야.'라고. 그런데 그다음에는 '하지만 아무도 저 안에 살고 있지 않아. 확실하다고.' 하는 생각이 들지 뭐예요. 전에 저 집을 본 적이 있다고 말했죠. 잠깐, 잠깐만…… . 생각이 나려 해요. 생각이 나려고 한다고요."

토미가 터펜스를 빤히 쳐다봤다.

"창문 밖으로, 아니 차창 밖인가? 아냐, 그런 각도가 아니야. 운하를 따라 달리고 있었고…… . 작은 홍예다리와 분홍색 벽을 두른 집 한 채, 포플러 나무 두 그루, 아니 그보다 많아. 포플러 나무가 더 많았다고. 이런, 이런, 제대로 기억할 수만 있다면…… ."

"바보 같은 소리 집어 치워, 터펜스."

"다시 생각이 날 거예요."

토미가 시계를 들여다보았다.

"이런, 난 서둘러야겠어. 당신과 어디선가 이미 본 듯한 그 풍경 때문에 시간을 버렸군."

그는 침대에서 튀어 오르듯 일어나 서둘러 화장실로 갔다. 터펜스는 베개에 몸을 기대고 눈을 감은 채, 방금 흐릿하게 모습을 드러냈던 과거의 기억을 되살리려고 애썼다.

토미가 식당에서 두 번째 커피를 잔에 따르고 있을 때, 터펜스가 승리감에 가득 찬 채 상기된 표정으로 나타났다.

"알아냈어요. 그 집을 어디서 봤는지 알아냈다고요. 기차 창밖으로 그 집을 봤어요."

"언제? 어디서?"

"몰라요. 생각해 봐야죠. '언젠가는 와서 저 집을 다시 봐야지.' 하고 다짐했던 기억이 나요. 그래서 다음 역 이름을 확인하려 했는데, 요즘 철로가 어떤 형편인지 잘 알잖아요. 기차역의 절반 가량은 허물어지고 없곤 하니까. 그래서인지 다음 역은 완전 폐허에 승강장 위로 잔디가 무성하게 자라 있었어요. 표지판 같은 것은 찾아볼 수도 없었고요."

"빌어먹을 내 서류 가방은 어디 간 거야? 앨버트!"

두 사람은 정신없이 가방을 찾았다.

토미가 작별 인사를 하러 숨을 헐떡이며 돌아왔을 때, 터펜스는 깊은 생각에 잠긴 채 계란 프라이를 쳐다보고 있었다.

"갔다 올게. 제발, 터펜스. 아무 상관도 없는 일에 너무 참견하고 돌아다니지 마."

토미가 당부했다.

"기차 여행을 좀 해야겠어요."

터펜스가 여전히 생각에 잠겨 말했다.

토미는 얼마간 안심이 되는 듯한 표정으로 격려하는 투로 말했다.

"그러도록 해. 정기 승차권을 사라고. 적당한 가격에 영국의 여러 섬들까지 1500킬로미터는 족히 돌아다닐 수 있는 표가 있을 거야. 그게 합리적이지. 터펜스, 가고 싶은 곳일랑 다 타고 돌아다녀 보라고. 그러면 내가 집에 돌아올 때까지 즐겁게 지낼 수 있을 거야."

"조시에게 안부 전해 줘요."

"그럴게. 당신과 같이 갔으면 좋으련만. 어리석은 짓은 하지 않겠지, 안 그래?"

토미가 걱정스러운 눈빛으로 아내를 쳐다보며 덧붙였다.

"물론이죠."

터펜스가 단언했다.

"이런, 이런!"

터펜스가 한숨지으며 우울한 눈으로 자신의 모습을 돌아보았다. 이보다 비참했던 적은 없을 것이다. 당연히 토미를 그리워하게 될 거라는 건 알고 있었지만, 이 정도일지는 짐작하지 못한 터였다.

오랜 결혼 생활 동안 토미와 터펜스는 긴 시간 떨어져 지낸 적이 거의 없었다. 두 사람은 결혼하기 전부터 자신들을 '젊은 모험가들'이라고 불러 왔다. 그들은 갖가지 어려움과 위험을 함께 겪었고, 결혼해서 두 아이를 낳았다. 그리고 중년이 되어 사는 게 막 지루해지기 시작했을 때 제2차 세계 대전이 일어났고, 기적적인 일련의 사건들로 두 사람은 영국 정보부의 주변 업무에 연루되었다. 정식 직원이 아닌 두 사람은, 신분은 알 수 없지만 모두가 경의를 표하는, 자칭 '카터'라는 사람을 통해 그 일을 하게 되었다. 그동안 여러 가지 일을 겪은 두 사람에게 또 다른 모험이 찾아온 셈이다. 하지만 이것은 카터 씨가 의도한 바가 아니었다. 처음에는 토미 한 명만이 발탁되었지만, 터펜스가 타고난 창의력을 유감없이 발휘해 토미가 맡은 일에 끼어든 것이다. 토미가 메도스 씨로 변장해 해안가의 어떤 하숙집에 들렀을 때, 그곳에서 처음 만난 사람은 뜨개질에 여념이 없는 중년 여인이었다. 여인은 순진무구한 눈빛으로 토미를 올려다보았고, 토미는 그 여인을 블렌킨솝 부인으로 맞이하지 않을 수 없었다. 이후로 두 사람은 함께 일하게 되었다.

'그래도 이번에는 어쩔 수 없어. 아무리 엿듣거나 창의력을 발휘한다 해도 그 경계 삼엄한 대저택에 가서 I.U.A.S.의 복잡한 일을 파고들 순 없는걸. 하긴 기껏해야 호호백발 할아버지들의 모임일 뿐이겠지 뭐. 토미가 없으면 아파트가 텅 빈 것 같고 세상이 외롭게 느껴질 뿐이지. 그건 그렇고 대체 내가 지금 무얼 하려는 걸까?'

터펜스는 속으로 한탄했다.

하지만 이미 행동을 결심하고 실행에 옮긴 터펜스에게 이러한 회의는 공허할 뿐이었다. 이번에는 정보국 일이나 역스파이 활동 같은 게 아니었다. 그런 공식적인 업무와는 전혀 달랐다.

"이제 난 사립 탐정 프루던스 베레스퍼드야."

터펜스가 스스로 다짐했다.

점심을 먹는 둥 마는 둥한 터펜스는 식탁 가득 열차 시간표와 여행안내서, 지도 그리고 얼마 전에 찾아낸 오래된 일기장 몇 권을 늘어놓았다.

지난 3년 동안의 언젠가(더 오래전은 아니라고 그녀는 확신했다.) 터펜스는 열차를 타서 객차 창을 통해 어떤 집을 본 적이 있었다. 하지만 도대체 어딜 가던 길이었을까?

당시 많은 사람들처럼 베레스퍼드 부부도 주로 자동차로 여행했다. 열차로도 여행을 하긴 했지만, 그런 경우는 아주 드물었다.

결혼한 딸 데버라를 보러 스코틀랜드에 다녀온 적도 있지만 그때는 야간열차를 탔다.

여름휴가를 갔던 펜잰스(잉글랜드 남서단 콘월의 항구 도시 겸 피서지 — 옮긴이)였나? 하지만 터펜스는 그 노선을 훤히 알고 있었다.

아냐, 훨씬 더 가벼운 여행이었다.

터펜스는 특유의 근면함과 인내심을 발휘해 자신이 찾는 집이 있을 법한 모든 경로를 꼼꼼히 목록으로 작성했다. 경마에 한두 번 참석했고, 노섬벌랜드에 다녀왔고, 웨일스에 두 번 갔고, 세례식 한 번, 결혼식 두 번, 경매 한 번, 독감으로 쓰러진 친구가 키우던 강아지를 몇 마리 데려온 일도 있었다. 그때 갔던 곳은 황량한 시골 역으로 이름조차 기억나지 않았다.

터펜스가 한숨을 내쉬었다. 일주 여행권을 사서 가능성이 있는 곳을 다 다녀 보라는 토미의 충고를 따라야 할 판이었다.

터펜스는 도움이 될지 모른다는 생각에 작은 수첩을 펴고 토막토막 흐릿하게 떠오르는 기억을 모두 적어 내려갔다.

우선 열차 선반에 던져 놨던 모자가 생각났다. 터펜스는 모자를 쓰고 있었다. 그러나 결혼식이나 세례식용, 혹은 강아지를 데리고 다닐 때 쓰는 모자는 아니었다.

발이 아파서 구두를 벗어 놓았던 다른 기억도 단편적으로 떠올랐다. 그렇다. 그 집을 보았을 그때 분명 발이 아파 구두를 벗어 놓은 상태였다.

그렇다면 사교 모임 같은 데 가거나 돌아오는 길이었던 게 분명했다. 좋은 구두인데도 발이 아팠던 걸 보면 구두를 오래 신고 있다 돌아오던 길인 것 같았다. 그런데 어떤 모자를 썼더라? 여름 결혼식에 갈 때 쓰는 꽃무늬 모자? 겨울에 쓰는 벨벳 모자였던가?

터펜스가 여러 노선의 열차 시간표를 꼼꼼히 적느라 정신이 없을 때, 앨버트가 들어왔다. 저녁으로 푸줏간과 식료품점에 주문할 건 없는지에 대해 묻기 위해서였다.

"내일부터 며칠간 집을 비울 것 같아. 그러니 아무것도 주문할 필요 없어. 열차 여행을 좀 다녀오려고."

"저녁은 샌드위치로 할까요?"

"좋아. 햄 같은 것도 넣어 줘."

"계란과 치즈도요? 식품 저장실에 파테(으깬 육류를 향신료, 술 등으로 조미하여 익힌 요리 — 옮긴이) 통조림이 있어요. 오래되서 드셔야 할 것 같은데요."

약간은 고약한 제안이었지만, 터펜스는 쾌히 응했다.

"좋아. 그것도 넣어 줘."

"편지를 계신 곳으로 보내 드릴까요?"

"아직 목적지도 정하지 못한 상태야."

"알겠습니다."

앨버트가 편한 이유는 그가 늘 모든 것을 수용하기 때문이었다. 그에게는 아무것도 설명할 필요가 없었다.

앨버트가 식당에서 나가자 터펜스는 계획에 몰두했다. 그녀는 모자를 쓰고 파티용 구두를 신었던 사교 모임을 기억하려 애썼다. 불행히도 터펜스가 적은 열차 노선은 제각기 달랐다. 남부선을 탔던 결혼식과 동(東) 앵글리아에서 있었던 결혼식, 베드퍼드 북부에서 있었던 세례식. 이런 식이었다.

바깥 풍경을 조금만 더 기억해 낼 수 있다면……. 터펜스는 기차의 오른쪽에 앉아 있었다. 그 운하가 나오기 전에 무엇을 보고 있었던가? 숲? 나무? 농지? 아니면 멀리 보이는 마을?

머리를 짜내느라 인상을 잔뜩 쓴 터펜스가 문득 올려다보니, 앨버트가 돌아와 있었다. 얼마나 오랫동안 망부석처럼 서서 자신을 봐 주기만을 기다렸을지 알 수 없는 노릇이었다.

"왜 그래, 앨버트?"

"내일 하루 종일 집에 안 계실 거라면……."

"그다음 날도 없을 거야. 아마도."

"하루 휴가를 내도 괜찮을까요?"

"그럼, 물론이지."

"엘리자베스 말인데요, 반점이 돋았대요. 밀리 말로는 홍역인 거 같다고……."

"저런, 자네가 집에서 밀리를 도와줘야겠군."

밀리는 앨버트의 아내이고, 엘리자베스는 그 집의 막내였다.

앨버트는 한두 거리 너머에 있는 아담하고 정갈한 집에서 살고 있었다.

"그렇지는 않습니다. 집사람은 바쁠 때 제가 집에 없는 걸 더 좋아하죠. 제가 있으면 더 어수선하다나요. 실은 다른 아이들 때문입죠. 그 애들을 엘리자베스한테서 멀리 떼어 놓아야 하니까요."

"물론 그래야겠지. 가족 모두가 격리되어 있어야 할 걸."

"제일 좋은 방법은 모두 병에 걸렸다 회복되는 겁니다요. 찰리도 이미 걸렸고, 진도 같은 신세니까요. 어쨌든 그래도 될까요?"

터펜스는 아무 문제없다고 앨버트를 안심시켰다.

터펜스의 무의식 깊은 곳에서 무언가 꿈틀거렸다. 행복한 기대감과 인식……. 홍역……. 그래, 홍역이야. 홍역과 관계 있었어.

하지만 운하 옆의 그 집이 홍역과 어떤 식으로 관련이 있는 걸까?

그래! 앤시아였다. 앤시아는 터펜스의 대녀였다. 앤시아의 딸 제인이 학교에 다니기 시작한 첫 학기 상장 수여식이 있던 날, 앤시아가 전화를 걸어 왔다. 제인의 두 동생이 홍역에 걸렸는데, 집에 도와줄 사람이 없고, 아무도 학교에 오지 않으면 제인이 엄청나게 실망할 거라는 내용이었다. 앤시아는 혹시 터펜스가 가 줄 수 있겠느냐고 물었다.

터펜스는 물론 가겠다고 대답했다. 그날은 특별히 할 일이 없었다. 터펜스는 학교로 가서 제인을 데리고 나와서는 점심을 사 먹이고, 운동에 데려가는 등 바쁜 하루를 보냈다. 그날은 학교를 오가는 특별 열차가 운행되었다.

모든 사실이 놀랄 만큼 선명하게 되살아났다. 자신이 입었던 국화꽃 무늬 여름용 원피스까지!

돌아오는 길에 그 집을 보았던 것이다.

그곳으로 가는 기차 안에서는 잡지를 들여다보느라 정신이 없었지만, 돌아오는 길에는 읽을거리가 없어 창밖을 내다보다가 여러 가지 일로 지치고 발도 아픈 터에 자신도 모르게 잠이 들고 말았다.

잠에서 깨어났을 때 기차는 운하 옆을 달리고 있었다. 여기저기 나무가 우거진 시골 풍경을 배경으로 다리가 하나 나타났고, 굽은 길과 작은 도로, 그리고 멀리 농장이 보였다. 마을은 보이지 않았다.

아마 신호 때문인 듯, 별다른 이유 없이 기차가 속도를 늦추기 시작하더니 갑자기 덜컹거리며 다리 옆에 멈춰 섰다. 현재는 사용하지 않는 듯한 운하를 가로질러 있는 자그마한 홍예다리였다. 운하의 반대편, 물 가까이에 집 한 채가 보였다. 그동안 본 집 중에서 가장 아름다운 집이었다. 조용하고 평화로운 그 집은 늦은 오후의 햇살을 받아 금빛으로 빛났다.

인기척은 없었다. 개도 다른 가축의 흔적도 없었다. 하지만 녹색 덧문은 열려 있었다. 누군가 살았던 적이 있지만, 지금은 비어 있는 듯했다.

'저 집에 대해 알아봐야겠어. 언젠가 다시 여기 와서 저 집을 살펴볼 테야. 내가 살고 싶었던 집이야.'

기차는 다시 덜컹거리며 느릿느릿 앞으로 나아갔다.

'다음 역의 이름을 봐 놔야지. 그래야 여기가 어딘지 알 수 있으니까.'

하지만 한동안 역은 나타나지 않았다. 당시는 철도에 변화가 일기 시작한 때였다. 작은 역은 문을 닫았고, 헐리는 경우까지 있었다. 버려진 승강장에서는 풀이 무성하게 자랐다. 20분에서 30분 정도 열차가 쉬지 않고 달렸지만 이정표가 될 만한 것은 아무것도 눈에 띄지 않았다. 들판 너머로 교회 첨탑을 하나 본 게 전부였다.

잠시 후 공장 지대가 나타났다. 높은 굴뚝과 줄지어 늘어선 조립식 주택. 그리고 다시 광활한 벌판이 펼쳐졌다.

'아까 그 집이야말로 꿈속의 집이야! 어쩌면 꿈을 꿨는지도 몰라. 다시 가도 그 집을 볼 수 있을 것 같지 않은걸. 유감스럽지만 힘들겠지. 하지만 아마도……'

아마도 언젠가는 이곳을 다시 우연히 지나게 될지도 몰라!

그 뒤로 터펜스는 그 집에 대해 까맣게 잊어버렸다. 벽에 걸린 그림 한 점이 가려져 있던 기억을 일깨우기 전까지 말이다.

그리고 지금, 앨버트의 아무 생각 없는 말 한마디 덕분에 터펜스의 탐구는 끝이 났다.

아니, 정확히 말하자면, 비로소 탐구가 시작된 셈이었다.

터펜스는 지도 세 장과 안내서, 그리고 소지품을 몇 가지 챙겼다.

터펜스는 이제 대략이나마 자신이 찾는 곳의 위치를 알게 되었다. 그녀는 제인의 학교에 커다란 십자 표시를 했다. 그 노선은 런던으로 가는 주요 노선의 곁가지였다. 잠에 빠져 있느라 그때는 알지 못했지만 말이다.

터펜스가 찾아갈 지점은 상당히 광활한 지역에 걸쳐 있었다. 메드체스터 북부, 한때는 작은 시골 마을이었지만 이제 상당히 중요한 철로의 연결 지점이 된 마켓 베이싱 동남부, 그리고 셰일버러의 서부 끝까지.

터펜스는 내일 아침 일찍 차를 타고 출발할 예정이었다.

그녀는 자리에서 일어나 침실로 가서 벽난로 위에 걸린 그림을 들여다보았다.

그래, 잘못 보지 않았다. 그 집은 그녀가 3년 전에 기차를 타고 가다 본 집이었다. 언젠가 와 보겠다고 다짐했던 바로 그 집…….

이제 그 언젠가가 되었고, 내일이 바로 그날이었다.

제2부
운하 위에 있는 집

다음 날 아침 집을 나서기 전에, 터펜스는 침실에 걸린 그림을 마지막으로 주의 깊게 살펴보았다. 그 집의 세세한 부분을 기억해 두기 위해서가 아니라, 주변 풍경에서 그 집이 위치한 지점을 기억해 두기 위해서였다. 이번에는 열차 창을 통해서가 아니라 도로에서 그 집을 보게 될 것이니, 보이는 각도가 사뭇 다를 터였다. 어쩌면 홍예다리를 걸친, 이제 사용되지 않는 비슷한 운하가 여러 개 있을지도 몰랐다. 게다가 그 집과 비슷해 보이는 다른 집도 있을 수 있었다(그렇게 생각하고 싶지는 않았지만).

그림에는 화가의 서명이 쓰여 있었지만, 이름을 알아볼 수는 없었다. 기껏해야 B로 시작된다는 사실만 알 수 있을 뿐이었다.

터펜스는 그림에서 시선을 거두고, 갖고 갈 소지품을 점검했다. 철도 여행안내서와 철로 지도, 군대에서 사용하는 육지 측량부 지도 몇 장. 그곳에는 메드체스터, 웨스틀리, 마켓 베이싱, 미들셤, 인첼 등의 지역 이름이 보였다. 터펜스가 수색해야 할 곳은 이들 도시 사이의 거대한 삼각 지대였다. 이들 목적지 중 어느 한 곳에라도 도착하려면 3시간은 족히 운전해야 했으므로, 터펜스는 작은 여행용 가방을 꾸렸다. 일단 어디든 도착한 후 시골길을 따라 천천히 차를 몰며 비슷하게 생긴 운하를 찾아볼 요량이었다.

터펜스는 메드체스터에 도착해 커피와 간식을 먹은 다음, 철로 옆으로 난 울퉁불퉁한 길을 따라 차를 몰았다. 나무가 줄지어 늘어선, 울창한 시골길이 이어졌다.

영국의 여느 시골 지역이 그렇듯 여기저기 이정표가 있었지만, 터펜스가 한 번도 들어보지 못한 이름뿐인 데다 목적지는 어디쯤인지 짐작이 가질 않았다. 영국 이 지역의 도로 체계는 사람을 골탕 먹이기 안성맞춤이었다. 구불거리는 길이 이어진 것을 보고 운하가 나타날 거라는 희망을 품고 그곳으로 차를 몰면 이내 실패하고 말 뿐이었다. 그레이트 미첼든 방향으로 가다보면, 양 갈래 길에서 페닝턴 스패로와 팔링포드가 표기된 다음 표지판이 나온다. 팔링포드를 선택해 가다 보면, 금방 메드체스터로 돌아가라는 다음 이정표를 만난다. 왔던 길을 되돌아가야 하는 셈이다. 사실 터펜스는 그레이트 미첼든을 찾지 못했다. 게다가 상당히 오랫동안 운하도 보지 못했다. 만일 터펜스가 자신이 찾는 마을 이름을 알았다면 일은 한결 수월했을 터였다. 지도에 있는 운하를 찾는 것은 미로 속을 헤매는 것과 같았다. 어쩌다 철로를 만나면, 터펜스는 기운을 얻었다. 이제 비즈힐이나 사우스윈터턴 또는 패럴 세인트 에드먼드 중 한 곳에 도착할 수 있을 것이다. 하지만 알고 보니, 패럴 세인트 에드먼드는 과거에 있던 기차역이었을 뿐, 얼마 전에 허물어지고 없었다!

'운하 옆으로 쭉 뻗은 도로나 철로가 나 있다면 일이 한결 쉬울 텐데.'

날이 저물어 가자 터펜스는 점점 심란해졌다. 운하 옆에 있는 농장을 보고 농장으로 연결되는 길을 따라갔더니, 운하와는 아무 상관도 없는 언덕을 넘어 웨스트펜폴드라는 곳에 도착했다. 그곳에는 사각 탑이 있는 교회가 있었지만, 목적지를 찾는 데는 아무 도움도 되지 않았다.

터펜스는 웨스트펜폴드에서 빠져 나오는 유일한 길처럼 여겨지는 바퀴 자국 난 길을 따라 절망적으로 차를 몰았다. 왠지 자신이 가야 할 곳과 반대 방향으로 가고 있는 듯한 느낌에 사로잡혔던 (타고난 방향 감각이 점차 무뎌지고 있긴 했지만) 바로 그때, 오른쪽과 왼쪽으로 갈라지는 양 갈래 길이 나왔다. 갈라지는 길목에 표지판이 있던 흔적은 보였지만, 막상 안내판은 둘 다 떨어져 나가고 없었다.

"어느 길로 가지? 누가 알겠어? 죽었다 깨어나도 모른다고."

터펜스가 이렇게 중얼거리며 왼쪽 길로 들어섰다.

길은 오른쪽 왼쪽으로 굽이치며 이어졌다. 마침내 둥글게 굽은 길을 돌아서자 도로가 넓어지며 언덕길로 이어졌고, 숲에서 나온 후에는 아래로 탁 트인 시골 지역이 모습을 드러냈다. 언덕 꼭대기를 넘어 가파른 내리막길을 따라 내려올 때, 그다지 멀지 않은 곳에서 애처로운 울음소리 같은 게 들려왔다…….

"기차 소리 같아."

터펜스가 갑자기 희망에 넘쳐 외쳤다.

기차 소리였다. 아래에 나타난 철로 위로 화물 열차 한 대가 힘겨운 신음 소리를 내며 달리고 있었다. 철길 너머로 운하가 보였고, 운하 맞은편에 터펜스가 찾던 집이 있었다. 붉은 벽돌을 두른 작은 홍예다리가 운하를 가로질러 뻗어 있었다. 도로는 철로 아래로 내려갔다가 다시 올라가며 다리로 연결되었다. 터펜스는 좁다란 다리로 조심스럽게 차를 몰았다. 다리를 건너자 오른쪽으로 집이 모습을 드러냈다. 터펜스는 그 집으로 들어가는 진입로를 찾았지만, 입구는 보이지 않았다. 높은 담이 도로와 집 사이를 가로막고 있었기 때문이다.

이제 그 집은 터펜스의 오른쪽에 있었다. 터펜스는 차를 세우고 다리까지 걸어서 돌아가서 그 집의 생김새를 살펴보았다.

기다란 창문에 녹색 덧문이 내려져 있는 그 집은 아주 조용하고 비어 있는 듯했다. 마침 지는 햇살을 받아 더욱 평화롭고 근사해 보였다. 하지만 누군가 살고 있다는 흔적은 없었다. 터펜스는 되돌아가서 차를 몰고 조금 더 앞으로 나아갔다. 상당히 높은 벽이 오른쪽을 따라 이어졌다. 왼쪽은 녹색 풀이 우거진 초원이었다.

터펜스는 이내 벽에 나 있는 철제문을 발견했다. 그녀는 길가에 차를 세우고 내려, 그 대문 너머를 들여다보았다. 발꿈치를 들어야 겨우 집 안을 들여다볼 수 있었다. 정원이 눈에 들어왔다. 한때는 농장으로 썼던 곳 같았다. 그 너머로는 들판이 펼쳐져 있을 터였다. 정원은 손질되고 가꾸어진 상태였다. 하지만 그다지 정갈해 보이지는 않았다. 누군가 관리를 하긴 했으나 썩 성공을 거두지는 못한 듯 싶었다.

철제문 너머로 정원을 지나 집으로 연결된 길이 굽이굽이 나 있었다. 그 끝에는 문이 하나 있었지만 현관처럼 보이지는 않았다. 소박하면서도 튼튼해 보이는 걸로 봐서 뒷문인 것 같았다. 이쪽에서 보니 집은 상당히 다른 분위기를 풍겼다. 우선 그 집은 빈집이 아니었다. 누군가 살고 있었다. 열린 창문으로 커튼이 바람에 나부꼈으며, 문가에는 쓰레기통이 놓여 있었다. 터펜스는 정원 한쪽 끝에서 체격이 큰 남자가 땅을 파고 있는 모습을 보았다. 큰 키에 나이가 어느 정도 들어 보이는 그 남자는 느릿느릿하게, 그러나 쉬지 않고 땅을 팠다. 여기에서 보면 이 집은 전혀 매혹적이지 않았다. 어떤 화가도 이런 집을 그리고 싶어 하지 않을 것 같았다. 누군가 살고 있는 평범한 집일 뿐이었다. 터펜스는 이상한 생각이 들어 잠시 머뭇거렸다. 길을 그냥 되돌아가고 이 집에 대해서는 잊고 말 것인가? 아니, 힘들게 여기까지 왔는데 그럴 수는 없는 노릇이었다. 몇 시일까? 시계를 들여다보았지만 멈춰 있었다. 집 안쪽에서 문 열리는 소리가 들렸다. 터펜스가 다시 철문 너머를 응시했다.

뒷문이 열리고 한 여자가 밖으로 나왔다. 여인은 우유병을 내려놓은 다음, 허리를 펴고 철문 쪽으로 눈길을 줬다. 여인은 터펜스를 보고 잠시 머뭇거리더니 마음을 정한 듯 길을 따라 철문으로 왔다.

"어머나, 이럴 수가, 착한 마녀 같아!"

터펜스가 중얼거렸다.

50대 정도로 보이는 여인의 길고 흐트러진 머리칼이 바람에 나부 꼈다. 빗자루에 올라탄 젊은 마녀를 그린 어떤 그림(네빈슨의 작품이었던가?)이 연상되는 바람에 마녀라는 단어가 떠오른 듯했다. 하지만 여인은 젊지도 않았고 예쁜 구석도 없었다. 주름진 얼굴에 흐트러진 옷차림을 한 중년 여자일 뿐이었다. 머리에는 뾰족 모자를 쓰고 코와 턱은 서로 마주 보듯 솟아 있었다. 설명만 들으면 불길한 인상이었지만 실제로 보면 전혀 그런 느낌은 없었다. 오히려 여인은 무한한 선의로 환히 빛나 보였다.

'그래, 저 여자는 정말로 마녀처럼 생기긴 했어. 하지만 친절한 마녀지. 사람들이 '착한 마녀'라고 부르는 그런 부류 같아.'

여인은 머뭇거리며 철문으로 다가와 말을 걸었다. 밝은 목소리였지만 시골 사람들이 흔히 그러듯 살짝 쉬어 있었다.

"무슨 일이시죠?"

"죄송해요, 남의 집 정원을 이렇게 들여다보다니 무례하다고 생각하시겠지만 이 집에 대해 좀 알고 싶어서요."

"그럼 잠깐 들어와서 정원을 구경하시겠어요?"

"글쎄요……. 감사합니다만, 귀찮게 해 드리고 싶지는 않아요."

"귀찮을 거 없어요. 할 일도 없는걸요. 아주 날씨가 맑아요, 안 그래요?"

"네, 그래요."

"길을 잃으신 거 같네요. 그런 일이 종종 있거든요."

"다리 저편 언덕을 내려오다 이 집을 봤는데 정말 근사해 보였어요."

"그쪽은 아주 멋지죠. 화가들이 가끔 와서 그림을 그리곤 했어요. 예전에 말이에요."

"그렇군요. 그럴 것 같아요. 전시회에서 어떤 그림을 봤는데, 이 집과 아주 비슷했던 것 같네요. 어쩌면 이 집이었는지도 몰라요."

터펜스가 황급히 둘러댔다.

"그럴 수도 있어요. 어느 화가들이 와서 그림을 그리고 나면, 다른 화가들이 또 오니까요. 우습지 않아요? 매년 이 지역에서 그림 전시회가 열리는데, 그때도 똑같은 일이 벌어지죠. 화가들이란 모두 같은 장소를 택하는 것 같아요. 왜 그런지는 모르지만 말이에요. 시냇물이 흐르는 초원이나 좀 특이한 떡갈나무, 버드나무 숲, 아니면 같은 각도의 노먼 교회 일색이죠. 똑같은 장소를 그린 그림 대여섯 점이 걸리는데, 대부분 솜씨가 형편없는 것 같아요. 제가 그림에 대해 뭘 아는 건 아니라도요. 어서 들어오세요."

"친절히 대해 주셔서 감사합니다. 정원이 아주 멋지네요."

"그리 나쁜 편은 아니지요. 꽃과 야채, 그리고 다른 것 몇 가지를 기르고 있어요. 하지만 요즘은 남편이 일을 많이 못하는 데다, 저도 정원에 붙어 있을 시간이 많지 않아서."

"전에 기차를 타고 가다 이 집을 본 적이 있어요. 기차가 잠시 멈춰 섰을 때였는데, 꼭 한 번 다시 와 보고 싶었더랬지요. 오래전 일이지만요."

"그런데 오늘 차를 타고 언덕을 내려오다 이 집을 보셨다고요. 그런 일이 종종 일어난다는 게 재미있지 않아요?"

'다행히 이야기가 잘 통하는 사람이야. 내 입장을 설명하기 위해 머리를 짜낼 필요가 없어. 그냥 머리에 떠오르는 대로 말하면 돼.'

터펜스가 생각했다.

"집 안으로 들어와 보시겠어요? 보고 싶어 하시는 것 같은데. 상당히 오래된 집이긴 해요. 조지 왕조 말기나 그 무렵에 지어졌고, 그 후로는 증축만 했다고들 하더군요. 물론 우리는 이 집의 절반만 쓰고 있지만요."

"아, 그렇군요. 이 집이 둘로 나뉘어 있다는 말씀이시죠?"

"여긴 이 집의 뒤쪽이에요. 부인이 다리에서 보신 쪽이 앞이고요. 집을 그런 식으로 나눈 게 좀 우습긴 해요. 하지만 그렇게 나누기가 더 쉬웠나 보죠. 그러니까 오른쪽 왼쪽이 아니고, 앞과 뒤로 나눈답니다. 여기가 뒤쪽이고요."

"여기 오래 사셨나요?"

"3년 됐어요. 남편이 은퇴한 뒤에 조용히 살 수 있는 작은 시골집을 찾았지요. 좀 싼 집으로요. 여기는 주변과 동떨어져서 가격이 싸답니다. 근처에 마을도 아무것도 없거든요."

"멀리 교회 첨탑이 보이던걸요."

"아, 서턴 챈슬러 말이세요? 여기서 4킬로미터 정도 떨어진 곳에 있죠. 물론 우리도 그 교구에 속해 있지만 마을에 도착할 때까지는 집 한 채 찾아볼 수 없죠. 그 마을이란 것도 아주 작고요. 차 한 잔

드실래요? 밖에 있는 부인을 보고 방금 찻주전자를 올려놨어요. 에이머스, 에이머스?"

여인이 두 손을 모아 입에 대고 남편을 소리쳐 불렀다.

멀리서 체격이 큰 사내가 고개를 돌렸다.

"차가 금방 준비돼요."

사내가 손을 들어 알았다는 표시를 해 보였다. 여인이 몸을 돌려 문을 연 다음 터펜스를 안으로 안내했다.

"난 페리라고 해요, 앨리스 페리."

여인이 친근한 목소리로 자기소개를 했다.

"전 베레스퍼드예요, 베레스퍼드 부인."

"들어와서 한번 둘러보세요, 베레스퍼드 부인."

터펜스가 잠시 멈칫했다.

'갑자기 내가 헨젤과 그레텔이 된 것 같아. 마녀가 날 집 안으로 안내하고 있다고. 이 집은 생강 빵으로 만든 집이고……. 그러면 어떻게 되지?'

터펜스는 앨리스 페리의 얼굴을 다시 보며, 이 집은 『헨젤과 그레텔』에 나오는 마녀의 생강 빵 집이 아니라고 다짐했다. 이 여인은 지극히 평범한 여인일 뿐이었다. 아니, 평범한 것만은 아니었다. 터펜스에게 이상하리만큼 너그럽게 굴고 있으니 말이다.

'이 여인이 주문을 외워 마법을 부리는 건 아닐까? 하지만 그렇다 해도 좋은 주문일 거야.'

터펜스는 고개를 조금 숙여 마녀의 집으로 들어가는 문지방을 넘었다.

안은 상당히 어두웠고, 통로는 좁았다. 페리 부인은 부엌을 지나 가족들이 사용하는 게 분명한 거실로 터펜스를 안내했다. 집에는 특이한 점이 전혀 없었다. 빅토리아 시대 말기에 증축된 집 같다는 생각이 들었다. 수평으로 좁은 구조였다. 가로로 난 어두운 통로가 한쪽으로 늘어선 방들을 연결하고 있었다. 집을 이런 식으로 나누다니 이상했다.

"앉으세요. 차를 가져올게요."

"도와 드릴게요."

"아니에요. 1분도 안 걸려요. 다 쟁반에 차려 놨거든요."

부엌에서 휘파람 소리가 났다. 물 주전자가 끓기 시작한 모양이었다. 페리 부인은 부엌으로 갔다가 잠시 후에 쟁반을 들고 다시 나타났다. 쟁반 위에는 컵받침과 찻잔 세 벌과 스콘, 그리고 잼 병이 놓여 있었다.

"안에 들어와 보고 실망하셨죠."

페리 부인의 날카로운 지적은 사실에 가까웠다.

"아니에요."

"내가 부인이라면 실망했겠는걸요. 전혀 어울리지 않으니까요. 그러니까 집의 앞쪽과 뒤쪽이 딴판이라는 뜻이죠. 그래도 살기는 편해요. 방도 많지 않고, 볕도 잘 들지 않지만 그래도 아주 싼 가격에 들어왔답니다."

"누가 왜 이 집을 나눈 거죠?"

"아주 오래전이었던 것 같아요. 이 집이 너무 크고 살기 불편하다고 생각한 누군가가 이걸 주말용 별장 같은 걸로 이용하려고 좋은 방 몇 개와 식당과 응접실을 놔두고 거기 있던 작은 서재를 부엌으로 만들었겠죠. 또, 2층에 있는 침실 몇 개와 화장실도 포함시켰을 거예요. 그러고 나서 벽을 쌓아올린 거고요. 이렇게 부엌과 오래된 부속실(영국에서 요리하기 전에 음식 재료를 씻거나 알맞게 자르는 작은 방 — 옮긴이), 2층 조금을 남기고 말이에요."

"반대편에서는 누가 살죠? 누가 주말에 들르나요?"

"지금은 아무도 살지 않아요. 스콘 하나 더 드세요."

"고마워요."

"적어도 지난 2년 동안은 아무도 오지 않았어요. 지금은 누가 주인인지도 모른답니다."

"그럼 처음 이사 오셨을 때는요?"

"어떤 젊은 여자가 여기 오곤 했었죠. 사람들은 그 여자가 배우라고 하더라고요. 우리가 듣기론 그랬어요. 하지만 그 여자를 제대로 본 적은 없어요. 어쩌다 스쳐 지나가는 정도로만 봤으니까요. 그 여잔 일을 마치고 보통 토요일 밤 늦게 와서 일요일 저녁이 되면 가버리곤 했어요."

"굉장히 신비한 여자네요."

"나도 똑같은 생각을 했어요. 상상 속에서 그 여자에 관한 이야기를 만들어 내곤 했죠. 어떨 때는 그 여자가 그레타 가르보(미국의 영화배우 — 옮긴이) 같기도 했어요. 그레타 가르보처럼 언제나 모자를 눌러쓰고 짙은 선글라스를 꼈거든요. 이런, 나 좀 봐. 여태 이 뾰족 모자를 쓰고 있었네."

여인이 마녀 같은 분위기의 모자를 벗으며 웃었다.

"서턴 챈슬러 교회에서 선보일 연극 연습을 하느라고요. 아이들을 위한 동화를 주로 공연하죠. 제가 마녀 역을 맡았거든요."

터펜스는 잠깐 놀라 움찔했지만 곧 이렇게 말했다.

"아, 재미있으시겠어요."

"네, 아주 재미있어요. 내가 마녀에는 적역이거든요, 그래 보이지 않아요? 내 얼굴은 마녀에 잘 어울려요. 그래도 사람들이 진짜로 그렇게 생각하지는 않겠죠? 남들이 내 눈이 사악하다고 생각할지도 몰라요."

페리 부인이 턱을 만지며 웃었다.

"그렇게 생각할 리가 있나요. 같은 마녀라도 부인은 선한 마녀 같은 인상이세요."

"그렇다면 다행이네요. 아까 말한 그 여배우 말인데요, 이제 이름도 잘 생각나질 않네요. 마치먼트 양이었나? 그랬던 것 같아요. 다른 이름이었을 수도 있고요. 부인은 내가 그 여자를 두고 어떤 이야기를 지어냈는지 믿지 못하실 거예요. 정말이지 난 그 여자를 제대로 보거나 이야기를 해 본 적도 없어요. 어떨 때는 그 여자가 심하게 낯을 가리거나 신경과민이 아닐까 생각했지요. 기자들이 따라와도 아무도 만나지 않았거든요. 바보 같은 소리로 들리겠지만, 가끔씩은 그 여자에 대해 끔찍한 상상을 하기도 했어요. 말씀드렸다시피 워낙 사람들 눈에 뜨이는 걸 싫어했으니까요. 아마도 그 여자는 실은 배우가 아니라거나 경찰이 그녀를 찾는 중이라거나 범죄자 부류라거나 하고 생각했죠. 머릿속으로 여러 가지 사연을 지어내는 건 때론 아주 재미있는 일이죠. 특히 이렇게 사람을 잘 보지 못하고 지낼 때는요."

"그 여자가 여기 다른 사람과 함께 온 적은 없었나요?"

"글쎄요, 확실히는 몰라요. 이 집을 반으로 가르는 벽 때문에요. 하지만 벽이 얇은 편이어서 어떨 때는 사람 목소리 같은 게 들리기도 한답니다. 그 여자가 가끔 주말에 누군가와 함께 왔던 것 같기도 해요. 남자 같던데. 그래서 여기처럼 외진 데가 필요했던 거겠죠."

"유부남 아니었을까요."

터펜스가 상상의 나래를 펼쳤다.

"그래요, 유부남이었을 수도 있겠네요."

"어쩌면 그 여자의 남편이었을지도 몰라요. 그 남자가 시골에 있는 이 집을 얻어 여자를 살해한 다음 정원에 파묻었을지도 모르죠."

"아이고머니나! 부인도 정말 상상력이 풍부하시군요. 전 그런 생각은 한 번도 해 보지 않았는데."

"그 여자가 누군지 잘 아는 사람이 있을 거예요. 이 집의 중개업자 같은 사람들 말이에요."

"그럴 수도 있죠. 하지만 모르는 것도 나쁘지 않아요. 무슨 말인지 아시죠?"

"아, 그럼요. 알고말고요."

"이 집에는 분위기가 있어요. 그러니까 이 집에서 어떤 일이 벌어 졌을 것만 같은, 그런 느낌을 준단 말이죠."

"그 여자는 청소하는 사람을 들이지 않았나요?"

"여기 누가 오기는 힘들죠. 근처에 사람이 살지 않으니까요."

그때 바깥으로 통하는 문이 열리고, 정원에서 땅을 파던 건장한 사내가 들어왔다. 사내는 부속실로 가서 수도꼭지를 틀고 손을 닦 았다. 그러고는 곧바로 거실로 향했다.

"남편 에이머스예요. 에이머스, 손님이 오셨어요. 베레스퍼드 부 인이세요."

페리 부인이 두 사람을 소개했다. 터펜스가 인사를 건넸다.

"처음 뵙겠습니다."

에이머스 페리는 키가 크고 우물쭈물한 듯한 인상을 주는 남자였 다. 터펜스가 생각했던 것보다 크고 힘이 셌다, 걸음걸이가 힘차 지 않고 느릿느릿하긴 했지만, 근육질의 몸을 한 건장한 사내였다.

"만나게 되어 반갑습니다, 베레스퍼드 부인."

인사를 건네는 사내의 목소리는 다정했으며, 얼굴엔 미소를 짓고 있었다. 하지만 터펜스는 순간 사내가 정신이 멀쩡한 사람인지 의 심스러웠다. 그의 눈빛에는 세상 영문을 모르는 것 같은 순진무구 함 같은 게 담겨 있었다. 페리 부인이 이처럼 외진 데서 살기로 한 것은 남편의 정신 지체 때문인지도 몰랐다.

"이 양반이 정원을 아주 아낀답니다."

페리 부인이 말했다.

사내가 들어온 뒤로 대화는 초점을 잃었다. 페리 부인이 주로 말을 했지만, 아까와는 태도가 사뭇 달랐다. 그녀는 좀 불안해 보였고 남편에게 지나치게 신경을 썼다. 페리 부인이 남편을 다독거리는 모습은 수줍음 많은 아들이 무슨 말이든 해서 손님들에게 잘 보이길 원하면서도 부적절한 행동을 할까 불안해하는 엄마를 연상시켰다. 터펜스는 차를 다 마시고 자리에서 일어나며 말했다.

"가 봐야겠어요. 고맙습니다, 페리 부인. 환대에 정말 감사드립니다."

"정원 구경하고 가세요. 이리요. 제가 안내하지요."

에이머스 페리도 일어서며 말했다.

터펜스는 그를 따라 밖으로 나갔다. 에이머스는 자신이 땅을 파던 곳 너머의 정원 모퉁이로 터펜스를 안내했다.

"멋있어요. 꽃들요, 그렇죠? 여기 옛날 장미를 심었어요. 이걸 보세요. 흰색과 붉은색이 줄무늬를 이루며 섞여 있어요."

"코망당 보르페르 종이군요."

"여기서는 요크 앤드 랭커스터라고 불러요. 장미 전쟁(붉은 장미를 문장으로 삼은 랭커스터 왕가와 흰 장미를 문장으로 삼은 요크 가문이 왕위 계승권을 두고 벌인 영국의 내란 —옮긴이)이죠. 냄새 참 좋죠?"

"향기가 정말 근사하네요."

"새 품종인 하이브리드 티보다 훨씬 낫죠."

정원은 일면 애처로워 보였다. 잡초는 말끔히 뽑히지 않았고, 꽃들은 서투른 솜씨로 여기저기 묶여 있었다.

“색이 예뻐요. 난 밝은색을 좋아해요. 사람들이 자주 정원을 구경하러 와요. 부인도 와 주셔서 감사합니다.”

“정말 감사합니다. 두 분이 사시는 집과 정원은 무척 아름다워요.”

“이 집의 다른 쪽도 보셔야 하는데.”

“그쪽은 세 들 사람을 찾고 있나요, 아니면 팔려고 내놨나요? 부인께선 지금 그 집에는 아무도 살지 않는다고 하시던데…….”

“우리도 몰라요. 하지만 밖에 안내문도 없고, 누가 이 집을 보러 온 적도 없어요.”

“살기 좋은 집 같던데요.”

“집을 구하세요?”

“네, 사실은 남편이 은퇴할 때를 대비해서 작은 시골집을 보러 다니고 있어요. 내년쯤이 될 것 같은데, 시간 여유를 두고 집을 알아보고 싶어서요.”

터펜스가 재빨리 이야기를 꾸며 냈다.

“조용한 걸 좋아하신다면, 여기가 정말 그래요.”

“그럴 것 같아요. 이곳 중개업자에게 물어보고 싶은데, 이 집에 들어올 때 중개업자를 거치셨나요?”

“신문 광고를 먼저 보고, 다음에 중개업자한테 갔죠.”

“중개업소가 어딘가요? 서턴 챈슬러라는 마을에 있나요?”

“서턴 챈슬러요? 아뇨. 중개업소는 마켓 베이싱에 있어요. ‘러셀 앤드 톰슨’이라는 곳인데, 거기 가서 물어보시면 돼요.”

“네, 그러면 되겠네요. 마켓 베이싱은 여기서 얼마나 걸리나요?”

"서턴 챈슬러까지 3킬로미터이고, 거기서 마켓 베이싱까지 11킬로미터예요. 서턴 챈슬러에서 가는 길이 있어요. 하기야 여기서는 모든 차선이 그리로 연결되지만요."

"알겠습니다. 그럼 안녕히 계세요, 페리 씨. 정원을 구경시켜 주셔서 정말 감사합니다."

"잠깐만요."

에이머스가 허리를 굽혀 큼직한 작약 한 송이를 꺾더니, 터펜스의 코트 깃을 잡고 단춧구멍에 작약 줄기를 꽂아 넣었다.

"자요. 아주 예뻐요."

터펜스는 순간 갑작스러운 공포에 사로잡혔다. 이 덩치 크고 쭈뼛거리며 선해 보이는 사내에게 소스라치게 놀란 것이다. 그가 터펜스를 내려다보며 미소 지었다. 뜨거운 눈빛이 담긴, 야만적인 미소를.

"꽃을 꽂으니 예뻐요. 정말 예뻐요."

사내가 반복해서 읊조렸다.

'내가 젊은 여자가 아니라서 얼마나 다행인지 몰라……. 그렇다 해도 이 남자가 내게 꽃을 꽂아 주는 게 좋지는 않았겠지만.'

터펜스는 이렇게 생각하며 사내에게 다시 작별 인사를 하고 서둘러 집을 향해 발걸음을 옮겼다.

집으로 통하는 문은 열려 있었다. 터펜스는 페리 부인에게 작별 인사를 하려고 안으로 들어갔다. 페리 부인은 부엌에서 찻잔을 씻고 있었다. 터펜스는 거의 반사적으로 작은 행주를 들고 찻잔의 물기를 닦았다.

"두 분 모두에게 감사드립니다. 너무 친절하게 대해 주셨어요. 그런데 이게 무슨 소리죠?"

부엌 벽, 아니 옛날식 화덕이 있던 벽 뒤쪽에서 커다란 비명 소리와 꽥꽥거리는 소리 그리고 무언가 마구 긁는 듯한 소리가 들렸다.

"갈까마귀일 거예요. 다른 쪽 집 굴뚝 속으로 떨어졌겠죠. 매년 이맘때면 이런 일이 일어나요. 지난주에는 우리 굴뚝으로도 한 마리가 떨어졌어요. 굴뚝에 둥지를 틀거든요."

"그러니까 앞쪽에 있는 집 말씀이세요?"

"네, 거기요."

괴로움에 몸부림치는 새의 비명 소리와 울음소리가 다시 들려왔다.

"아시다시피 빈집이라 손써 줄 사람이 없어요. 굴뚝 청소도 해야 하고 할 일이 많은데."

날카로운 비명 소리와 뭘 긁는 것 같은 소리가 계속되자 터펜스가 말했다.

"불쌍하기도 하지."

"그래요. 저런 새는 다시 위로 올라오지 못해요."

"그러면 저기서 그냥 죽는다는 말씀이세요?"

"그럼요. 전에 우리 굴뚝으로 새가 떨어졌다고 말씀드렸죠? 사실 두 마리였어요. 한 마리는 아기 새였죠. 하나는 괜찮아서 우리가 꺼내 주니까 날아갔는데, 다른 새는 죽고 말았어요."

미친 듯한 몸부림과 비명 소리가 그치지 않고 이어지자 터펜스가 재차 말했다.

"아, 꺼내 주면 좋겠는데."

"무슨 일 있어요?"

에이머스가 집 안으로 들어와 두 여인의 얼굴을 번갈아 보며 물었다.

"새예요, 에이머스. 앞집 응접실에 있는 굴뚝에 빠진 것 같아요. 소리 들리죠?"

"이런, 갈까마귀가 둥지에서 떨어졌군요."

"저 집 안에 들어갈 수 있으면 좋으련만."

"그래 봤자 소용없어요. 새들은 그래도 놀라서 죽고 말 거예요."

"그러면 고약한 냄새가 나겠죠."

"여기까지 냄새가 나진 않을 거예요. 마음이 따뜻하군요. 여자들은 보통 그렇지만. 정 그렇다면 우리 꺼내 주기로 해요."

에이머스가 두 사람을 차례로 살피며 말을 이어 나갔다.

"어떻게 말이죠? 어디 창문이라도 하나 열려 있나요?"

"문으로 들어갈 수 있어요."

"어떤 문요?"

"바깥 쪽 정원으로 난 문요. 열쇠가 걸려 있는 곳을 알아요."

에이머스가 밖으로 나가 정원 끝으로 가더니, 모퉁이에 있는 작은 문을 열었다. 작은 헛간 같았는데 마당에 옮겨 심기 전 화분의 화초를 그곳에서 보관하는 듯했다. 헛간 맞은편에는 다른 집으로 통하는 문이 나 있었고, 그 옆에는 예닐곱 개의 녹슨 열쇠가 못에 걸려 있었다.

"이게 맞을 거예요."

에이머스가 열쇠 하나를 들어 구멍에 밀어 넣고 한참 동안 이리 저리 돌리며 힘을 주었다. 마침내 열쇠가 어렵게 돌아갔다.

"전에 물 흐르는 소리가 들리길래 들어와 봤어요. 누가 수돗물을 틀어 놓고 잠그지 않았더라고요."

에이머스가 안으로 들어갔고, 두 여인이 그 뒤를 따랐다. 작은 방이 나타났다. 선반에 여러 가지 화분이 올려져 있고 수도꼭지가 달린 개수대가 놓여 있었다.

"꽃을 손질하고 화분을 가는 데 쓰는 방인 것 같아요. 여기 화분들이 많죠?"

에이머스가 그렇게 말하고 방 밖으로 통하는 문을 열었다. 그 문은 잠겨 있지 않았다. 터펜스는 마치 다른 세계로 들어가는 것 같다고 생각했다. 카펫 더미가 쌓인 바깥 통로를 따라 조금 걸으니 반쯤 열린 문이 나오고, 그 안에서 새 울음소리가 들렸다. 에이머스가 그 문을 열자 페리 부인과 터펜스가 안으로 들어갔다.

창문은 덧문까지 모두 닫힌 상태였지만, 한쪽 덧문이 약간 덜 닫혀 빛이 새어 들어왔다. 어둑어둑한 주위로 바닥에 낡았지만 아름다운 진한 녹두색 카펫이 깔려 있는 것이 시야에 들어왔다. 벽에는 책꽂이가 서 있었지만, 의자나 탁자는 보이지 않았다. 가구는 치웠어도 커튼과 카펫은 다음에 살 사람을 위해 남겨 둔 것 같았다.

페리 부인이 벽난로 쪽으로 다가갔다. 쇠살대에서 새 한 마리가 발버둥 치며 고통에 찬 날카로운 비명을 쏟아 내고 있었다. 페리 부인이 허리를 굽혀 새를 받쳐 들었다.

"창문을 열어 줘요, 에이머스."

에이머스가 창가로 가서 덧문을 밀고 걸쇠를 푼 다음 창문을 밀어 올렸다. 창문이 삐걱거리며 열리자마자 페리 부인이 몸을 창밖으로 내밀고 갈까마귀를 놓아 주었다. 새는 잔디밭에 쿵 소리를 내며 떨어졌다가 푸드득거리며 몇 차례 뛰어올랐다.

"죽이는 게 낫겠어요. 상처를 입었어요."

에이머스가 외쳤다.

"가만 놔둬요. 새들은 놀라울 정도로 회복이 빠르니까. 저렇게 몸을 가누지 못하는 건 많이 놀랐기 때문이에요."

페리 부인의 말을 입증해 보이기라도 하듯, 갈까마귀는 잠시 동안 안간힘을 다하더니 긴 울음소리를 한 번 내고는 날개를 퍼덕이며 날아올랐다.

"저놈이 또 굴뚝 속으로 떨어지지 않으면 좋으련만. 새들은 멍청해서 약게 굴지를 못해요. 방 같은 데 갇히면 혼자 힘으로는 절대 밖으로 나오지 못하죠. 이런, 난리법석이네."

페리 부인과 터펜스 그리고 에이머스가 일제히 쇠살대 쪽을 쳐다봤다. 굴뚝에서 검댕과 부서진 자갈 그리고 벽돌 조각이 잔뜩 떨어져 있었다. 한참 동안 사람의 손길이 닿지 않은 게 분명했다.

"누군가 들어와 살아야 할 텐데 걱정이네요."

페리 부인이 터펜스를 돌아보며 말했다.

"보수가 필요하겠어요. 건축업자가 와서 살피고 손볼 곳은 손봐야지, 아니면 집 전체가 곧 엉망이 되겠네요."

터펜스도 페리 부인과 같은 생각이었다.

"지붕에 난 틈으로 2층 방에 물이 샐지도 몰라요. 천장을 좀 봐요. 물이 샌 흔적이 있네요."

"이렇게 아름다운 집을 방치해 두다니 정말 부끄러운 일이네요. 이 방은 정말 아름다워요, 그렇죠?"

터펜스와 페리 부인은 감탄스러운 눈길로 방 안을 둘러보았다. 1790년대에 지어진 그 집은 당시의 멋스러움을 고스란히 간직하고 있었다. 퇴색된 벽지에는 버드나무 잎이 그려져 있었다.

"이제 폐허가 다 되었네요."

페리 부인이 말하는 것을 들으며 터펜스가 벽난로의 쇠살대에 수북이 쌓인 잔해들은 여기저기 쑤셔 보았다.

"누군가 쓸어 내야 할 텐데."

페리 부인이 걱정하자 에이머스가 아내를 말렸다.

"우리 집도 아닌데 신경 쓸 필요가 뭐가 있어요? 그냥 놔둬요. 내일 아침이면 도로 나빠질 거예요."

"으……."

발끝으로 벽돌 더미를 건드리던 터펜스가 역겨움에 비명을 질렀다.

벽난로 안에 죽은 새가 두 마리 있었다. 죽은 지 꽤 되어 보였다.

"몇 주 전 굴뚝으로 둥지가 떨어진 적이 있어요. 그런데 냄새가 전혀 나지 않은 게 이상하네요."

에이머스가 말했다.

"이게 뭐죠?"

터펜스가 자갈 더미에 반쯤 가려져 있는 어떤 것을 발끝으로 건드리다가 몸을 굽혀 그것을 들어 올렸다.

"죽은 새는 만지지 마세요."

페리 부인이 말리자 터펜스가 손에 든 것을 유심히 살펴보며 말했다.

"새가 아니에요. 뭔가 다른 게 굴뚝 속으로 떨어졌나 봐요. 이건 인형이에요. 아이들이 갖고 노는 인형요."

세 사람 모두 인형을 내려다보았다. 넝마처럼 해어지고 찢어진 옷을 입은 인형으로 머리가 어깨까지 늘어져 있고, 눈 한쪽은 떨어져 나가고 없었다. 아이들이 갖고 노는 평범한 인형이었다.

"아이들 인형이 어떻게 굴뚝 속으로 떨어졌을까. 이상하기도 하지."

터펜스가 중얼거렸다.

운하 옆의 집에서 나온 터펜스는 서턴 챈슬러를 향해 좁고 구불구불한 도로를 따라 천천히 차를 몰았다. 한적한 길이었다. 안의 진창으로 들어가지 못하게 막아 놓은 울타리만 있고 집 한 채 보이지 않았다. 트랙터와 이상하게 생긴 거대한 통나무 사진에 '어머니의 기쁨'이라는 글귀를 자랑스럽게 새긴 화물차 한 대가 지나갔을 뿐, 차의 왕래도 거의 없었다. 멀리서 본 교회의 첨탑이 시야에서 완전히 사라졌다가, 갑자기 급하게 굽어진 도로를 돌고 나니 다시 모습을 드러냈다. 이번에는 상당히 가까워 보였다. 터펜스는 주행 기록계를 보고 운하 옆의 그 집에서 3킬로미터 정도 왔음을 짐작했다.

상당히 오래되었지만 아름다운 교회가 널찍한 정원과 함께 눈에 들어왔다. 교회 문 옆에는 주목 한 그루가 외로이 서 있었다.

터펜스가 차에서 내려 지붕을 두른 교회 문으로 들어갔다. 그러고는 잠시 멈춰 서서 교회와 마당을 둘러보았다. 터펜스는 둥근 노르만식 아치를 두른 교회의 정문으로 가서 묵직한 손잡이를 잡았다. 문이 잠겨 있지 않아 터펜스는 안으로 들어갔다.

교회 안은 실망스러웠다. 오랜 역사를 지닌 것이 분명한 그곳은 그동안 열심히 쓸고 닦은 흔적이 남아 있었지만 빅토리아 시대 이후로 여기저기 손질을 한 것 같았다. 새카맣게 때가 낀 소나무 의자와 붉고 푸른 유리로 장식된 화려한 창문이 이 교회가 한때 자랑했을 고색창연한 매력을 반감시켰다. 트위드 재킷과 치마를 입은 한 중년 여인이 설교단에 놓인 놋쇠 꽃병의 꽃을 손질하고 있었다. 제단 쪽의 꽃은 손질을 마친 듯했다. 여인이 용건을 묻는 듯 날카로운 눈으로 터펜스를 쳐다봤다. 터펜스는 통로를 따라 어슬렁거리다 벽에 있는 위패에 눈길을 주었다. 교회 초기에 워렌더 가문에서 많은 공헌을 한 것 같았다. 서턴 챈슬러 소(小)수도원. 워렌더 대위, 워렌더 소령, 조지 워렌더의 사랑하는 아내 사라 엘리자베스 워렌더. 비교적 새것처럼 보이는 위패에는 필립 스타크의 사랑하는 아내 줄리아 스타크의 죽음이 기록되어 있었다. 이들도 서턴 챈슬러 소수도원 소속이었다. 워렌더 가족은 그 뒤로 자취를 감춘 듯했다. 터펜스는 별다른 흥미를 느끼지 못했다. 그래서 다시 교회 밖으로 나와 교회당을 끼고 걸었다. 교회 안보다는 밖이 훨씬 멋있다는 것이 터펜스의 생각이었다.

'초기의 수직 양식(영국의 말기 고딕 양식 — 옮긴이)이야.'

터펜스가 교회 건축에 대해 알고 있는 용어를 떠올리며 중얼거렸다. 터펜스는 초기 수직 양식을 그다지 좋아하지 않았다.

교회의 규모가 꽤 큰 것으로 보아, 예전에는 서턴 챈슬러가 이곳 시골의 중심지였을지도 모른다는 생각이 들었다. 터펜스는 차를 그대로 세워 둔 채 마을 쪽으로 발걸음을 옮겼다. 마을에는 상점과 우체국이 하나씩 있고 작은 시골집이 십여 채 정도 눈에 뜨였다. 초가지붕을 얹은 집도 한두 채 있었지만, 나머지는 평범한 보통 시골집이었다. 마을로 난 길 끝에는 남들 앞에 나서기를 꺼리듯 시영 주택 여섯 채가 옹기종기 모여 있었다. 놋쇠로 된 어느 집 문패에는 '아서 토머스, 굴뚝 청소합니다.'라고 쓰여 있었다.

터펜스는 책임감 있는 주택 중개업자라면 이런 사람을 불러 버려져 있다시피 한 운하 옆의 집을 손보도록 했으리라는 생각을 했다. 그때 어리석게도 자신이 그 집의 이름을 묻지 않았다는 사실이 떠올랐다.

터펜스는 천천히 교회 쪽으로 돌아와 마당을 다시 한 번 자세히 살펴보았다. 그녀는 교회 경내에 있는 묘지가 마음에 들었다. 새로 만들어진 묘는 거의 없어 보였다. 비석은 대부분 빅토리아풍이었고, 초기에 만들어진 것들은 오랜 세월과 이끼에 많이 손상된 상태였다. 오래된 비석은 멋스러워 보였다. 천사 모습이 그려진 비석이 있는가 하면 화환을 두른 비석도 있었다. 터펜스는 묘지 안을 서성거리며 비문을 읽었다. 워렌더가(家)가 다시 등장했다. 메리 워렌더 47세, 앨리스 워렌더 33세, 아프가니스탄에서 전사한 존 워렌더 대령. 가엾게도 어린 나이에 삶을 마친 워렌더가의 일원도 몇 명 있었는데 이들의 비석에는 가슴 찡한 문구와 종교적 염원이 담겨 있었다. 터펜스는 워렌더가 사람들 중 아직 여기 사는 사람은 없는지 궁금했다. 그들은 언제부터인가 더 이상 이 묘지에 묻히지 않은 듯했다. 1843년 이후에 세워진 비석은 찾아볼 수 없었다. 커다란 주목나무를 돌아섰을 때, 터펜스는 교회 뒤쪽 벽 가까이에 있는 오래된 비석 위로 몸을 숙인 연로한 목사를 보았다. 터펜스가 다가오는 것을 본 목사가 허리를 펴고 몸을 돌려 기분 좋게 인사를 건넸다.

"안녕하세요."

"안녕하세요. 교회를 둘러보고 있었어요."

"빅토리아 시대 때 고치는 바람에 다 망쳤죠."

목사는 듣기 좋은 목소리와 따스한 미소를 지니고 있었다. 70살 정도 되어 보였지만, 자세히 보니 그 정도로 나이가 많지는 않은 듯했다. 게다가 류머티즘에 걸렸는지 다리가 성치 않아 보였다.

"빅토리아 시대에는 돈이 지나치게 많았죠. 제철업자들도 마찬가지로 많았고요. 그 사람들 믿음은 깊었겠지만, 유감스럽게도 예술적인 감각은 없었답니다. 취향이 엉망이었지요. 동쪽으로 난 창문 보셨나요?"

목사가 몸서리를 치며 물었다.

"네, 끔찍하던데요."

"전적으로 동감입니다. 저는 이 교회의 목사입니다."

그는 묻지도 않았는데 덧붙였다.

"그러신 것 같았어요. 여기 오래 계셨나요?"

터펜스가 공손하게 물었다.

"10년 됐습니다. 여긴 좋은 교구랍니다. 사람들도 좋고요. 다 신도들 덕분이지요. 전 여기서 상당히 행복하게 지내고 있습니다. 신자들이 제 설교를 별로 좋아하지 않긴 하지만요. 저도 할 수 있는 한 최선을 다하지만, 요즘 사람들에게 맞추기 힘들더군요. 앉으시죠."

목사가 가까이 있는 비석을 가리켜 보였다. 터펜스가 그곳에 앉자 목사도 근처의 다른 비석에 앉았다.

"난 오래 서 있질 못한답니다. 뭐 볼일이 있으신가요, 아니면 그냥 지나는 길이신가요?"

목사가 자신의 처지를 변명하며 물었다.

"잠시 지나는 길이에요. 그냥 이 교회를 둘러보고 싶다는 생각이 들었어요. 차를 타고 이 근처를 헤맸더니 정신이 없었거든요."

"그러시군요. 이 부근에서는 길을 잃기가 쉽죠. 부러진 표지판이 이렇게 많은데 시 의회에서 보수를 하지 않는답니다. 사실 그렇게 큰 문제가 아닐지도 모릅니다. 이쪽으로 차를 모는 사람들은 특별한 목적지가 없는 경우가 많으니까요. 큰길을 따라 무작정 달리는 거예요. 끔찍한 일입니다. 특히 새로 생긴 자동차 전용 도로는 더욱 그렇지요. 적어도 저는 그렇게 생각합니다. 소음도 요란하게 내면서 과속으로 차를 몰지요. 이런, 또 제 생각만 늘어놓았군요. 보다시피 제가 완고한 늙은이라서요. 제가 지금 무슨 일을 하고 있었는지 모르실 걸요?"

"비석을 살펴보고 계시던데, 혹시 누가 부수기라도 했었나요?

10대 아이들이 들어왔다거나?"

"아닙니다. 하긴 요즘은 행패를 부리며 몰려다니는 젊은 야만인들도, 부서진 공중전화 박스도 많으니 그런 생각이 드실 만도 하죠. 전 그저 그런 아이들이 가엾을 뿐입니다. 무언가를 부수는 것 말고 더 재미있는 일을 찾지 못한 거겠죠? 슬픈 일입니다, 그렇지 않나요? 몹시 슬픈 일이라고요. 한데, 여긴 그런 파괴 행위는 없습니다. 여기 사는 녀석들은 대체로 선한 편이죠. 저는 실은 어떤 아이의 무덤을 찾고 있었답니다."

"아이의 무덤요?"

터펜스가 비석 위에 앉은 채 몸을 비틀며 물었다.

"네, 메이저 워터스라는 사람이 제게 편지를 보냈습니다. 여기 혹시 어떤 아이가 묻혀 있지는 않냐고요. 교구 명부를 찾아보았지만 그런 이름은 없더군요. 그래서 여기 나와 비석을 살펴보고 있었던 거죠. 편지를 보낸 사람이 이름을 잘못 알았거나 아니면 교구 명부에 착오가 있었던 것 같아요."

"세례명은 뭐라고 하던가요?"

"모른다고 하더군요. 엄마의 세례명을 따서 줄리아라고 했을 수 있다면서요."

"그 아이가 몇 살이었다고 하던가요?"

"그것도 분명치 않답니다. 전체적으로 잘 모르는 상태인 것 같아요. 그분이 마을 이름을 잘못 알았을 수도 있고요. 이 마을에 워터스라는 사람이 살았다는 말조차 들은 적이 없거든요."

"혹시 워렌더 아닐까요? 교회 위패에 그런 이름이 많이 새겨져 있고, 밖의 비석에도 같은 성이 많이 적혀 있던 걸요."

터펜스가 교회 안 위패에서 본 워렌더 일가를 떠올리며 물었다.

"아, 그 가문은 지금은 명맥이 끊겼답니다. 14세기에 지어진 수도원을 비롯해서 재산도 많이 갖고 있었죠. 그 수도원은 100년 전쯤 이미 불타 버렸고, 그때 워렌더 일가도 이곳을 떠나 다시 돌아오지 않는 것 같아요. 빅토리아 시대에 스타크라고 하는 부유한 가문이 그 터에 새 집을 짓고 들어왔답니다. 볼썽사납지만 살기엔 편한 집이라고들 하더군요. 화장실 같은 것이 아주 편하게 되어 있다고요. 그런 게 중요하긴 하지요."

"누가 목사님께 편지를 보내 어린아이의 무덤에 대해 물었다……. 이상한 일이네요. 아이의 친척인가 보죠?"

"아이의 아버지랍니다. 전쟁으로 인해 벌어진 비극이죠. 남편이 외국의 전쟁터로 나가자 결혼 생활이 파탄났는데, 그 틈에 젊은 아내가 다른 남자와 도망을 갔답니다. 원래 남편과의 사이에 딸이 하나 태어났는데, 아버지는 아이가 생겼는지조차 꿈에도 몰랐다죠. 그 아이가 살아 있었다면 지금쯤 장성했을 거예요. 20년 전쯤 있었던 일이니까요."

"왜 그렇게 오랜 세월이 지난 뒤에 아이를 찾는 거죠?"

"그 남편분이 비교적 최근에 아이가 있었다는 소식을 들은 것 같습니다. 어쩌다가 소식을 알게 되었나 봐요. 흔치 않은 일이죠."

"그분은 왜 그 아이가 여기 묻혀 있다고 생각하셨을까요?"

"전쟁 중에 우연히 그 남자의 아내를 만난 사람이 서턴 챈슬러에서 아내가 살고 있다는 소식을 그 남자에게 전했겠지요. 그런 일이 종종 있지 않습니까. 한동안 만나지 못했던 친구나 지인을 만나 오랫동안 잊고 있었던 과거의 소식을 듣는 일 말입니다. 하지만 그 여자가 지금 이곳에 살지 않는 것은 분명합니다. 적어도 제가 부임한 이후로는요. 여기 사는 사람 중에 그런 이름을 가진 사람이 아무도 없으니까요. 제가 알고 있는 한 옆 마을도 마찬가지입니다. 물론 아이 엄마가 다른 이름으로 살고 있을 수는 있겠지요. 아이 아버지가 변호사와 사립 탐정을 고용해서 백방으로 알아보고 있다고 하니, 결국 좋은 소식이 있지 않겠습니까? 시간은 좀 걸리겠지만……."

"부인의 가엾은 아이인가요?"

터펜스가 중얼거렸다.

"뭐라고 그러셨죠?"

"아무것도 아니에요. 일전에 어떤 노부인께서 제게 하신 말씀이에요. 그분이 '부인의 가엾은 아이인가요?' 하고 물으셨더랬지요. 느닷없이 그런 말을 듣고 좀 놀라긴 했지만, 별생각 없이 하신 말씀인 것 같아요."

"알아요, 알아요. 저도 가끔은 그렇답니다. 무슨 말을 해 놓고도 무슨 말을 했는지 잘 모르는 경우가 있어요. 아주 성가신 일이죠."

"지금 여기 사는 사람들에 대해서는 잘 알고 계시겠죠?"

"글쎄요, 사실 알 만한 것도 별로 없어요. 하지만 어느 정도는 그렇다고 할 수 있죠. 왜 그러시죠? 누굴 찾으시나요?"

"랭커스터 부인이라는 분이 여기 사신 적이 있는지 궁금해서요."

"랭커스터? 아뇨, 들어 본 적 없는 이름인 것 같은데요."

"그리고 어떤 집이 있어요. 오늘 정처 없이 차를 몰다가, 그러니까 특별히 어딜 가야겠다는 생각 없이 그냥 차선을 따라 가다……."

"알아요. 멋진 일이죠. 여기 차선들은 둥글게 굽어 있죠. 게다가 아주 희귀한 표본도 찾을 수 있어요. 식물 표본 말입니다. 울타리 안으로 들어가 보세요. 여긴 관광객이 오지 않는 곳이라 꽃을 따는 사람이 아무도 없어요. 저도 가끔은 아주 귀한 표본을 발견하곤 합니다. 더스티 크레인스벨 같은 거 말이죠."

"운하 옆에 있는 집 말인데요. 작은 홍예다리 부근에 있는 집이요. 여기서 3킬로미터쯤 떨어진 곳에 있는데, 혹시 그 집 이름을 아시나요?"

주제가 식물학으로 빠지는 것을 막기 위해 터페스가 물었다

"글쎄요. 운하와 홍예다리라. 여기는 그런 집이 서너 채 되죠. 메리콧 농장도 그렇고요."

"그 집은 농장이 아니었어요."

"이런, 그러고 보니 페리 부부가 사는 집 아닌가요? 에이머스와 앨리스 페리."

"맞아요. 페리 부부."

"페리 부인은 아주 인상적인 외모를 지니셨죠, 그렇지 않아요? 볼 때마다 재미있다는 생각이 들어요. 아주 흥미롭죠. 중세적인 얼굴 같다고 생각하지 않으셨어요? 페리 부인은 우리 교회 연극에서 마

녀 역을 맡았답니다. 아동 연극이랍니다. 페리 부인은 마녀와 상당히 비슷하게 생겼어요, 그렇게 생각지 않으세요?"

"네, 착한 마녀요."

"지금 하신 말씀이 딱 맞네요. 맞아요, 착한 마녀."

"하지만 남편 되시는 분은……."

"알아요. 가엾은 분이죠. 심신이 온전치 못하시답니다. 하지만 남에게 해를 끼치지는 않죠."

"아주 좋은 분들이셨어요. 절 집 안으로 청해서 차를 대접해 주셨거든요. 그 집 이름을 알고 싶었는데 여쭤보는 걸 깜빡했지 뭐예요. 그분들은 그 집의 반쪽에서만 사시더군요, 그렇죠?"

"맞습니다, 맞아요. 예전에 부엌이 있던 곳이죠. 모두들 그 집을 '워터사이드'라고 하더군요. 예전에는 '워터미드'라고 불렀던 것 같습니다. 재미있는 이름이죠."

"그 집의 다른 쪽은 누구 소유로 되어 있나요?"

"원래는 그 집 전체가 브래들리가(家) 소유였습니다. 꽤 오래전 일이죠. 적어도 삼사십 년 전 일이니까요. 그러다가 그 집이 팔리고, 다시 팔렸다가, 지금은 오랫동안 비어 있는 상태입니다. 제가 여기 부임했을 때는 주말 별장 같은 걸로 쓰이고 있었답니다. 머그레이브인가 하는 여배우가 이용했던 걸로 압니다. 여기 자주 오지 않았어요. 가끔씩 한 번 내려오는 정도였습니다. 그 여자분에 대해서는 잘 모르겠군요. 교회에 나오지 않았으니까요. 어쩌다 먼발치에서 한 번씩 보곤 했죠. 신의 아름다운 피조물이랄까, 매우 아름다우신 분이었습니다."

"지금 주인은 누구인가요?"

터펜스가 집요하게 파고들었다.

"아는 바가 없습니다. 아직 그 여자분 소유일 수도 있습니다. 페리 부부는 한 쪽에 세 들어 살고 있을 뿐이고요."

"전 그 집을 지나칠 때 바로 알아보았어요. 그 집을 그린 그림을 갖고 있거든요."

"그러십니까? 그렇다면 보스콤인가 보스코벨인가 하는 화가가 그린 그림일 겁니다. 정확히 기억나지 않지만, 그런 비슷한 이름이었어요. 콘월 출신의 상당히 유명한 화가였죠. 지금은 돌아가신 걸로 알고 있습니다만. 맞아요. 여기 자주 내려오셔서 이 부근의 거의 모든 지역을 화폭에 담곤 하셨지요. 유화도 조금 남기셨는데, 그중에는 정말 멋진 풍경화도 있답니다."

"어떤 노부인이 그 그림을 한 달 전쯤 돌아가신 저희 시이모님께 주셨거든요. 그림을 주신 분이 바로 랭커스터 부인이에요. 그래서 제가 그분을 아시냐고 여쭤봤던 거예요."

하지만 목사는 또 고개를 저었다.

"랭커스터 부인요? 랭커스터라. 아뇨, 그런 이름은 기억이 나질 않습니다. 아! 하지만 여쭤볼 만한 분이 한 분 더 계시긴 합니다. 블라이 양이라고 아주 활동적인 분이죠. 이 교구 일은 다 꿰고 있답니다. 여성 협회, 보이 스카우트를 비롯해 안내 단체까지 여러 모임을 운영하거든요. 그러니 블라이 양에게 물어보십시오. 아주아주 활동적인 분이랍니다."

목사가 한숨을 내쉬었다. 블라이 양의 지나친 활동성을 염려하고 있는 듯했다.

"마을 사람들은 블라이 양을 '넬리 블라이'라고 부르죠. 아이들은 따라다니며 '넬리 블라이, 넬리 블라이' 하며 노래를 부르기도 한답니다. 넬리는 블라이 양의 이름도 아닌데요. 원래 이름은 거트루드 아니면 제럴딘일 겁니다."

터펜스가 교회 안에서 보았던, 트위드 옷을 입은 블라이 양이 작은 물뿌리개를 손에 든 채 두 사람을 향해 빠른 걸음으로 다가왔다. 블라이 양은 터펜스를 호기심 가득한 눈으로 쳐다봤다. 그녀는 점점 발걸음을 재촉하더니, 두 사람 앞에 이르기도 전에 말문을 열었다.

"할 일을 마쳤어요. 오늘은 좀 바빴네요. 진짜로요. 목사님께서도 아시다시피 저는 늘 오전에 교회 일을 보잖아요. 오늘 교구 방에서 열린 비상 회의에 시간이 얼마나 걸렸는지 들어도 못 믿으실 거예요! 얼마나 열띤 논쟁을 벌였는지 몰라요. 어떨 때는 정말이지 사람들이 재미로 반대한다는 생각이 들 정도예요. 파팅턴 부인이 특히 성가시게 굴죠. 모든 것을 빠짐없이 논의해야 직성이 풀리고, 충분히 다양한 회사에 가격을 문의해 봤는지 궁금해하시죠. 그래 봤자 얼마 되지 않는 돈이니 여기저기서 한 푼씩 아껴 봐야 별 차이도 없는데 말이에요. 그래도 비컨헤드 사(社)가 언제나 가장 믿음직스럽죠. 그런데 목사님, 비석에 앉으면 안 되는 거 잘 아시면서……."

블라이 양이 높은 목소리로 말을 쏟아 냈다.

"불경스러울까요?"

목사가 물었다.

"아뇨, 아니에요. 물론 그런 뜻이 아닙니다, 목사님. 그러니까 차가운 비석이 류머티즘에 좋지 않을 것 같아서요……."

블라이 양이 궁금한 얼굴로 터펜스를 곁눈질했다.

"블라이 양, 이분을 소개해 드리겠습니다. 이분은……. 이분은……."

목사가 머뭇거리자 터펜스가 말을 이었다.

"베레스퍼드 부인입니다."

"아, 네. 방금 교회에서 뵈었어요. 안을 둘러보고 계시더군요. 아까 제가 인사도 건네고 말씀도 나누고 했어야 하는데, 일을 하느라 너무 바빴답니다."

"제가 가서 도와 드릴 걸 그랬네요. 하지만 별로 도움이 되지 못할 것 같았어요. 어떤 꽃을 어디 놓아야 하는지 빈틈없이 알고 일하시는 것 같기에……."

터펜스가 상냥하기 이를 데 없는 음성으로 말했다.

"그렇게 말씀해 주시니 정말 감사합니다. 하지만 맞는 말이기도 해요. 정확히 몇 년인지는 모르지만, 저는 상당히 오랫동안 교회의 꽃 장식 일을 도맡았답니다. 교회에서는 축제를 준비하며 어린 학생들에게 야생화를 심은 자기 화분을 돌보도록 하고 있지만, 이 가없은 어린아이들은 어떻게 해야 할지 갈피를 잡지 못하거든요. 저는 아이들에게 조금은 지시를 내릴 필요가 있다고 생각하는 반면,

피크 부인은 절대로 그래선 안 된다고 생각하시죠. 아주 특이한 분이랍니다. 아이들이 스스로 알아서 하는 습관을 망친다나요. 여기서 묵으실 건가요?"

"저는 마켓 베이싱으로 가는 길인데, 거기 묵을 만한 조용한 호텔이 있을까요?"

"있긴 있지만 조금 실망스러우실 거예요. 장이 서는 마을일 뿐, 자동차 여행자를 만족시킬 수준은 못 되죠. '블루 드래곤'이 2성급 호텔이긴 한데, 때로는 그런 등급이 아무 소용없을 때도 있죠. 아마 '더 램 앤드 플래그'가 나으실 거예요. 더 조용하거든요. 오래 묵으실 예정이세요?"

"아니에요. 하루나 이틀 정도 묵으며 근처를 돌아볼 생각이에요."

"죄송하지만 볼 건 별로 없으실 거예요. 흥미로운 유적지가 있는 곳도 아니고 평범한 농촌일 뿐이니까요. 하지만 평화롭죠. 무척 평화로워요. 아까 말씀드렸지만 희귀한 야생화들도 볼 수 있고요."

목사가 말했다.

"아, 네. 저도 집을 알아보는 중간중간 표본을 몇 점 수집해 봐야겠는걸요."

"어머나, 이 근방에 집을 얻으실 생각이세요?"

블라이 양이 물었다.

"네, 아직 어떤 지역에 살지 구체적으로 정한 건 아니지만요. 아직 시간이 많거든요. 남편이 앞으로 18개월 뒤쯤 은퇴해요. 그래도 지금부터 알아보고 다녀야 할 것 같아서요. 저는 네댓새 정도 한 지역에 머물면서, 주변에 있는 적당한 집의 목록을 작성한 다음 차로 다니며 둘러보는 걸 좋아해요. 런던에서 내려와 집을 한 채 보고서는 그날로 다시 올라가는 건 상당히 피곤한 일이죠.”

“아, 그러면 차를 여기 세워 두셨나요?”

“네. 내일 아침 마켓 베이싱에 있는 중개업소에 가 볼 생각이에요. 이 마을에 어디 하루 묵을 만한 곳은 없겠죠?”

“코플리 부인 댁이 있긴 해요. 여름에 손님을 받거든요. 휴가객들요. 아주 깔끔한 분이죠. 방이 아주 깨끗하답니다. 주무실 수 있는 방과 아침 식사, 그리고 가벼운 저녁 식사 정도를 제공하는 걸로 알고 있어요. 하지만 7, 8월 이전에는 손님을 받지 않을지도 모르겠네요.”

“제가 직접 가서 알아봐도 될까요?”

“코플리 부인은 아주 좋은 분이에요. 말이 좀 많은 편이긴 하지만. 코플리 부인은 정말 다 하시도, 다 하슈가도, 입을 다물고 있지 못한답니다.”

목사에 이어 블라이 양이 설명했다.

“이렇게 작은 마을에서는 소문과 뒷말이 끊이질 않죠. 제가 베레스퍼드 부인께 도움이 되어 드릴 수 있다면 좋겠네요. 부인을 코플리 부인 댁으로 모시고 가서 함께 그곳 사정을 알아보도록 도와 드릴게요.”

“정말 친절하시네요.”

“그럼 저희는 가 보겠습니다. 안녕히 계세요, 목사님. 아직 부탁받은 그 일을 하고 계신가요? 슬프긴 하지만, 성공할 가능성이 별로 없는 일 같아요. 정말이지 말도 안 되는 요구라니까요."

블라이 양이 날카롭게 쏘아붙였다.

터펜스는 목사에게 작별 인사를 한 다음, 할 수만 있다면 목사님을 도와 드리고 싶다고 말했다.

"한두 시간 정도는 이 비석을 봐 드릴 수 있어요. 제 나이치고는 시력이 상당히 좋은 편이거든요. 워터스라는 이름을 찾고 계신 것 맞죠?"

"그보다 중요한 건 나이인 것 같습니다. 7살 정도 된 아이인 것 같아요. 여자아이요. 메이저 워터스 씨 말로는 자기 아내가 성을 바꿨을 수도 있고, 그러면 그 아이도 엄마와 같은 성을 쓰지 않았겠느냐고 하시더군요. 그분이 아이의 정확한 성을 몰라서 이렇게 일이 복잡해진 거랍니다."

목사가 그렇게 말하자 블라이 양이 끼어들었다.

"제가 보기에 이번 일은 정말 터무니없는 것 같아요. 다시는 이런 일을 맡겠다고 하시면 안 됩니다, 목사님. 그런 일을 부탁한다는 것 자체가 괴상하기 이를 데 없어요."

"그 가엾은 형제분은 노심초사하고 계십니다. 게다가 아주 슬픈 사연 아닌가요. 이 이야기는 그만하도록 합시다."

터펜스는 블라이 양의 안내를 받으며, 코플리 부인이 얼마나 수다로 명성이 높든 블라이 양을 능가할 수는 없을 거라고 생각했다. 블라이 양의 입에서는 빠르고도 독단적인 말의 파도가 쉴 새 없이 쏟아져 나왔다.

마을 뒤쪽에 있는 코플리 부인의 집은 앞뜰에 정갈한 화단이 있고 현관 앞에는 하얀 계단이 있으며, 문에는 반짝거리는 청동 손잡이가 달린, 아늑하고 널찍해 보이는 집이었다. 코플리 부인은 디킨스의 작품에서 금방 튀어나온 것 같았다. 아주 작고 통통한 몸은 마치 고무공이 굴러다니는 듯했다. 반짝반짝 빛나는 눈에 소시지 모양으로 둥글게 만 금발 머리를 하고 엄청난 활력을 뿜어냈다.

"이런, 보통은 안 되는 건데……. 여름에는 휴가객을 받는데, 그건 경우가 다르죠. 요즘은 조금 여유만 되면 모두들 여름휴가를 즐기니까요. 그리고 그래야 하고요. 하지만 기본적으론 이 절기에 손님을 받지 않는답니다. 7월까지는 그래요. 하지만 이삼일만 계실 거고, 불편한 점이 있어도 참으시겠다면……."

코플리 부인이 회의적인 말투로 입을 열었다.

터펜스는 조금 불편한 것쯤은 문제가 되지 않는다고 대답했다. 코플리 부인은 한시도 쉬지 않고 수다를 떨며 터펜스를 자세히 뜯어보았다. 그러더니 원한다면 들어와서 방을 보고, 그런 후에 다시 이야기하자고 말했다.

그 순간 블라이 양은 터펜스에게서 원하는 정보를 모두 캐내지 못했다는 사실을 깨닫고 가슴을 치며 후회했다. 말하자면 터펜스가 어디서 왔으며, 몇 살이고, 남편은 무슨 일을 하며, 아이는 있는지 등의 여러 가지 흥미로운 사항에 대해서 말이다. 하지만 블라이 양은 자신의 집에서 열리는 모임을 주관하러 가야 했으므로 이 탐나는 역할을 포기할 수밖에 없는 처지였다.

"코플리 부인 댁에 있으면 아무 문제없으실 거예요. 부인이 잘 돌봐 드릴 테니까요. 자, 차는 어떻게 하실 거죠?"

블라이 양이 터펜스를 안심시켰다.

"지금 가서 가져와야죠. 코플리 부인이 차를 어디 세워 두는 게 좋을지 알려 주시겠죠. 여기 도로가 좁은 편이 아니니까, 집 앞에 세워 둬도 괜찮을 것 같아요, 그렇죠?"

"남편에게 맡기세요. 더 잘해 줄 테니까요. 들판에 주차할 거예요. 여기서 모퉁이만 한 번 돌아가면 되니까 문제될 것 없답니다. 거기 차를 세워 둘 만한 헛간이 있거든요."

일은 순조롭게 풀렸다. 블라이 양은 서둘러 모임 장소로 갔다. 다음에 문제가 된 것은 저녁 식사였다. 터펜스가 마을에 식당이 있느냐고 물었다.

"숙녀분이 가실 만한 곳은 없답니다. 하지만 계란 두 개와 햄 한 조각, 그리고 집에서 만든 잼과 빵으로 차린 식사 정도도 괜찮으시다면……."

터펜스는 코플리 부인에게 그거면 훌륭하다고 대답했다. 터펜스가 묵을 방은 작았지만 아늑하고 포근했다. 벽에는 장미 봉오리가 그려진 벽지가 붙어 있고, 침대는 편안해 보였으며, 방은 전체적으로 티끌 하나 없이 깨끗했다.

"멋진 벽지죠? 신혼여행을 많이 오는 곳이라 이 벽지를 골랐어요. 낭만적이지 않아요?"

터펜스가 낭만적인 것이 제일이라며 맞장구를 쳤다.

"요즘 신혼부부들은 형편이 넉넉하지 않답니다. 예전과는 다르죠. 대부분 집을 사기 위해 저축하거나, 벌써부터 주택 융자금을 갚고 있거든요. 아니면 할부로 가구를 구입한 상태든지요. 그래서 호화로운 신혼여행을 즐길 여력이 남아 있지 않아요. 요즘 젊은 사람들은 아주 진중해서, 먹고 마시는 데 돈을 물 쓰듯 쓰지 않는답니다."

코플리 부인은 아래층으로 내려가면서도 쉬지 않고 재잘거렸다. 터펜스는 침대에 누워 반 시간 정도 잠을 잤다. 피곤한 하루를 보낸 터였다. 하지만 자고 일어난 다음에는 원하는 답을 얻기 위해 코플리 부인과의 대화를 주도해 나갈 기운이 다시 솟아났다. 코플리 부인에겐 다행스러운 일이 아닐 수 없었다. 터펜스는 다리 옆의 그 집에 대한 모든 것을 알아낼 작정이었다. 그 집에 누가 살았는지, 그 사람에 대한 평판은 좋았는지 나빴는지, 어떤 소문이 있었는지 등등에 대한. 터펜스는 코플리 부인의 남편을 소개받고 나서 그 점을 더욱 확신할 수 있었다. 코플리 씨는 말이 거의 없었다. 그가 하는 말이라곤 긍정을 뜻하는 우호적인 신음 정도가 전부였다. 때로는 더 조용한 소리로 불만을 표시하기도 했지만.

터펜스가 보기에 코플리 씨는 아내가 말이 많은 것에 별다른 불평이 없는 듯했다. 코플리 씨는 때때로 아내의 말을 듣지 않고 다음날 설 장에 대한 계획을 점검하는 등 바쁜 시간을 보내기도 했다.

터펜스는 이보다 좋은 기회는 없다고 생각했다. '당신은 정보를 찾고, 우리는 그것을 갖고 있습니다.'라는 광고 문구에 딱 들어맞는 상황이었다. 코플리 부인이 말하는 모습은 라디오나 텔레비전을 켠

것과 비슷했다. 전원만 켜면, 다양한 표정과 몸짓이 동반된 말의 홍수가 쏟아져 나왔다. 코플리 부인이 전체적으로 고무공 같은 인상을 주는 건 사실이었지만, 실제로도 그녀의 얼굴은 진짜 탄성 고무로 만들어져 있는 것 같았다. 코플리 부인의 입에 오르내리는 수많은 사람들은 터펜스의 눈앞에서 풍자만화의 한 장면처럼 생생하게 되살아났다.

터펜스는 베이컨과 달걀 그리고 버터 바른 두꺼운 빵을 먹으며 코플리 부인이 직접 만든 블랙베리 잼을 칭찬했다. 터펜스는 블랙베리 잼을 좋아하는 터라, 칭찬은 진심이었다. 또 터펜스는 끊임없이 쏟아져 나오는 정보를 기억하느라 애를 썼다. 그래야 나중에 수첩에 적어 둘 수 있을 터였다. 그 지역을 거쳤던 과거의 온갖 영상이 터펜스 앞에 파노라마처럼 펼쳐졌다.

시간 순서가 정리되지 않아 기억하기 어렵긴 했다. 코플리 부인은 15년 전에서 2년 전이나 두어 달 전으로 왔다가, 다시 20세기의 어느 시점으로 되돌아갔다. 그러니 한동안 분류를 할 필요가 있었다. 급기야는 이 중에 쓸 만한 정보가 있기는 한 건지 회의적인 생각까지 들었다.

터펜스의 첫 시도는 아무 성과 없이 끝났다. 랭커스터 부인에 대한 질문이었다.

"여기 어디서 살았던 분 같은데요. 이 지역에서 꽤 잘 알려진 화가의 멋진 그림을 갖고 계셨거든요."

터펜스가 자신도 잘 모르겠다는 듯 모호한 목소리로 입을 열었다.

"지금 누구 얘기를 하시는 거죠?"

"랭커스터 부인요."

"아뇨, 이 근처에 랭커스터라는 분이 살았던 것 같지는 않은걸요. 랭커스터, 랭커스터……. 자동차 사고를 당한 어느 신사분이 기억나네요. 아니, 그건 차 이름이었지. 랭커스터라는 차가 있어요. 정말, 랭커스터 부인이라는 분은 모르겠는걸요. 볼턴 양을 말씀하시는 건 아니죠, 그렇죠? 지금 70살쯤 되셨는데, 랭커스터란 사람과 결혼했을 수도 있어요. 그 부인이 집을 나와 외국을 돌아다니다 어떤 사람과 결혼했다고 들었어요."

"랭커스터 부인이 저희 시이모님께 드린 그림은 보스코벨 씨가 그렸다고 들었어요. 정말 잼이 맛있네요."

"난 다른 사람들처럼 잼에 사과를 넣지 않아요. 사과를 넣으면 더 끈끈해지긴 하지만, 그렇게 하면 향미가 싹 사라져 버리죠."

"맞아요. 저도 그렇게 생각해요. 향미가 모두 사라져 버린다니까요."

"지금 말씀하신 분이 누구셨죠? 'ㅂ'으로 시작된 건 알겠는데, 기억이 잘 안 나서요."

"보스코벨인 것 같아요."

"보스코언 씨는 잘 알고 있어요. 한번 거슬러 올라가 볼까요. 그분이 여기 내려오신 지 적어도 15년은 됐을 거예요. 몇 년 동안 자주 오셨지요. 이곳을 정말 좋아하셨는데. 그러다 시골집도 하나 빌리셨지요. 하트 농장에 있는 작은 집을 한 채 빌려 그 집에서 인부를 지내게 했고요. 그리고 새 집을 지어 '의회당'이라고 이름 붙이셨답니다. 인부들을 위해 작은 집 네 채도 새로 지었더랬죠.

보스코언 씨 자신은 평범한 화가였어요. 언제나 벨벳이나 코르덴으로 만든 우습게 생긴 외투를 입고 다녔죠. 팔꿈치에는 구멍이 나 있었고, 녹색이나 노란색 셔츠를 받쳐 입었죠. 알록달록한 모습이었죠. 그림은 괜찮았어요. 1년에 한 번 전시회를 열었는데, 크리스마스쯤이었던 것 같아요. 아, 물론 여름철엔 전시회가 없었고요. 그분은 겨울에는 여기 머물지 않았어요. 보기엔 아주 좋은 그림이었지만, 흥미로운 점은 없었죠. 무슨 뜻인지 아시겠죠? 나무 두어 그루에 소 두 마리가 울타리 너머를 바라보고 있는, 그냥 그렇고 그런 집만 그려 댔으니까요. 하지만 색이 예쁜, 조용하고 근사한 그림이었죠. 요즘 젊은 화가들이 그린 그림과는 다르다고 할까요."

"이곳으로 내려오는 화가가 많은가요?"

"그렇진 않아요. 맞아요, 많다고 할 정도는 아니지요. 여름에 여류 화가가 한두 명 내려와 스케치를 하곤 하는데, 그 여자들 그림은 별로 마음에 들지 않더라고요. 1년 전에는 자칭 화가인 젊은 청년이 한 명 왔는데, 면도도 제대로 안 하고 다니더라고요. 그림도 별로였답니다. 우스운 색깔들이 온통 소용돌이치는 듯한 그림이었죠. 아무것도 알아볼 수가 없었어요. 그 사람 그림이 많이 팔렸다고는 하던데. 싸지도 않은데 말이에요."

"5파운드면 충분해."

느닷없이 코플리 씨가 대화에 끼어드는 바람에 터펜스는 화들짝 놀랐다.

"그러니까 남편 말은 어떤 그림도 5파운드 이상의 가치는 없다는 뜻이랍니다. 물감이 기껏해야 얼마나 하겠어요. 그런 뜻이지, 여보?"

"어."

"보스코언 씨는 운하와 다리 옆에 있는 집도 그렸어요. 그 집을 '워터사이드'라든가, 아니면 '워터미드'라고 불렀다죠? 오늘 제가 그 길로 왔거든요."

"아, 그 도로를 타고 오셨군요? 길이 별로 좋지 않죠? 너무 좁지요. 볼 때마다 집이 너무 외진 곳에 있다는 생각이 든다니까요. 나라면 그런 집에 살지 않겠어요. 너무 적막한걸. 안 그래, 여보?"

코플리 씨가 조그맣게 동의하지 않는 듯한 신음 소리를 냈다. 겁 많은 여자들을 비웃는 듯했다.

"거기가 바로 앨리스 페리가 사는 집이잖아요."

터펜스는 보스코언 씨에 대한 추적을 포기하고, 페리 부부에 대한 이야기를 들어 보기로 했다. 이 주제에서 저 주제로 옮겨 다니는 코플리 부인을 따라가는 게 차라리 나을 것 같았다.

"기묘한 부부죠."

코플리 씨가 아내의 말에 동의하는 신음 소리를 냈다.

"둘이서만 지낸답니다. 다른 사람들과 잘 어울리지 않죠. 게다가 희한한 행색을 하고 돌아다니지 뭐예요, 앨리스 페리요."

"미친 여자입니다."

코플리 씨가 말했다.

"꼭 그렇지는 않아요. 물론 미친 여자처럼 보이기는 해요. 헝클어

진 머리를 바람에 흩날리며 다니거든요. 거기에 남자 코트를 입고
는 큼직한 고무장화를 신고 다니죠. 이상한 말을 지껄이고, 누가 뭘
물어봐도 제대로 대답하지 않는 경우도 많아요. 하지만 그 여자가
미친 건 아니에요. 특이한 거죠. 그게 다예요."

"사람들이 그 여자를 좋아하나요?"

"그 여자에 대해 아는 사람이 거의 없어요. 그 부부가 여기 산 지
몇 년이나 되었는데 말이에요. 그 여자는 온갖 소문을 몰고 다니죠.
대부분 그냥 소문일 뿐이긴 하지만요."

"어떤 소문인데요?"

코플리 부인은 그런 단도직입적인 질문도 전혀 불쾌하게 여기지
않을 뿐더러 오히려 환영하는 듯 신이 난 기색이었다.

"사람들이 그러는데, 밤에 탁자에 둘러앉아서 영혼을 불러들인대
요. 그리고 밤이면 그 집 주변에 빛이 떠돌아다닌다는 소문도 있어
요. 이상한 책을 많이 읽는다는 얘기도 있고요. 동그라미나 별 모양
이 많이 그려진 책 말이에요. 굳이 따지자면 정상이 아닌 사람은 오
히려 에이머스 페리라고 할 수 있죠."

"그 사람은 그저 단순할 뿐입니다."

코플리 씨가 관대한 음성으로 선언했다.

"남편 말이 맞을지도 몰라요. 하지만 예전에 그 사람에 대한 소문
도 있었어요. 정원을 좋아한다면서 가꿀 줄도 모른다고요."

"그분들은 그 집의 절반 부분에만 살고 계시더군요, 그렇죠? 페리
부인이 친절하게도 저를 집 안으로 청하셨지 뭐예요."

터펜스가 말했다.

"그 여자가 그랬다고요? 정말 그랬어요? 나라면 그런 집에 별로 들어가고 싶지 않았을 텐데."

"그 사람들이 사는 쪽은 괜찮아."

코플리 씨의 말에 터펜스가 물었다.

"다른 쪽은 괜찮지 않은가요? 운하에 면한 앞쪽 말이에요."

"그 집에 대해서는 소문이 무성했어요. 물론 한참 동안 그 집에 아무도 살지 않은 건 맞죠. 모두들 그 집이 이상하다고 수군댔답니다. 소문이 정말 많았어요. 하지만 정작 파고 들어가 보면 건질 건 별로 없는 게, 다 오래전 일이니까요. 그 집은 100년 전쯤 지어졌다나 봐요. 사람들 말로는 왕실에 있던 어떤 귀족이 아름다운 숙녀를 위해 그 집을 건축했다고 하더군요."

"빅토리아 여왕 시대의 왕실처럼요?"

터펜스가 흥미를 느끼며 물었다.

"그건 잘 모르겠어요. 여왕님은 참 특이한 분이셨는데. 하지만 그 전 시대 같아요. 조지 왕조 시대요. 그 귀족이 여기 내려와서 여자를 만나곤 했는데, 전해지는 이야기에 의하면 두 사람 사이에 다툼이 일어나 어느 날 밤 남자가 여자의 목을 잘랐다지 뭐예요."

"끔찍하기도 해라! 그러면 그 남자는 교수형에 처해졌겠네요?"

"아뇨, 그런 일은 일어나지 않았어요. 그 남자가 시체를 처리하려고 여자를 벽난로 속에 넣고 벽을 쌓아 막아 버렸다나요."

"여자를 벽난로에 넣고 벽을 쌓아 올렸다고요!"

"그 여자는 수녀였는데 수녀원에서 도망을 쳤다는 거예요. 그래서 벽 안에 갇힌 거래요. 수녀원에서는 그렇게 한다는군요."

"하지만 그 여자를 벽 안에 가둔 건 수녀들이 아니잖아요."

"아니죠, 아니에요. 그 남자가 그랬죠. 애인이 여자를 벽 안에 가둔 거죠. 벽난로 전체를 벽돌로 막고 그 위로 커다란 철판을 못질해 버렸다나 봐요. 어쨌든 사람들은 그 뒤로 예쁜 옷을 나풀거리며 다니는 그 불쌍한 여자를 다시는 보지 못했대요. 여자가 남자와 함께 멀리 떠났다는 얘기도 있어요. 도시나 다른 곳으로 이사했다는 거죠. 그다음부터 그 집에서 이상한 소음이 들리고 불빛이 어른거리곤 했대요. 그래서 어두워지고 나면 근처에 아무도 얼씬거리지 않죠."

"그다음엔 어떻게 됐나요?"

빅토리아 여왕 이전 시대는 자신이 원하는 시점에서 너무 먼 과거라고 생각한 터펜스가 물었다.

"글쎄요, 별로 아는 게 없어요. 블로드직이라는 농부가 매물로 나온 그 집을 샀던 것 같긴 한데 별로 오래 살지 않았어요. 사람들은 그 사람을 귀족 농부라고 불렀지요. 그러니까 그런 집을 샀던 거겠지만 주변 경작지가 별로 좋지 않았는데 그는 그런 땅을 어떻게 다뤄야 하는지 몰랐다는군요. 그래서 그 집을 팔았고요. 그렇게 주인이 여러 번 바뀔 때마다 건축업자들이 집을 여기저기 뜯어고쳤어요. 화장실을 새로 만들거나 하면서요. 양계장을 하는 부부가 그 집을 산 일도 있었군요. 그렇게 불운한 집이라는 명성을 얻은 거죠. 뭐 이것도 다 오래전 일이군요. 내 생각엔 보스코언 씨도 그 집을 살 생각이 있었던 것 같아요. 그분이 그림을 그린 건 그 무렵이었답니다.”

“보스코언 씨가 여기 왔을 때 나이가 얼마나 되셨죠?”

“40살 전후였던 것 같아요. 살이 조금 찌긴 했지만 나름대로 인물이 좋은 편이었죠. 여자들이 좋아하는 부류였다고나 할까요.”

“아.”

이번에는 코플리 씨가 경고의 뜻이 담긴 신음 소리를 냈다.

“예술가란 인간들이 어떤 부류인지 부인도 아시잖아요. 틈만 나면 프랑스에 들락거리고 프랑스인 흉내를 내며 살죠.”

코플리 부인이 이번에는 터펜스까지 끼워 넣어 이렇게 말했다.

“그분은 미혼이셨나요?”

“그때는 그랬어요. 그러니까 처음 여기 내려왔을 때는요. 그분은 채링턴 부인의 딸을 아주 좋아했지만, 결실을 맺지는 못했어요. 사랑스러운 사람이었지만, 나이 차이가 너무 많이 났죠. 여자 쪽은 25살도 채 안 되었으니까.”

“채링턴 부인이 누구죠?”

터펜스가 새로운 인물의 등장에 어리둥절해하며 물었다.

‘그건 그렇고 내가 대체 여기서 뭘 하고 있는 거지? 여러 가지 뒷소문에 귀를 기울이며 사실일 리도 없는 살인에 대해 상상하고 있다니. 이제 정신이 좀 드는군. 착하지만 번잡스럽기 이를 데 없는 늙은 여자가 뒤죽박죽인 머리로 보스코언 씨에 대해 회상하는 추억담이나 듣고 앉은 셈이잖아. 그 사람이 랭커스터 부인에게 그림을 주었을지 모른다고 생각하며 말이야. 그 집에 대한 이야기나 전설도 터무니없군. 누군가 산 채로 벽난로에 갇혔는데, 그게 어린아이일지 모른다고 생각하는 거야? 지금 여기서 이렇게 한 여자의 입만 쳐다보고 있는 내 모습을 토미가 보면 바보라고 할걸. 그리고 토미의 말이 옳아. 난 바보야.'

터펜스는 불현듯 전신에 엄습해 오는 피로감을 느꼈다.

그녀는 코플리 부인이 쏟아 내는 말의 홍수가 잠시 멎기를, 그래서 자리에서 일어나 안녕히 주무시라는 인사를 건넨 후 2층의 방으로 갈 수 있기만을 고대했다.

그러나 코플리 부인은 여전히 행복한 수다의 향연에 빠져 있었다.

"채링턴 부인요? 워터미드에 잠시 살았던 분이에요. 딸을 데리고 살았죠. 좋은 분이셨답니다. 어떤 장교의 미망인이었던 것 같아요. 생활이 어려워져서 그 집을 싼값에 세놓긴 했지만 말이에요. 그분은 정원 일을 많이 하셨죠. 정원 가꾸기를 아주 좋아하셨어요. 하지만 청소는 잘 못해서, 내가 한두 번 가서 집안일을 봐 드리기도 했어요. 하지만 오래는 못 했어요. 자전거를 타고 다녀야 하는데, 거긴 여기서 3킬로미터나 떨어져 있으니까요. 버스가 다니는 길도 아니고."

"그분은 거기 오래 사셨나요?"

"이삼 년도 안 사신 것 같아요. 딸에게 문제가 생기자 겁이 났나 봐요. 아마 딸 이름이 릴리안이었나 그랬을 거예요."

터펜스는 식사와 함께 나온 진한 차를 한 모금 마셨다. 터펜스는 채링턴 부인 이야기를 끝으로 대화를 마치고 쉬러 갈 작정이었다.

"그분 딸에게 문제가 생겼다니요? 보스코언 씨와의 문제였나요?"

"아뇨, 보스코언 씨가 문제를 일으킨 게 아니었어요. 난 그렇게 생각하지 않아요. 다른 사람이었죠."

"다른 사람이라면 누구죠? 여기 내려와 살던 남자가 또 있었나요?"

"여기 살던 사람은 아니었어요. 릴리안이 런던에서 만난 사람이었죠. 릴리안은 발레를 공부하러 런던에 갔었답니다. 아니, 미술이었나? 보스코언 씨가 릴리안이 다닐 만한 학교를 알아봐 줬어요. 슬레이트라는 학교였던 것 같아요."

"슬레이드 말씀이신가요?"

"그럴 거예요. 그 비슷한 이름이었어요. 어쨌든, 릴리안은 그렇게 런던에 갔다가 그 남자를 만난 것 같아요. 이름은 모르지만 말이에요. 릴리안의 모친은 그게 못마땅해서 딸에게 그 남자를 만나지 못하게 했죠. 하지만 말릴 게 따로 있지, 군인 장교의 아내들이 대부분 그렇듯 어떤 면에서는 그 부인이 어리석었어요. 딸이 엄마 말을 들을 줄 알았다니 시대에 뒤처져도 한참 뒤처진 사람이었죠. 인도 같은 먼 곳에 오래 나가 있어서 그랬나? 어쨌든 잘생긴 젊은 남자가 곁에 있으니 엄마가 눈을 뗄 때마다 딴짓을 할 게 뻔하죠. 남자가 이따금 이 마을로 내려와서 밖에서 계속 만났던 거예요."

"그러다 문제가 생긴 거로군요, 그렇죠?"

터펜스가 코플리 부인의 심기를 건드리지 않으려고 완곡하게 되물었다.

"그 남자가 일을 낸 거죠. 어쨌든 뻔하디뻔한 얘기 아닌가요. 릴리안의 어머니도 오래전에 똑같은 일을 당했던 것 같아요. 그분, 그러니까 채링턴 부인은 축복받은 외모의 소유자였어요. 키가 큰 데다 날씬하고 예뻤거든요. 하지만 그런 사람들은 힘든 일을 잘 견뎌내질 못해요. 릴리안도 남자와 헤어졌고, 엉망인 모습으로 혼잣말을 중얼거리며 돌아다니곤 했답니다. 당연히 그놈이 릴리안을 부당하게 차 버렸기 때문이었죠. 여자가 애를 가진 걸 알고는 멀리 떠나 버렸지 뭐예요. 물론 엄마라면 그런 놈을 지구 끝까지 쫓아가서 저지른 일을 책임지라고 따졌어야 해요. 하지만 채링턴 부인은 그런 짓을 할 사람이 아니었어요. 딸을 데리고 떠나 버린 거죠. 그 집 문을 굳게 잠근 채로. 나중에야 그 집을 팔려고 내놨답니다. 두 사람은 후에 짐을 챙기러 돌아왔을 때도 마을에 들리거나 사람들에게 작별 인사를 하지 않았지요. 그 이후로 여기 한 번 온 적도 없었어요. 이런저런 소문이 나돌긴 했지만, 어떤 소문도 사실인 것 같지는 않아요."

"어떤 여자가 말도 안 되는 얘기를 지어낸 거지."

코플리 씨가 불쑥 끼어들었다.

"당신 말이 꼭 맞아요, 여보. 하지만 그중에는 사실도 섞여 있다고요. 세상엔 별일이 다 있는 법이거든요. 당신 말처럼 그 여자가 제정신이 아닌 것 같기는 하지만요."

"무슨 말씀이세요?"

"글쎄요, 정말 말하고 싶지 않은데……. 오래전 일인 데다 난 확실한 사실이 아니면 잘 말하지 않는 성격이라……. 그 소문을 퍼뜨린 사람은 배드콕 가의 루이즈 부인인데, 엄청난 거짓말쟁이랍니다. 그 여자가 하는 말은 믿을 수가 없어요."

"그나저나 무슨 소문인가요?"

"채링턴 부인의 딸이 아기를 죽이고 자기도 자살했다는 소문이에요. 채링턴 부인은 엄청난 충격으로 반쯤 실성했고, 친척이 채링턴 부인을 요양원으로 보냈다고 하더라고요."

터펜스는 다시 머리가 혼란스러워졌다. 의자에 앉아 있는 자신의 몸이 갑자기 흔들리는 것처럼 느껴질 정도였다. 채링턴 부인이 랭커스터 부인 아닐까? 딸의 슬픈 운명에 절망한 나머지 조금 실성해서, 급기야 이름까지 바꾼 게 아닐까? 코플리 부인의 말은 가차 없이 쏟아져 나왔다.

"난 그 소문을 조금도 믿지 않아요. 배드콕 부인은 무슨 말이든 할 수 있는 여자예요. 우린 당시에 그런 소문이나 이야기에 별로 귀를 기울이지 않았어요. 다른 걱정거리가 있었거든요. 당시에 실제로 일어난 사건 때문에 이 지역 전체가 두려움에 떨고 있었어요."

"왜죠? 무슨 일이었는데요?"

평화로워 보이는 마을 서턴 챈슬러에서 그런 사건이 벌어진 적이 있다는 데 놀라움을 금치 못한 터펜스가 물었다.

"당시 신문을 보면 그 기사를 자세히 읽을 수 있으실 거예요. 가만, 벌써 적어도 20년은 된 일이네요. 그래도 분명히 그때 기사를 찾으실 수 있을 거예요. 아동 살인 사건이었죠. 첫 번째 희생자는 9살 된 여자아이였고요. 어느 날 학교에서 애가 돌아오지 않았답니다. 온 동네가 발칵 뒤집혀 그 아이를 찾아 나섰죠. 결국 아이는 작은 골짜기의 수풀 속에서 발견되었는데, 목이 졸린 채 죽어 있었어요. 아직도 그 생각만 하면 온몸이 떨려요. 그게 첫 번째 사건이었고, 3주 후쯤 또 한 명이 희생되었죠. 마켓 베이싱에서였어요. 하지만 사실상 같은 지역이라고 할 수 있죠. 차만 있으면 손쉽게 이동할 수 있는 거리니까요. 그 후에도 사건이 연이어 일어났어요. 어떨 때는 한두 달 사이에 말이죠. 그러다가 또 사건이 벌어졌는데, 여기서 3킬로미터도 안 되는 곳이었어요. 거의 이 마을 안이었죠."

"경찰이, 아니, 누구도 범인을 잡지 못했나요?"

"경찰이 열심히 노력했어요. 이내 한 남자를 잡아들였죠. 마켓 베이싱에서 사건이 벌어진 장소 바로 근처에 살던 사람이었는데, 경찰 조사에 참고하기 위해서라고 하더군요. 하지만 사람들은 그게 무슨 뜻인지 다 알았죠. 사람들은 경찰이 범인을 잡았다고 생각했어요. 경찰은 그 남자를 시작으로 다른 사람도 여러 명 잡아들였는데, 언제나 24시간 정도 지나면 모두 풀어 주곤 했어요. 범행이 불가능한 사람이거나, 그 시간에 그 장소에 있지 않았다거나, 아니면 누군가 그 사람의 알리바이를 제공했다면서요."

"당신이 잘 몰라서 그래, 리즈. 경찰은 누가 한 짓인지 다 알고 있을 거야. 난 경찰이 안다고 생각해. 그런 경우가 종종 있대. 범인이 누군지 알면서도 증거를 잡지 못한 거지."

코플리 씨가 말했다.

"여자들이 나선 게 분명해요. 아내나, 어머니 혹은 아버지들도요. 그러니 경찰의 심증이 아무리 굳어도 어쩔 수 없었던 거죠. 어머니가 아들이랑 그날 저녁 집에서 함께 저녁을 먹었다고 하거나, 아내

쪽이 그날 저녁 남편과 전시회에 가서 처음부터 끝까지 함께 있었다고 말하거나, 아니면 아버지가 아들과 함께 들에 나가 일을 했다고 나오면 어쩔 수 없지 않겠어요. 증언을 해 준 사람이 거짓말을 하고 있다고 짐작해도, 다른 사람이 나서서 그 남자가 그 시간 다른 장소에 있는 걸 보았다고 증언하지 않는 한 별 도리가 없는 거죠. 그때는 정말 끔찍했어요. 여기 사는 사람들 모두 크게 분노했죠. 아이가 또 실종되었다는 소식이 들리면, 팀을 짜서 모이곤 했어요."

"어, 맞아."

코플리 씨가 맞장구치자 그의 아내가 언성을 높였다.

"그렇게 팀 별로 밖으로 나가 수색을 했어요. 아이의 시체를 금방 찾은 적도 있고, 몇 주씩 찾지 못한 적도 있었죠. 어떨 때는 우리가 이미 수색을 끝낸 아이의 집 근처에서 시체가 발견되기도 했더랬어요. 미치광이의 짓이 분명해요. 끔찍하지만 그런 인간들이 있어요. 그런 인간들은 다 쏴 버려야 해요. 그 인간들도 똑같이 목 졸라 죽여야 한다고요. 누가 내게 그런 기회를 준다면, 직접 그런 인간들을 죽여 버리고 싶어요. 어린아이를 덮치고 죽이는 더러운 인간이라니. 그런 인간들을 정신 병원에 넣고 집처럼 포근하고 편안한 분위기에서 치료한다는 게 말이나 돼요? 그 인간들은 얼마 되지 않아 다시 정신 병원에서 기어 나오죠. 치료가 되었다며 집으로 보내는 거예요. 노퍽 어딘가에서도 그런 일이 있었다죠. 거기 사는 여동생이 얘기해 줬는데, 그렇게 집으로 돌아온 지 이틀 뒤에 똑같은 짓을 저지른 남자가 있었대요. 미친놈들이죠. 의사들도 똑같아요. 치료되지도 않은 사람을 다 나았다고 하니까요."

"이 동네에서 그런 짓을 저지른 사람이 누군지 아직도 모르신단 말씀이세요? 혹시 외지 사람이 한 짓이었을까요?"

"우리가 잘 모르는 사람일 수도 있죠. 하지만 여기 사는 사람의 짓인 것 같아요. 그러니까 근방 30킬로미터 이내에 사는 사람 말이에요. 이 마을 사람은 아닐지라도."

"당신은 늘 그렇게 생각하지, 리즈."

"당신 화났네. 당신이 바로 이웃에 그런 자가 있다고 확신하는 건, 누군지도 어디서 사는지도 모르는 사람이 우리 마을로 와서 그런 짓을 벌였다고 생각하기가 두렵기 때문이야. 난 사람들을 주의 깊게 봐왔어. 당신도 그랬잖아, 여보. 내가 그놈이라고 말하면 당신도 혼잣말로, 그놈이 요즘 좀 이상한 것 같다고 말하잖아. 그런 식인 거지."

"그 사람이 누군지는 몰라도 전혀 이상해 보이지 않을 수도 있어요. 보통 사람과 똑같아 보이는 사람이 범인일 수도 있다고요."

터펜스가 말했다.

"맞아요. 그럴 수도 있어요. 나도 전혀 미친 것처럼 보이지 않는 사람이 그런 짓을 할 수도 있다는 얘기는 들었어요. 하지만 그런 인간들 눈에서는 예외 없이 섬뜩한 광채가 난다고 말하는 사람도 있죠."

"당시 이곳 경찰이었던 제프리스라는 경사님이 늘 이렇게 말했어. 짐작이 가는 사람이 있긴 한데, 증거가 없다고."

코플리 씨가 말했다.

"끝내 범인을 못 잡았나요?"

"네. 6개월 이상, 아니 1년 가까이 질질 끌다 모든 수사가 중단되었죠. 이후론 이 근처에서 그런 일이 일어나지 않았어요. 범인이 도망친 것 같아요. 그렇게 모든 일이 묻혀 버렸죠. 여기 사람들이 범인이 누구인지 알 것 같다고 말하는 건 바로 그 때문이랍니다."

"그러니까 범인이 이곳을 떠났기 때문이라는 말씀이세요?"

"물론, 누가 떠나면 사람들이 뒷말을 하게 마련이죠. 이러쿵저러쿵해서 떠났다고 말이에요."

터펜스가 다음 질문을 하려다 머뭇거렸다. 하지만 말하기 좋아하는 코플리 부인의 성향을 고려해 볼 때 물어봐도 괜찮을 것 같았다.

"부인은 누가 그랬다고 생각하세요?"

"글쎄요, 너무 오래된 일이라 별로 말하고 싶지도 않아요. 하지만 공공연히 오르내리는 이름들이 있긴 하죠. 사람들이 많이 언급해서 주의 깊게 보게 되는 사람들 말이에요. 보스코언 씨도 그중 한 분이지요."

"정말요?"

"네, 화가잖아요. 예술가는 모두 이상한 구석이 있다고들 하더라고요. 하지만 난 그 사람이 범인이라고 생각하지는 않아요!"

"에이머스 페리가 범인이라고 생각하는 사람들이 더 많아."

코플리 씨가 말했다.

"페리 부인의 남편요?"

"네, 좀 이상한 데가 있어요. 지능도 낮고요. 그 사람은 그런 짓을 할 수 있는 인간이에요."

"페리 부부가 당시에도 여기 살았나요?"

"네, 그때는 워터미드가 아니라 7~8킬로미터 떨어진 곳에 있는 작은 시골집에서 살았죠. 경찰도 그 사람을 주목했어요. 확실해요. 하지만 아무런 혐의도 잡지 못했어요. 페리 부인이 늘 남편을 변호했거든요. 문제가 되는 날 밤에 자기와 함께 집에 있었다는 거죠. 페리 부인은 언제나 그래요. 에이머스 페리는 토요일 밤이면 가끔씩 술집에 가기도 하지만, 그 연쇄 살인 사건 중 어느 한 건도 토요일 밤에 일어난 건 없으니 별 수 없었죠. 게다가 앨리스 페리가 무슨 말을 하면 믿을 수밖에 없어요. 그 여자는 조금도 누그러지거나 양보하는 법이 없거든요. 겁을 먹고 물러서는 사람도 아니고. 어쨌든 에이머스 페리는 아니에요. 난 그 사람이 범인이라고 생각한 적 없어요. 무슨 증거가 있는 건 아니지만 내겐 육감 같은 게 있는데, 굳이 누군가를 범인으로 찍으라고 하면, 난 필립 경을 찍겠어요."

"필립 경요? 필립 경이 누구죠?"

터펜스의 머리가 다시 빙빙 돌기 시작했다. 또 다른 새로운 인물의 등장이었다. 필립 경이라.

"필립 스타크 경은 저 위쪽 워렌더 하우스에 살고 있어요. 워렌더가 사람들이 살 때 '오래된 수도원'이라고 불렀던 곳이죠. 지금은 불에 타 없어졌지만 말이에요. 교회에 가 보면 워렌더가의 무덤이 있고, 안에 위패도 있어요. 워렌더가 사람들은 제임스 왕 시대 이후로 쭉 여기 살았답니다."

"필립 경이 워렌더가의 친척인가요?"

“아뇨. 내 생각엔 그 사람이나 그 사람 아버지가 엄청나게 돈을 번 것 같아요. 철골을 만들었다던가 뭐 그런 일을 했다죠. 필립 경은 이상한 사람이었어요. 공장은 북쪽 어딘가에 있지만, 집은 여기 있었죠. 혼자 지내는 사람이었어요. 그러니까 은……. 뭐라던가……. 은…….”

“은둔자요.”

터펜스가 말했다.

“바로 그거예요. 창백하고 앙상하게 마른 사람이었는데, 꽃을 좋아했어요. 식물학자였죠. 아무짝에도 쓸모없는, 두 번 다시 볼 일 없는 작은 들꽃을 수집하곤 했으니까요. 모은 꽃에 대해 책을 쓰기까지 했다나 봐요. 아주 똑똑하긴 했더랬죠. 부인은 착한 사람이었고 예뻤지만, 늘 슬퍼 보였어요. 그런 느낌이 들더라고요.”

“필립 경이 법인이라니 어리석은 생각이야. 필립 경은 아이들을 좋아했어. 아이들을 위해 파티를 열어 주곤 했잖아.”

코플리 씨가 한마디했다.

“알아. 필립 경은 잔치를 벌여 아이들에게 예쁜 선물을 주곤 했죠. 재미난 경주도 하고, 딸기와 크림 차 같은 것도 주고요. 친자식이 없었으니까요. 차를 타고 가다 멈춰 서서 아이들에게 사탕을 주거나 사탕을 사 먹으라며 동전을 몇 닢씩 주는 일도 많았어요. 하지만 글쎄, 그건 지나친 행동 아닐까요. 그 사람은 이상한 데가 있어요. 그 사람 아내가 갑자기 남편 곁을 떠난 데에는 무슨 곡절이 있을 거예요.”

“부인이 언제 필립 경을 떠났는데요?”

"그 끔찍한 사건이 시작된 지 6개월 후쯤이었을 거예요. 그때까지 아이들 세 명이 살해되었죠. 스타크 부인은 갑자기 프랑스 남부로 떠나 다시는 돌아오지 않았어요. 그런 짓을 할 사람이 아닌데도 말이에요. 조용하고 품위 있는 부인이었죠. 그러니 다른 남자가 생겨서 남편을 떠난 것 같지는 않아요. 절대 그럴 사람이 아니에요. 그러면 왜 스타크 부인이 남편을 떠났겠어요? 그 부인이 무언가 낌새를 채서 그런 것 같다는 생각이 들어요……."

"필립 경은 아직 여기 사시나요?"

"여기서 계속 사는 건 아니고, 1년에 한두 번 내려오죠. 관리인이 있지만, 집은 대부분 굳게 잠겨 있어요. 예전에 필립 경의 비서였던 블라이 양이 이 마을에서 그 사람 일을 대신 봐 주고요."

"그러면 그 사람 아내는요?"

"그 불쌍한 부인은 세상을 떠났어요. 프랑스로 간 직후에 죽었대요. 교회의 위패에 부인의 이름이 새겨져 있죠. 얼마나 끔찍한 일이에요. 스타크 부인도 처음엔 믿지 않았겠지만, 남편을 의심하기 시작했고, 급기야 확신하기에 이른 거예요. 그걸 견딜 수가 없어서 떠나 버린 거죠."

"여자들 상상하고는."

코플리 씨가 말했다.

"내 말은 필립 경한테 뭔가 이상한 구석이 있다는 거야. 아이들을 지나치게 좋아했다고. 자연스러워 보이지 않는 방식으로 말이야."

"여자들의 망상이란!"

코플리 부인이 자리에서 일어나 식탁을 치우기 시작했다. 코플리 씨가 말을 계속 이었다.

"잘 시간이야. 오래전에 끝났고 지금 사람들관 아무 상관도 없는 일에 대해 더 얘기했다가는 여기 계신 부인이 악몽을 꾸게 될 거야."

"아주 흥미롭게 들었어요. 하지만 정말 졸리네요. 이제 자야 할 것 같아요."

"우린 일찍 잠자리에 든답니다. 부인께서도 여행 중이라 피곤하실 거예요."

코플리 부인이 말했다.

"네, 엄청나게 피곤하네요. 그럼 감사했습니다. 안녕히 주무세요."

터펜스가 하품을 했다.

"아침에 깨워 드리고 차 한 잔 준비해 드릴까요? 8시 어떠세요? 너무 이른가요?"

"아뇨, 좋아요. 하지만 바쁘시면 굳이 신경 쓰지 않으셔도 돼요."

"바쁠 일 없어요."

터펜스는 지친 몸을 이끌고 방으로 갔다. 그녀는 여행 가방을 열어 필요한 것을 꺼낸 다음, 옷을 벗고 씻은 후에 자리에 누웠다. 터펜스가 코플리 부인에게 한 말은 사실이었다. 그녀는 죽을 만큼 피곤했다. 조금 전에 들은 이야기가 움직이는 영상과 끔찍한 상상이 결합된 만화경처럼 머릿속을 스치고 지나갔다. 살해된 아이들. 그렇게 많은 아이가 죽다니. 터펜스는 벽난로 뒤에 있다는 죽은 아이 하나에 대해서만 알려고 했었다. 그 벽난로가 인형이 발견된 워터사이드와 관련이 있을 것만 같았다. 아이들이 가지고 노는 인형. 사랑하는 사람에게서 버림받은 충격에 머리가 이상해진 젊은 엄마가 제 아이를 죽였을지 모른다.

'이런, 내가 무슨 멜로드라마 같은 생각을 하고 있담.'

모든 사건들과 그것들이 일어난 순서가 한데 얽혀, 언제 무슨 일이 있었는지 뒤죽박죽이 된 상태였다.

터펜스는 꿈을 꾸었다. 샬럿 부인이라는 사람이 창밖을 내다보고 있었다. 굴뚝에서는 무언가를 긁는 듯한 소리가 들려왔고, 그 집에 있는 못 박힌 커다란 철판 뒤에서 강풍이 불어왔다. 망치질 소리가 들렸다. 땅, 땅, 땅.

터펜스는 잠에서 깨어났다. 코플리 부인이 문을 두드리고 있었다. 그녀는 환한 얼굴로 들어와 침대 옆에 차를 내려놓고는 커튼을 열어젖히며 터펜스에게 아침 인사를 건넸다. 이 세상에서 코플리 부인보다 즐거워 보이는 사람은 없을 터였다. 코플리 부인은 악몽도 꾸지 않은 것 같았다!

마켓 베이싱에서 맞은 아침

"오늘은 새로운 날이에요. 난 잠에서 깨면 늘 이렇게 말한답니다."

코플리 부인이 서둘러 방에서 나가며 말했다.

'새로운 날이라고? 내가 지금 바보짓을 하고 다니는 거 아닐까? 지금 토미와 이야기를 나눌 수 있으면 좋으련만. 어젯밤은 정말 정신없이 꿈을 꾸었군.'

진한 차를 마시며 터펜스가 생각했다.

터펜스는 방에서 나가기 전에, 지난밤에 들은 여러 가지 사실과 이름들을 수첩에 기록했다. 어젯밤 잠자리에 들기 전에는 너무 피곤해서 하지 못한 터였다. 구식 멜로드라마 같은 얘기였다. 여기저기 진실의 파편이 박혀 있을 수도 있지만, 소문과 악의, 뒷말, 낭만적인 상상이 대부분인 것 같았다.

'정말이지 18세기로 되돌아가서 당시 사람들의 애정 생활을 들여다보는 기분이로군. 하지만 그래서 결국 어떻다는 거야? 내가 뭘 찾고 있는 거지? 진척이 전혀 없어. 하지만 이상하게도 이 일에 얽혀 들어 빠져나갈 수 없을 것만 같은 느낌이 들어.'

이같이 불길한 예측을 한 뒤에 터펜스에게 처음으로 닥친 일은 블라이 양이었다. 터펜스는 블라이 양이 서턴 챈슬러의 골칫거리라고 생각했다. 터펜스는 도와주겠다는 그녀의 제의를 마켓 베이싱의 우체국으로 서둘러 가야 한다는 핑계로 거절한 터였다. 하지만 블라이 양이 날카롭게 외치며 터펜스가 탄 차를 불러 세웠다. 터펜스는 급한 볼일이 있다고 둘러댔다……. 언제 돌아오시죠? 알 수 없었다. 점심을 함께하시겠어요? 블라이 양이 상당히 친절하게 제안했으나, 터펜스는 조금 겁이 났다.

"그럼, 차를 마시는 걸로 하죠. 4시 30분에 오시는 걸로 알고 있을게요."

왕의 명령 같았다. 터펜스는 웃으며 고개를 끄덕여 보인 후에 차의 가속 페달을 밟았다.

만일 터펜스가 마켓 베이싱의 중개업소에서 뭔가 흥미로운 사실을 알아낸다면, 넬리 블라이가 유용한 정보를 추가로 제공해 줄지도 모른다. 블라이 양은 모든 사람에 대해 모든 것을 안다는 사실을 자랑으로 여기는 부류의 여자였다. 그리고 그녀는 이제 터펜스의 모든 것을 알아내기로 작정한 것 같았다. 그날 오후 무렵이면 피로에서 완전히 회복되어 다시 한 번 타고난 탐정의 재능을 발휘할 수 있을지도 몰랐다!

"블렌킨숍 부인을 잊지 말자고."

터펜스는 이리저리 왔다 갔다 하는 거대한 트랙터를 피해 급하게 차를 돌리다 잡목 울타리에 처박히고 말았다.

마켓 베이싱에 도착한 터펜스는 차를 도심 광장에 있는 주차장에 세운 다음, 우체국으로 가서 비어 있는 공중전화 박스에 들어갔다.

여느 때처럼 앨버트가 전화를 받았다. 그는 미심쩍은 음성으로 '여보세요?'라고 말했다.

"잘 들어, 앨버트. 내일 집에 갈 거야. 저녁 시간쯤이나 어쩌면 좀 더 일찍 갈지도 몰라. 별다른 연락이 없으면 베레스퍼드 씨도 내일 오실 거고. 저녁때 닭 요리를 준비해 주면 좋겠어."

"알겠습니다, 안주인님. 그런데 어디 계시……."

하지만 터펜스는 전화를 끊었다.

마켓 베이싱 주민들의 생활은 도심의 광장에 집중되어 있는 듯했다. 터펜스는 우체국을 나서기 전에 그 지역의 자세한 지도를 살펴보았다. 네 집 중 세 집과 온갖 중개업소들이 조지가 4번지쯤에 있는 광장 안에 밀집해 있었다.

터펜스는 중개업소의 이름을 몇 개 적은 다음, 그 중개업소들을 찾으러 밖으로 나왔다.

제일 눈에 띄는 '러브바디 앤드 슬리커'부터 시작하기로 했다.

얼굴에 군데군데 점이 난 여자가 터펜스를 맞았다.

"집을 알아보고 싶은데요."

여자는 터펜스의 제안에 아무 관심도 없어 보였다. 터펜스가 무슨 희귀 동물에 대해서라도 물어봤다는 듯했다.

"전혀 모르겠는걸요."

여자가 동료 중에 터펜스를 넘길 만한 사람이 있는지 둘러보며 대답했다.

"집 말이에요, 여기 주택 중개업소 아닌가요?"

"주택 중개업소이자 경매업소지요. 관심이 있으실지 모르지만, 수요일에 크랜베리 법원에서 경매가 있어요. 안내 책자는 2실링이고요."

"경매에는 관심이 없어요. 집이 있는지 알고 싶어서 왔다고요."

"가구가 갖추어져 있는 집 말씀이신가요?"

"아뇨, 가구 없는 거요. 매물이나 임대가 있나요?"

점박이 여자의 얼굴이 조금 밝아졌다.

"슬리커 씨에게 가 보시는 게 좋겠네요."

터펜스는 슬리커 씨가 있다는 작은 사무실로 가서 큰 체크무늬 트위드 양복을 입은 젊은 남자와 마주하고 앉았다. 남자는 무언가를 중얼거리며 주택의 세부 사항이 적혀 있는 커다란 장부를 넘기고 있었다.

"맨더빌가(街) 8번지, 건축업자가 지었고, 침실 3개, 미국식 부엌. 아, 아니, 이건 팔렸지. 아마벨 별장, 그림처럼 아름다운 외관, 1600평방미터, 저가에 급매……."

터펜스는 남자의 말을 끊는 수밖에 없었다.

"서턴 챈슬러에 있는, 아니 그보다는 서턴 챈슬러 가까이에 있는 집을 한 채 봤는데요. 운하 옆에 있는……."

"서턴 챈슬러라고요. 이 장부에는 서턴 챈슬러 물건은 없는 것 같은데요. 그 집 이름이 뭐죠?"

슬리커 씨가 회의적인 시선을 던졌다.

"딱히 정해진 이름이 있는 것 같지는 않지만, 워터사이드나 워터미드일 거예요. 한때는 다리 옆의 집이라고 불린 적도 있대요. 그 집은 두 부분으로 나뉘어 있는데, 한쪽엔 세 들어 사는 사람이 있어요. 한데 그 세입자도 다른 반쪽에 대해 아는 게 거의 없었어요. 제가 운하에 면한 그 집의 앞쪽에 관심이 생겨서요. 거긴 아무도 살지 않는 것 같아요."

슬리커 씨는 자신은 도와줄 수 없을 것 같다고 냉담하게 말했다. 하지만 '블로젯 앤드 버제스'에 가면 도움을 받을 수 있을지 모른다고 친절하게 한마디 덧붙였다. 말하는 목소리로 미루어 보아, 블로젯 앤드 버제스는 그가 일하는 곳보다 훨씬 못한 곳 같았다.

터펜스는 광장 맞은편에 있는 블로젯 앤드 버제스로 갔다. 그곳은 러브바디 앤드 슬리커와 상당히 흡사한 곳으로, 지저분한 창문 위에 주택의 판매 가격과 앞으로 있을 경매 일정이 적혀 있었다. 그렇게 하면 더 나아 보일 거라고 생각했는지, 앞문은 담즙 같은 녹색으로 얼마 전 다시 칠한 듯했다.

그곳의 접수원도 똑같이 시큰둥한 반응을 보였고, 터펜스는 스프리그 씨에게로 넘겨졌다. 연로해 보이는 그 남자는 보잘것없는 직책을 맡고 있는 것 같았다. 터펜스가 다시 자신이 원하는 바를 설명했다.

스프리그 씨는 그런 집이 있다는 건 알지만, 별 도움이 안 될 것 같다고 말했다. 관심도 없어 보였다.

"죄송하지만, 그 집은 매물로 나와 있지 않습니다. 집주인이 집을 팔 생각이 없는 거죠."

"주인이 누군가요?"

"그건 잘 모릅니다. 주인이 상당히 자주 바뀌어서요. 경매 처분 명령이 내려진 적이 있다는 소문도 있고요."

"지방 정부에서 왜 그런 명령을 내린 거죠?"

"그건 말입니다, 음……. (그는 자신의 장부에 적힌 터펜스의 이름을 흘낏 봤다.) 그러니까 베레스퍼드 부인, 그런 질문에 대한 답을 아신다면, 부인께서는 요즘의 사람들 대부분보다 훨씬 현명하신 겁니다. 지방 의회와 건축 협회는 늘 무언가를 숨기거든요. 그 집의 뒷부분은 몇 군데 필요한 곳을 손봐서 상당히 낮은 가격에, 그러니까 누구더라……. 아, 예, 페리 부부에게 세를 내주었습니다. 그 부동산의 실제 소유주인 문제의 신사분은 외국에 살고 계신 데다 그 집에 별로 관심이 없으신 듯합니다. 다만 상속 문제가 얽혀 있어 유언 집행자가 관리하고 있지요. 제 생각에는 그렇게 사소한 법률 문제가 몇 가지 있는 상황이라 정식 절차를 밟자니 비용이 많이 들어서, 집 주인이 그 집이 그냥 무너지기를 기다리고 있는 것 같습니다. 페리 부부가 사는 곳 말고는 전혀 유지 보수를 하지 않고 있으니까요. 버려진 집을 수리해 봤자 이윤이 남을 리 없지만, 집이 서 있는 땅만은 분명 앞으로도 이익을 기대할 수 있는 곳이거든요. 부인께서 그런 토지에 관심이 있으시다면, 그 집보다 훨씬 나은 곳을 소개해 드릴 수 있습니다. 부인이 그 집에 특별한 관심을 갖고 계신 이유를 여쭤 봐도 되겠습니까?”

“그 집 생긴 게 마음에 들어요. 아주 예뻐요. 처음 기차에서 그 집을 봤을 때…….”

“아, 알겠습니다. 저라면 그런 집에 대해 깨끗이 잊어버리겠습니다만.”

스프리그 씨는 ‘여자들은 정말 믿을 수 없을 정도로 어리석군.’이라는 표정을 애써 숨기며 위로하듯 이렇게 말했다.

“집주인에게 편지를 써서 그 집을 팔 의향이 있는지 여쭤봐 주실 수 있으세요? 아니면 제게 집주인의 주소를 주시면…….”

“저희가 집주인과 접촉해 보겠습니다. 원하신다면, 변호사측에게라도요. 하지만 희망은 별로 없어 보입니다.”

“요즘은 변호사를 거치지 않는 일이 하나도 없긴 하지만, 변호사들은 언제나 느려 터져서…….”

터펜스가 불만 섞인 목소리로 중얼거렸다.

“맞습니다. 법적 절차를 거치자면 엄청난 시간이 소요되죠.”

“은행도 똑같아요! 별로라고요.”

“은행이라고요…….”

스프리그 씨가 조금 놀란 목소리로 되물었다.

“요즘은 자기 집 주소 대신 은행 주소를 주는 사람들도 많잖아요.

그것도 쉽지 않은 방법이긴 하지만요."

"맞습니다, 맞아요. 말씀하신 것처럼 요즘 사람들은 너무 바쁘고 너무 많이 움직여요. 외국에서 사는 경우도 많고요. 여기 적당한 물건이 하나 있네요. '크로스게이트'라는 집인데, 마켓 베이싱에서 3킬로미터 거리에 있고, 상태가 아주 좋습니다. 정원도 아름답고요."

스프리그 씨가 책상 서랍을 열며 말했다.

"감사합니다만, 됐습니다."

자리에서 일어난 터펜스는 스프리그 씨에게 단호하게 작별 인사를 건넨 다음 다시 광장으로 나왔다.

터펜스는 세 번째 중개업소에 들렀다. 그러나 그곳은 소나 닭을 키웠던 버려진 농장이나 일반 농장을 파는 데 주력하는 곳이었다.

터펜스는 마지막으로 조지가에 있는 '로버츠 앤드 윌리'를 방문했다. 그곳은 작지만 의욕적으로 일하는 곳으로, 터펜스에게 집을 살 것을 강요하다시피 했다. 하지만 서턴 챈슬러에는 별 관심이 없어 보였다. 업소에서 강제로 떠넘기듯 소개한 집은 현재 반 정도 밖에 지어지지 않은 집으로, 가격도 터무니없이 비쌌다. 사진으로만 봐도 형편없었다. 열성적인 젊은 중개업자는 잠재적인 고객이 단호하게 떠나려는 것을 보고서야 마지못해 서턴 챈슬러에 그런 집이 있다는 사실을 시인했다.

"서턴 챈슬러에 관심이 있으시면, 광장에 있는 블로젯 앤드 버제스에 가 보시는 게 낫습니다. 거기서 그 부근의 부동산을 취급하거든요. 하지만 모두 상태가 좋질 않지요. 낡고."

"서턴 챈슬러 부근에 예쁜 집이 한 채 있어요. 다리가 있는 운하 옆에요. 기차에서 봤거든요. 왜 아무도 거기 살려고 하지 않는 거죠?"

"아! 그 집을 압니다. 그 강가에 있는 집 말씀이시죠. 거기 살고 싶어 하는 사람은 아무도 없을 겁니다. 유령이 나온다는 소문이 있거든요."

"유령이라고요?"

"사람들이 그러더군요. 여러 가지 소문이 많죠. 밤에 이상한 소리가 들린다. 신음 소리가 난다. 한마디로 저승사자라도 나올 듯한 불길한 집이죠."

"그럴 수가. 제가 보기엔 한적한 곳에 있는 아주 예쁜 집이던데."

"지나치게 한적하다고 하는 사람들이 많습니다. 겨울에는 홍수도 나고요. 그러니 다시 한 번 생각해 보세요."

"생각해 봐야 할 게 많군요."

터펜스가 씁쓸하게 말했다.

"생각해 봐야 할 게 너무 많아. 홍수, 죽음을 부르는 저승사자, 유령, 철걱거리는 쇠스랑 소리, 집주인과 땅 주인은 종적이 묘연하고……. 변호사, 은행, 나 말고는 아무도 관심이나 애정이 없는 집……. 아, 이럴 수가. 어쨌든 당장 뭘 좀 먹어야겠어."

터펜스가 점심을 먹을 곳으로 봐 둔 더 램 앤드 플래그 쪽으로 발걸음을 옮기며 중얼거렸다.

더 램 앤드 플래그의 음식은 푸짐하고 맛있었다. 떠돌이 여행객을 위한 가짜 프랑스 요리가 아니라 농부들을 위한 진짜 식사였다.

진하고 맛있는 수프, 돼지 다리 요리, 사과 소스, 스틸턴 치즈(영국산의 최고급 블루치즈 — 옮긴이) 원한다면 자두와 커스터드도 먹을 수 있었다(터펜스는 먹지 않았지만).

터펜스는 주변을 정처 없이 돌아다니다 다시 차를 타고 서턴 챈슬러로 향했다. 오전을 별 성과 없이 허비했다는 느낌을 떨쳐 버리지 못한 채.

목적지에 도착하기 전 마지막 모퉁이를 돌자, 서턴 챈슬러 교회가 나타났다. 뒤뜰에 있는 목사의 모습이 보였다. 그는 지친 듯 걷고 있었다. 터펜스가 목사 옆에 차를 세우고 물었다.

"아직도 그 무덤을 찾고 계세요?"

목사는 한 손을 등허리에 대고 있었다.

"아, 부인이시군요. 제가 시력이 별로 좋질 못해서요. 거의 다 지워진 비문이 너무 많아요. 허리도 아프고요. 바닥에 납작하게 붙어 있는 것도 정말 많네요. 어떨 때는 허리를 굽혔다가 다시는 펴지 못할 것 같아 겁이 난답니다."

"저라도 더 이상은 못 할 거예요. 목사님은 교구 등록부를 다 살펴보신 것만으로도 최선을 다하신 거예요."

"알아요, 하지만 그 가엾은 형제분이 너무 열성으로 매달려서 말이에요. 헛수고를 하고 있는 건 알지만 이건 정말로 제가 할 일이라는 생각이 들어요. 아직 살펴볼 곳이 조금 더 남았답니다. 여기 주목나무 뒤에서부터 저쪽 벽 밑에까지요. 대부분의 비석이 18세기 것이죠. 그래도 할 바를 다하는 게 마음이 편해요. 그러면 나중에 제 탓을 하지 않아도 되니까요. 하지만 나머지는 내일로 미뤄야겠군요.”

“맞는 말씀이세요. 하루에 너무 많은 일을 하시면 안 되죠. 블라이 양과 차를 한잔한 후에 제가 와서 찾아봐 드릴게요. 주목에서 벽까지라고 그러셨죠?”

“하지만 그런 부탁은 드릴 수가 없는데…….”

“괜찮아요. 제가 좋아서 하는 일인데요. 뭔가를 찾아 교회 안뜰을 헤매는 것도 아주 재미있잖아요. 오래된 비문을 읽으면 여기 살았던 사람들과 여러 가지 일에 대해 알 수도 있고요. 저는 정말 그런 일을 좋아해요. 정말이에요. 그러니 집에 가서 좀 쉬세요.”

“그러고 보니 오늘 저녁 설교 준비를 해야 하는군요. 부인은 정말 좋은 분이세요. 거기에 정말 친절하시고.”

목사가 터펜스에게 웃어 보인 후에 목사관 쪽으로 갔다. 터펜스는 손목시계로 시간을 확인한 후, 블라이 양의 집 앞에 차를 세웠다,

‘별일 없이 끝나야 할 텐데.’

앞문이 열려 있었고, 블라이 양은 막 구운 스콘을 거실로 옮기고 있었다.

“아! 베레스퍼드 부인, 오셨군요. 와 주셔서 정말 기쁘네요. 차 준비는 거의 다 되었어요. 물 주전자를 불에 올려놓았으니, 물이 끓으면 찻주전자로 옮겨 붓기만 하면 됩니다. 원하시는 물건을 다 사셨는지 모르겠네요.”

블라이 양이 터펜스의 팔에 걸린, 텅 빈 쇼핑백을 다소 과장스러운 몸짓으로 들여다보며 말했다.

"운이 별로 없었어요. 원하는 색이 없거나 찾는 물건이 없는 날 있잖아요. 하지만 특별히 살 만한 게 없어도 그저 구경하고 다니는 걸 좋아해서요."

터펜스가 상냥한 얼굴을 지어 보이려 애쓰며 변명했다.

물 주전자에서 와 달라고 부르는 듯한 날카로운 소리가 터져 나왔고, 블라이 양은 서둘러 부엌으로 가느라 우체국에 가져갈 편지 뭉치를 현관 앞 탁자에 내던지다시피 내려놓았다.

터펜스가 몸을 굽히고 흩어진 편지를 가지런히 모으려다 맨 위에 놓인 편지 봉투에 눈길을 주었다. 그 편지는 컴벌랜드에 있는 로즈 트릴리스 여성 양로원에 있는 요크 부인에게 보내는 것이었다.

'정말이지, 온 나라에 양로원뿐인 것 같아! 나와 토미도 머지않아 저런 곳에서 살게 되겠지!'

바로 며칠 전만 해도 한 친구가 편지를 보내 데번에 있는 어느 양로원을 추천한 일이 있었다. 늘 친절하고 도움을 많이 주는 친구였는데, 그 양로원은 부부가 함께 지내는 곳으로 대부분이 은퇴한 군인이라고 했다. 음식이 상당히 맛있고, 쓰던 가구와 개인 소지품을 갖고 올 수 있다는 설명이었다.

블라이 양이 찻주전자를 들고 나타났다. 두 여인은 차를 앞에 놓고 마주 앉았다.

블라이 양과의 대화는 코플리 부인과의 대화보다 통속적인 요소가 적었고 덜 흥미진진했다. 블라이 양은 정보를 주기보다 얻는 데 관심이 많았다.

터펜스는 외국에서 간호사로 일했던 과거, 현재 영국에서 그리고 결혼한 딸과 아들 및 손자 손녀에 대해 되는대로 이야기를 하다, 서턴 챈슬러에서의 블라이 양의 활약에 대한 것으로 주제를 바꿔 나갔다. 블라이 양은 여성 협회, 지역 안내회, 스카우트, 보수 여성 연합, 여러 강의, 그리스 미술, 잼 만들기, 꽃꽂이, 스케치 클럽, 고고학 모임 등 실로 많은 모임을 운영했고, 목사의 건강과 일상사 그리고 목사의 건망증으로 비롯되는 일들을 챙기는 동시에 교회 위원들 간의 의견 차이를 조정하는 역할도 했다.

터펜스는 스콘 빵이 맛있다고 칭찬하고, 환대에 감사드린다고 말한 다음 자리에서 일어섰다.

"블라이 양은 감탄스러울 만큼 활동적이세요. 어떻게 그 많은 일을 다 하시는지 상상하기도 힘드네요. 저는 하루 종일 돌아다니고 이것저것 사다 보니, 죄송하지만 30분 정도라도 누워서 좀 쉬어야겠어요. 침대가 아주 편안하더라고요. 코플리 부인 댁을 소개해 주셔서 정말 감사드려요."

"말이 많긴 하지만, 가장 믿을 만한 분이죠……."

"이 지역 일에 대한 코플리 부인의 이야기도 아주 재미있었어요."

"코플리 부인은 자기가 무슨 말을 하는지도 모르고 떠들 때가 많답니다. 여기 오래 묵으실 건가요?"

"아니에요. 내일 돌아갈 예정이에요. 적당한 집을 알아보지 못하고 가서 좀 실망스럽긴 하지만요. 저는 운하 옆의 그 아름다운 집을 마음에 뒀거든요."

"그 집은 제외시키시는 게 좋으실 거예요. 상태도 너무 안 좋고, 집주인도 없고. 한마디로 엉망이죠."

"주인이 누구인지도 알아내지 못했다니까요. 블라이 양은 아실 것 같아요. 이 지역에서 일어나는 일을 모두 알고 계시니까요……."

"그 집에는 아무 관심도 없답니다. 주인이 너무 자주 바뀌어서요. 어느 누구도 오래가지 못하더라고요. 페리 부부가 반쪽에 사는데, 나머지 반쪽은 낡고 폐허가 됐을 거예요."

터펜스는 다시 작별 인사를 하고 차를 몰아 코플리 부인의 집으로 갔다. 집 안은 조용했고, 아무도 없는 듯했다. 터펜스는 자신의 방으로 가서 빈 가방을 내려놓고 세수를 한 다음, 화장을 조금 손보고 발끝을 든 채 다시 집 밖으로 나왔다. 그러고는 거리를 아래위로 훑어본 후에, 차를 그냥 놔둔 채로 재빨리 모퉁이를 돌아 마을 뒤 들판 사이의 샛길을 통해 교회로 갔다.

터펜스는 교회 안뜰로 들어섰다. 교회는 석양을 받아 평화로워 보였다. 터펜스는 약속대로 비석을 살펴보기 시작했다. 숨은 의도나 목적 같은 것은 없었다. 뭘 알아내려는 마음도 없었다. 그냥 진심에서 우러나는 선의였다. 연로한 목사는 좋은 사람 같았고, 그래서 터펜스는 그가 양심에 거리낄 것 없다고 느끼게 해 주고 싶었다. 기록할 만한 게 있으면 적어서 목사에게 전해 주려고 연필과 수첩까지 챙겨 온 터였다. 터펜스는 비슷한 연령대에 삶을 마감한 어린아이의 비석을 찾아볼 작정이었다. 하지만 그곳에 있는 비석은 대부분 나이 들어 세상을 떠난 사람들의 것이었다. 흥미를 끄는 점도, 이상하리만큼 젊어서 삶을 마감한 사람의 비석도, 특별히 감동적이거나 애정 어린 비문도 찾아볼 수 없었다. 대부분 노인의 비문이었다. 그래도 터펜스는 비문의 주인공을 상상하며 그곳을 조금씩 훑어 내려갔다. 제인 엘우드, 1월 6일 45세의 나이로 세상을 떠나다. 윌리엄 말, 깊은 슬픔을 남기고 1월 5일에 세상을 떠나다. 메리 트레브, 1835년 3월 14일 5살의 나이로 세상을 떠나다. 너무 옛날 일이었다. '너의 존재는 기쁨으로 가득했다.' 어린 메리 트레브는 그래도 운이 좋은 편이었다.

이제 반대쪽 벽 가까이까지 왔다. 그곳은 버려진 무덤들인지 잡초가 무성하게 자라 있었다. 이 구역에는 아무도 신경을 쓰지 않는 것 같았다. 많은 비석이 제대로 서 있지 못하고 바닥에 누워 있었다. 금이 가고 부서졌으며, 군데군데 무너져 내린 곳도 있었다.

그곳은 교회 뒤편이어서 길에서는 잘 보이지 않았다. 그래서 아이들이 이곳의 벽을 장난으로 허문 것 같았다. 터펜스가 어느 석판 위로 몸을 굽혔다. 비문은 세월의 흔적에 씻겨 글씨를 읽기조차 힘들었다. 하지만 비석 위로 무성하게 자란 잡초를 걷어 내니 조악하게 휘갈겨 쓴 글씨가 나타났다.

터펜스가 검지로 글자를 하나하나 짚으며 비문을 읽어 나갔다.

'이 어린 생명을…… 범하는…… 자는 누구든…… 맷돌(성서에서 '신의 징벌'을 상징 — 옮긴이)……. 맷돌……. 맷돌…….'

그 밑은 서투른 솜씨로 잘려 나가 있었다.

여기 릴리 워터스가 잠들다

터펜스가 깊은 숨을 들이마셨다. 그녀는 뒤에서 어떤 그림자가 다가오는 것을 눈치챘으나, 고개를 채 돌리기도 전에 무언가에 뒤통수를 맞았다. 터펜스는 아득한 고통을 느끼며 비석 위로 쓰러졌다.

제3부
실종된 아내

회의 그리고 그 이후

I

"베레스퍼드, 자네는 이 모든 소란에 대해 어떻게 생각하나?"

외교관으로서 성 미카엘과 성 조지 훈장 및 베스 훈장 컴패니언을 받고, 전시 기간의 공로로 훈장을 수여받은 데다 영국 육군 소장이기도 한 조사이어 펜 경은 이름 뒤에 붙는 수많은 지위에 걸맞게 위엄 있는 목소리로 입을 열었다.

토미는 사석에서 불손하게도 '노익장 조시'라고 부르는 조사이어가 그들이 참석한 회의의 결과를 별로 중요하게 여기지 않음을 직감했다.

"다들 쓸데없이 시간만 끌고 있어. 말들은 많지만 쓸 만한 이야기는 한마디도 없다네. 간혹 누군가 일리 있는 얘기를 하면, 골 빈 놈들이 즉시 자리를 박차고 일어나 으르렁대지. 난 왜 우리가 여기 와 있는지 모르겠네. 아니, 적어도 나는 알지. 내가 왜 여기 와 있는지 잘 안다고. 달리 할 일이 없어서가 아니겠나. 이런 데라도 오지 않으면 집에 틀어박혀 있어야 하니까. 베레스퍼드, 내가 집에서 어떻게 지내는지 아나? 이리저리 들볶이며 지낸다네. 가정부 눈치를 보고, 정원사 눈치를 보지. 우리 집 정원사는 늙은 스코틀랜드인인데, 나한테 복숭아 하나 제대로 못 만지게 한다고. 그런데 여기 오면 권세를 휘두르며 내가 아직 이 나라의 안위를 위해 쓸모 있는 인간인 척할 수 있어. 실없는 짓이고 말도 안 되는 일이야. 자네는 어떤가? 자넨 아직 젊어. 그런데 왜 여기 와서 시간을 허비하고 있는가? 자네가 옳은 소리를 해도 아무도 귀 기울이지 않는데 말이야."

토미는 조사이어 펜 소장이 자신을 젊은 사람 취급하는 것에 왠지 조금 기분이 좋아졌다. 토미가 고개를 가로저었다. 소장은 80살을 족히 넘겨 이제 귀도 잘 들리지 않고 폐렴도 심했다. 하지만 똑똑하고 빈틈없는 사람이었다.

"소장님이 여기 안 오시면, 그나마 되는 일이 하나도 없을 겁니다."

"그렇게 말해 주니 고맙군. 난 이빨 빠진 불독이야. 하지만 아직 짖을 수는 있지. 안사람은 요즘 어떠신가? 오랫동안 보지 못했군."

조사이어 펜 경이 터펜스의 안부를 물었다. 토미는 터펜스가 활기차게 잘 지낸다고 대답했다.

"언제나 활력에 넘치는 사람이지. 가끔은 잠자리가 연상된다니까. 혼자 터무니없는 생각을 해낸 후에 날아가듯 돌진하니 말일세. 그런데 알고 보면 그게 터무니없는 일이 아니곤 했지. 재미있는 사람이야! 요즘 사방에 깔린, 극성맞고 사사건건 꼬투리나 잡는 중년 여자들과는 판이하게 달라. 한데 요새 여자들은 내가 젊었을 때 같지 않지. 당시 여자들은 그림같이 예뻤다네. 그 모슬린 원피스! 한때 유행했던 클로시 모자(종 모양의 여자 모자 — 옮긴이)는 또 어떻고. 기억하나? 아니지, 자넨 그때 학생이었을 거야. 여자들 얼굴을 보려면 모자 테 밑을 들여다봐야 했다네. 감질나서 미칠 일이었어. 여자들은 그걸 알고 있었지! 이제 생각나네만, 가만 있자……. 자네 친척이라고 들은 것 같은데. 자네 이모뻘 되든가? 에이다. 에이다 팬쇼 말이야."

"에이다 이모님요?"

"내가 알던 여자 중 가장 예쁜 여자였지."

토미는 놀란 티를 내지 않으려고 애를 썼다. 에이다 이모가 한때나마 예뻤다는 사실이 믿어지지 않았다. 연로한 조사이어 경이 흥분으로 몸을 가볍게 떨었다.

"그래, 그림같이 예뻤어. 요정 같기도 했고! 대단했지! 다들 집적거렸으니까. 아, 마지막으로 에이다를 보았던 때가 생각나네. 난 인도 발령을 앞둔 중위였지. 우리는 달빛을 벗 삼아 해변으로 나들이를 갔지……. 에이다와 난 여기저기 걸어 다니다 어느 바위에 걸터앉아 바다를 바라보았다네."

토미는 대단한 흥미를 느끼며 조사이어 소장을 쳐다봤다. 대머리에 이중턱을 하고, 무성한 눈썹에 올챙이처럼 배가 나온 노인이 에이다 이모를 회상하고 있었다. 수염이 돋아나기 시작한 데다 냉혹한 미소를 짓고, 은회색 머리칼에 악의적인 눈빛을 번뜩이던 에이다 이모를 말이다! 세월이 대체 뭐란 말인가. 세월이 한 인간에게 어떤 짓을 했단 말인가! 토미는 달빛을 받고 있는 젊고 잘생긴 중위와 예쁜 여인을 그려 보려고 노력했다. 하지만 잘되지 않았다.

"낭만적이었어. 낭만적이었고말고. 난 그날 밤 에이다에게 청혼하고 싶었다네. 하지만 중위가 어떻게 감히 결혼 얘기를 꺼낼 수 있겠는가. 그 월급으로 말이야. 우리가 결혼하려면 5년은 더 기다려야 할 판이었네. 젊은 여자에게 그렇게 오랫동안 기다려 달라고 할 수는 없지. 이런 빌어먹을! 그리고 일이 어떻게 되었는지 아나. 나는 인도로 갔고, 오랜 시간이 지난 뒤에야 휴가를 얻어 고향으로 왔지. 우린 한동안 편지를 주고받았지만, 이내 뜸해지고 말았다네. 흔히 그렇듯이 말이야. 그러곤 이후로 에이다를 보지 못했다네. 하지만 한 번도 잊은 적이 없었지. 지금도 종종 그녀 생각을 한다네. 몇 년이 지난 뒤에, 한 번은 에이다에게 편지를 쓸 뻔한 적이 있었지. 내가 다른 사람 집을 방문 중이었을 때, 에이다가 이웃에 산다는 소식을 들었거든. 나는 어서 가서 그녀를 만나 전화해도 되겠느냐고 물어봐야겠다고 생각했다네. 하지만 곧 '바보 같은 짓 하지 마. 그녀는 지금쯤 완전히 달라져 있을 거야.' 하는 생각이 들었지. 몇 년 뒤에 누군가 에이다 소식을 전해 주더군. 그 사람이 평생 본 중에서 가장 추한 여자가 되어 있다고 하더라고. 처음 들었을 때는 그 말이 믿어지지 않았다네. 하지만 지금은 그녀를 다시 만나지 않기를 잘 했다는 생각이 들어. 지금은 어떻게 지내시나? 아직 살아 계신가?”

조사이어 펜 경이 깊은 한숨을 내쉬며 말했다.

“아닙니다. 사실, 이삼 주 전에 돌아가셨습니다.”

“정말인가? 정말 에이다가 세상을 떴나? 그렇지, 그렇게 됐을 거야. 그러니까 올해 75살? 76살인가? 아니, 나이가 더 들었을지도 몰라.”

“이모님은 80살이셨습니다.”

“벌써 그렇게 됐군. 검은 머리에 생기 넘치던 에이다가 말이야. 어디서 죽었나? 양로원에서인가, 아니면 누군가와 함께 살다 죽었나. 에이다는 한 번도 결혼하지 않았지, 그렇지?”

“네, 결혼한 적 없으십니다. 여자 노인들만 받는 양로원에 계셨습니다. 꽤 괜찮은 곳이었죠. 양지바른 언덕이라는 곳입니다.”

“그래, 나도 들은 적 있어. 양지바른 언덕. 내 누이동생이 아는 누군가가 거기서 지냈던 것 같아. 이름이 카스테어스 부인이었나……. 거기서 그런 부인과 마주친 적 있나?”

“아뇨. 거기서 누구와도 마주친 적 없습니다. 모두들 그냥 가서 자기 친척만 보고 돌아오는걸요.”

“힘든 일일 거야. 노인들을 대하기가 쉽지 않거든.”

“에이다 이모님이 특히 까다로우셨죠. 만만치 않으셨습니다.”

“그랬을 거야. 젊었을 때도 일만 생기면 작은 악마로 돌변하곤 했으니까.”

소장이 킬킬거리며 웃었다. 그러다 한숨을 내쉬었다.

“늙는다는 건 저주스러운 일이야. 누이동생의 친구는 망상에 시

달린다고 하더군. 가엾은 친구. 자기가 사람을 죽였다고 떠들고 다
닌다는 거야."

"맙소사, 그분이 정말 그러셨나요?"

"아니, 그렇진 않을걸. 그 부인이 그랬다고 생각하는 사람은 아무
도 없는 것 같아."

소장은 잠시 생각에 잠겼다가 이렇게 말했다.

"혹시 그랬을지도 모르지. 아무렇지도 않게 그런 말을 하고 다니
면 오히려 아무도 믿지 않을 테니까, 그렇지 않나? 재미있는 일이
야, 그렇지?"

"그 부인은 자기가 누구를 죽였다고 생각하는 걸까요?"

"나도 모른다네. 혹시 남편일까? 남편이 누군지 어떻게 생겼는지
도 모른다네. 동생이 처음 그녀를 알게 되었을 때부터 그 여자는 이
미 과부였으니까. 어쨌든 에이다 소식은 유감이네. 신문에서 보지
못했거든. 봤다면 꽃 같은 걸 보냈을 텐데. 봉오리 진 큼직한 장미꽃
다발이 좋겠지. 당시 여자들은 이브닝드레스 위에 그런 꽃을 꽂곤
했다네. 이브닝드레스의 어깨를 봉오리 진 장미꽃으로 장식하면 정
말 아름다웠어. 에이다가 수국색 이브닝드레스를 입은 적이 있는데,
푸른빛 드레스에 분홍 장미를 장식했지. 그중 한 송이를 나한테 줬
다네. 물론 진짜가 아니라 조화였지. 난 그 꽃을 오랫동안, 몇 년 동
안 간직했다네. 자네가 이런 얘기를 들으면 웃겠지만 그럴 것도 없
어. 사람은 나이가 많이 들면, 그래서 나처럼 노망하게 되면 다시 낭
만적이 된다네. 자, 이제 일어나서 이 웃기는 쇼의 마지막 장에 참석

184

하러 가 볼까. 집에 돌아가면 자네 부인에게 안부 좀 전해 주게나."

조사이어 펜 경이 한숨을 내쉬며 과거를 회상했다.

다음 날 기차 안에서 토미는 이 대화를 곱씹어 보았다. 웃음을 참을 수가 없었다. 그는 그 대단했던 이모와 열정에 넘쳤을 중위의 젊은 시절을 다시 한 번 그려 보았다.

'터펜스에게 이 얘기를 들려줘야지. 재미있어 할 거야. 내가 거기 있는 동안 터펜스는 무얼 하며 지냈을까?'

토미는 미소 지었다.

II

충직한 앨버트가 환영을 뜻하는 따스한 미소를 지으며 앞문을 열었다.

"돌아오셔서 기쁩니다, 주인님."

"나도 그렇다네. 베레스퍼드 부인은 어디 계신가?"

토미가 여행 가방을 건네며 물었다.

"아직 안 돌아오셨습니다……."

"집에 안 계시단 말인가?"

"사나흘 정도 집을 비우셨지만, 저녁 식사 전에는 돌아오실 겁니다. 어제 전화로 그렇게 말씀하셨거든요."

"아내가 무슨 일로 나갔다던가, 앨버트?"

"모릅니다. 차를 갖고 가셨지만, 철로 지도도 많이 갖고 가셨거든요. 여러 곳에 가신 것 같습니다."

"그렇겠군. 존오그로츠(영국의 최북단 — 옮긴이)나 랜즈엔드(영국 콘월의 곶으로 잉글랜드 남서단 — 옮긴이)로 갔다가, 돌아오는 길에 리틀 디서나 마시에서 갈아타는 기차를 놓쳤겠지. 빌어먹을 영국 철로 같으니. 그러니까 어제 전화를 했단 말이지? 어디라는 말씀은 없으셨나?"

"없으셨습니다."

"그게 어제 언제였나?"

"어제 오전이었습죠. 점심시간 전요. 그냥 잘 계시다고 했고, 몇 시가 될지는 모르지만 저녁 식사 전에는 충분히 도착하실 거라며 닭 요리를 먹자고 하셨습니다. 닭 요리 괜찮으십니까?"

"괜찮네. 하지만 이제 곧 아내가 도착할 텐데."

토미가 시계를 들여다보았다

"제가 닭을 잡아 두겠습니다."

"그러게. 꼬리를 꽉 잡고 있게나. 자네는 어떻게 지냈나, 앨버트? 가족들은 다 안녕하고?"

토미가 미소 지으며 말했다.

"홍역인 줄 알고 난리가 났는데, 이제 괜찮습니다. 의사 선생님 말씀이 사소한 발진이라는군요."

"잘됐군."

토미는 휘파람을 불며 이층으로 올라갔다. 그는 화장실에서 면도와 세수를 한 다음, 침실로 가서 방 안을 둘러보았다. 주인이 한동안 자리를 비운 침실은 낯설게, 차갑고 불편하게 느껴졌다. 모든 것이 빈틈없이 깨끗하고 꼼꼼히 정돈되어 있었다. 토미는 주인 잃은 충직한 개처럼 기운이 빠져나가는 것을 느꼈다. 그는 터펜스의 흔적을 찾았다. 아무것도 없었다. 파우더를 흘린 자국도, 내던져진 채 표지가 보기 흉하게 펼쳐진 책도 한 권 없었다.

"주인님."

앨버트가 문가에 서 있었다.

"응?"

"닭이 걱정되어서 말입니다."

"그 빌어먹을 닭 말이지. 자네는 닭에 신경이 많이 쓰이는 모양이군."

"8시는 넘기지 않으실 줄 알았는데. 그때쯤이면 돌아오셔서 식사를 하실 줄 알았는데요."

"나도 그렇게 생각했네. 맙소사, 9시까지 겨우 25분밖에 남지 않았단 말인가?"

토미가 손목시계를 들여다보았다.

"그렇습니다, 주인님. 그리고 닭은……."

"자, 그만하게. 닭을 오븐에서 꺼내 자네랑 나랑 먹도록 하지. 터펜스는 나중에 주고 말이야. 저녁 식사 전까진 충분히 돌아온다고 했다면서!"

"물론 저녁을 늦게 먹는 사람들도 있습죠. 언젠가 스페인에 갔는데, 10시 이전에는 식사를 내지 않더군요. 밤 10시 말입니다요. 야만인들 같으니라고!"

"알았네. 그건 그렇고 아내가 그동안 어디 갔는지 아는 바가 전혀 없나?"

토미가 앨버트의 말에 건성으로 답하며 물었다.

"안주인님 말씀이십니까? 모릅니다, 주인님. 여러 곳을 다니시는 것 같았습니다. 짐작 같아선 기차로 다니시는 것 같았는데요. 줄곧 철도 여행안내서와 기차 시간표 같은 걸 들여다보고 계셨거든요."

"우리 모두 재미를 느끼는 분야가 있는 법이지. 터펜스는 철도 여행을 좋아하는 것 같아. 그래도 터펜스가 어디 있는지 모르는 처지라는 건 마찬가지지만 말이야. 아마 십중팔구 리틀 디서나 마시의 여성용 대기실에 앉아 있을 걸."

"그래도 안주인님께선 주인님이 오늘 집에 오는 걸 알고 계시는 걸요. 어떻게든 돌아오시겠죠."

앨버트의 말에는 터펜스가 아내로서 적절히 처신해야 한다는 의미가 담겨 있었다. 토미와 앨버트는 제시간에 돌아와 남편을 맞지 않고 영국 철로 위 어딘가에서 시시덕대고 있을 터펜스에 대해 똑같은 반감을 느꼈다.

앨버트가 오븐 안에서 화형될 운명이던 닭을 꺼내러 갔다.

토미는 앨버트를 따라 가려다 말고 멈춰 서서 벽난로 위를 쳐다보았다. 그는 천천히 그 앞으로 다가가서 거기 걸린 그림을 바라보았다. 우습군. 터펜스는 이 집을 본 적이 있다고 그토록 확신했다. 토미 자신은 맹세코 그런 집을 본 적이 없었다. 그건 어디까지나 흔해 빠진 집에 지나지 않았다. 그런 집은 사방에 널려 있을 터였다.

토미는 그림 쪽으로 가능한 가까이 다가갔지만, 그래도 그림은 잘 보이지 않았다. 그래서 그림을 내려 전깃불에 비춰 보았다. 조용하고 품위 있는 집이었다. 화가의 서명도 있었다. B로 시작되는 이름이지만, 제대로 읽을 수는 없었다. 보즈워스나 부치에 같았다. 토미는 돋보기를 쓰고 이름을 자세히 들여다보았다. 복도에서 맑은 종소리가 울려 퍼졌다. 앨버트는 토미와 터펜스가 예전에 그린델발트(스위스 알프스에 위치한 마을 — 옮긴이)에서 사 온 스위스산 카우벨(종 모양의 타악기 — 옮긴이)을 상당히 마음에 들어 했다. 그는 저녁 식사가 준비되었다는 뜻으로 자신이 좋아하는 그 종을 울리고 있었다.

'터펜스가 아직도 돌아오지 않다니 이상하군.'

식당으로 가며 토미는 생각했다. 타이어가 터졌을 수도 있다. 하지만 그렇다면 전화를 걸어 늦는 이유를 설명했을 것이다.

'내가 걱정할 걸 아내도 알 텐데.'

아니, 사실 토미는 터펜스 걱정은 해 본 적이 없었다. 터펜스는 늘 바르게 처신했다. 앨버트가 토미의 이런 생각에 찬물을 끼얹었다.

"사고라도 난 게 아니라면 좋으련만."

앨버트가 토미에게 양배추 접시를 건네며 침울한 표정으로 고개를 저었다.

"저리 치우게. 내가 양배추 싫어하는 걸 알잖나. 사고가 나다니 무슨 소린가? 이제 겨우 9시 30분인걸."

"요즘은 길에 나서는 것 자체로 위험한 세상입니다. 누구라도 사고를 당할 수 있거든요."

전화벨이 울렸다.

"안주인님이실 거예요."

앨버트가 양배추 접시를 황급히 내려놓고 서둘러 방에서 나갔다. 토미도 닭 요리에 손도 대지 않은 채 앨버트를 뒤따랐다. 토미가 자신이 받겠다고 말했을 때 앨버트는 이미 전화를 받고 있었다.

"여보세요? 네, 베레스퍼드 씨는 집에 계십니다요. 지금 바꿔 드리죠. 의사인 머리 씨이십니다, 주인님."

앨버트가 토미를 돌아보며 말했다.

"머리?"

토미가 잠시 생각에 잠겼다. 처음 듣는 이름은 아니었지만, 누군지 금방 기억이 나질 않았다. 터펜스가 사고를 당한 거야. 그러나 그 순간 다행스럽게도 양지바른 언덕에서 노인들을 돌보던 의사의 이름이 머리였다는 사실이 떠올랐다. 에이다 이모님의 장례식 절차에 관한 일이겠군. 나이에 비해 순진하기 이를 데 없는 토미는 서류상의 어떤 문제, 즉 그나 머리가 서명을 해야 하는 문제일 거라고 짐작했다.

"여보세요, 베레스퍼드입니다."

"아, 이렇게 전화를 받으시니 반갑습니다. 절 기억하시겠습니까. 이모님이셨던 팬쇼 부인을 돌봤던 의사입니다."

"그럼요, 기억하고말고요. 무슨 일이시죠?"

“드릴 말씀이 좀 있습니다. 언제 시내에서 뵈었으면 하는데요?”

“아, 그러지요. 어려울 거 없습니다. 하지만 저……. 전화로 말씀하시긴 힘든 내용이신가요?”

“전화로 말씀드리기는 좀 그렇습니다. 급할 건 없지만, 아주 심상치 않은 일이라.”

“뭐가 잘못됐습니까?”

토미는 말이 왜 그렇게 나갔는지 스스로도 못마땅했다. 잘못될 게 뭐가 있단 말인가?

“그렇다고 할 순 없습니다. 제가 공연한 걱정을 하고 있는 건지도 모릅니다. 아마 그렇겠죠. 하지만 양지바른 언덕에서 상당히 이상한 일이 벌어지고 있습니다.”

“랭커스터 부인과 관계된 일인가요?”

“랭커스터 부인요? 아닙니다. 그분은 얼마 전에 그곳을 떠나셨는 걸요. 선생의 이모님이 돌아가시기 전에 이미 양로원을 나가셨죠. 이건 전혀 다른 문제입니다.”

“제가 한동안 집을 비웠다 조금 전에 돌아왔습니다. 제가 내일 아침에 전화를 드려도 괜찮으시겠습니까? 그때 시간을 정하기로 하죠.”

“좋습니다. 제 전화번호를 드리죠. 저는 10시부터 진료실에 있습니다.”

“안 좋은 소식인가요?”

토미가 식당으로 돌아오자, 앨버트가 물었다.

“제발 불길한 말 좀 하지 말게, 앨버트. 나쁜 소식일 리가 있나.”

토미가 초조한 음성으로 대답했다.

"전 혹시 부인께서……."

"터펜스는 아무 일 없어. 언제나 그랬다고. 엉터리 같은 단서를 쫓아 뛰어나간 모양이야. 자네도 터펜스가 어떤 사람인지 잘 알잖나. 난 더 이상 걱정하지 않으려고 하네. 이 닭 요리 좀 치워 줘. 오븐에 하도 오래 둬서 맛없게 되어 버렸군. 커피나 갖다 주게. 어서 먹고 자야겠어. 내일은 편지가 도착할지도 몰라. 우체국 사정으로 늦어진 거겠지. 우리 나라 우체국이 어떤지 자네도 잘 알잖나. 아마 내일 전보나 전화가 있을 거야."

하지만 그 이튿날에도 편지는커녕 전보도 전화도 없었다.

앨버트가 토미를 바라보며 몇 번인가 입을 열었다 닫았다를 반복했다. 좋지 않은 예측을 입 밖에 내봤자 환영받지 못할 거라고 판단한 듯했다.

결국 토미가 앨버트의 손을 들어 주었다. 그는 마멀레이드를 바른 토스트의 남은 한 입을 삼킨 다음, 커피를 마시며 말했다.

"좋아, 앨버트. 내가 먼저 말하지. 터펜스가 대체 어디 있단 말이야? 무슨 일이 일어난 거지? 그리고 우리가 어떻게 해야 하겠나?"

"경찰서로 갈까요, 주인님?"

"글쎄, 자네도 알다시피……."

토미가 말을 멈추었다.

"만일 안주인님께서 사고를 당하셨다면……."

"터펜스는 운전면허증도 갖고 있고, 신원을 알 수 있는 다른 단서도 많아. 병원 측에서는 그런 일이 발생하면 신속히 가족이나 친척에게 연락을 취하지. 난 경솔하게 굴고 싶지 않네. 아내도 원치 않을 거야. 그러니까 자네는 터펜스가 어디 있는지 전혀 모른단 말이잖아? 아무 말도 없었단 말이지? 어떤 지명이나 나라 이름을 얘기한 적도 없고, 누군가의 이름도 언급하지 않았단 말이지?"

앨버트가 고개를 끄덕였다.

"목소리는 어땠나? 즐겁게 들렸나? 흥분되어 있었나? 불행한 것 같았나? 수심에 가득 차 있었나?"

"종달새처럼 즐거우셨습죠. 터질 것처럼 말입니다."

앨버트가 즉시 대답했다.

"사냥감을 찾아 나선 사냥개처럼 말이지."

"그렇습니다. 안주인님께서 어떠신지 잘 아시지 않습니까……."

"어떤 단서를 잡았는지 궁금하군."

토미가 생각에 잠겨 중얼거렸다.

토미가 방금 앨버트에게 말한 대로였다. 미심쩍은 일이 벌어질 때마다 터펜스는 냄새를 맡은 사냥개처럼 코를 킁킁거리며 달려 나갔다. 터펜스는 그제 전화를 걸어 자신이 귀가할 것임을 알렸다. 그런데 대체 왜 돌아오지 않고 있단 말인가? 어쩌면 지금쯤 사람들을 모아놓고 거짓말을 하느라 정신이 빠져 집쯤은 까맣게 잊어버린 게 아닐까 하고 토미는 생각했다.

만일 터펜스가 무언가를 추적하고 있었을 경우, 토미가 아내가 사라졌다고 경찰에 대고 훌쩍거렸다가는 나중에 터펜스가 무섭게

화를 낼 게 분명했다. '어떻게 그렇게 어리석은 짓을 할 수 있어요!
나 하나쯤은 내 손으로 완벽하게 돌볼 수 있다고요. 이만큼 같이 살
았으면 그런 정도는 알아야죠!'라는 터펜스의 원성이 들리는 듯했
다. (하지만 과연 지금 터펜스는 자신을 잘 돌보고 있는 것일까?)

터펜스가 자신의 상상을 쫓아 어디로 갔는지는 아무도 알 수 없
었다.

위험한 상황에 처한 것은 아닐까? 여태까지 같이 일을 하면서 위
험을 겪은 적은 단 한 번도 없었다. 아까 말했듯이, 터펜스의 상상
속에서 벌어진 일을 제외하면 말이다.

집에 오겠다고 한 아내가 돌아오지 않았다고 신고한다 해도 경찰
은 의자에서 일어나지도 않은 채, (진지한 척하지만 사실은 속으로 비
웃으며) 근엄한 표정을 유지하며 아내에게 남자 친구가 있느냐고 물
을 게 뻔했다.

"내가 찾아야겠어. 어디엔가 있을 거야. 북쪽이든 남쪽이든 동쪽
이든 서쪽이든. 전화할 때 어디 있는지도 말하지 않다니 바보 얼간
이 같으니라고."

"강도의 습격을 받으셨는지도……."

"앨버트, 나잇값을 하라고. 그럴 나이는 이제 지나지 않았나!"

"어떻게 하실 겁니까, 주인님?"

"런던으로 갈 걸세. 먼저 내가 다니는 클럽에서 어젯밤에 통화한
머리 씨와 점심을 같이 할 거야. 돌아가신 이모님 일에 대해 내게
뭔가 할 말이 있으신 것 같아. 그 사람에게서 유용한 단서를 얻을

수도 있을지도 모르지. 어쨌든 이번 일의 시작은 전적으로 양지바른 언덕이야. 침실 벽난로에 걸려 있는 그림도 가져가야겠어."

토미가 벽에 걸린 시계를 보며 말했다.

"그 그림을 런던 경시청으로 가져가시려고요?"

"아니, 본드가(街)로 가져갈 걸세."

본드가와 머리 씨

I

토미는 택시에서 내려 운전사에게 돈을 지불한 다음, 택시 안으로 다시 몸을 굽혀 그림 꾸러미를 되는대로 끄집어냈다. 토미는 그 그림을 겨드랑이에 끼고 뉴 아테네 화랑으로 들어갔다. 뉴 아테네 화랑은 런던에서 가장 오랜 역사를 지녔을 뿐 아니라 가장 영향력이 큰 화랑에 속했다.

대단한 미술 애호가도 아닌 토미가 뉴 아테네 화랑에 들른 이유는 그곳에서 목회를 보는 친구 때문이었다.

푸근한 분위기, 조근조근한 말소리, 기쁨에 넘치는 환한 미소, 이 모든 게 흡사 교회와 같은 그 친구의 면면을 보면, '목회를 본다'라는 표현도 터무니없는 말은 아니었다.

금발의 젊은 청년이 무리에서 갈라져 나와 토미에게 다가왔다. 아는 얼굴을 확인한 청년의 표정이 환하게 밝아졌다.

"잘 지내셨나요, 토미? 오랜만이에요. 팔 밑에 뭘 끼고 계세요? 설마 선생님 연세에 그림을 배우고 계신 건 아니겠죠? 그런 사람들이 많지만, 결과는 참담하거든요."

"그림이 나한테 어울리기나 하겠나. 일전에 5살 아이가 쓴 수채화 화법에 대한 책을 읽고 깊은 감명을 받은 일이 있긴 하지만 말이야. 단순한 문장으로 된 얇은 책이었지."

"선생님이 그림을 배우시려면 신의 가호가 있으셔야 할 겁니다. 모제스(70세에 그림을 그리기 시작한 미국의 유명 화가 — 옮긴이) 할머니의 인생 역전에 비견할 만하겠네요."

"로버트, 사실 난 그림에 대한 자네의 전문적 식견이 필요해서 온 것뿐이라네. 이 그림에 대한 의견을 좀 들려주게나."

로버트는 온갖 크기의 그림을 싸거나 푸는 데 익숙한 게 분명했다. 그는 토미에게서 그림을 받아 전문가의 손길로 포장을 벗겨 낸 뒤, 그림을 의자에 올려놓은 다음, 자세히 바라보다 뒤로 대여섯 걸음 물러섰다. 그런 다음 토미에게 고개를 돌렸다.

"이 그림이 어쨌다는 겁니까? 뭘 알고 싶으신 거죠? 파시려고요?"

"아냐. 팔려는 게 아닐세, 로버트. 그 그림에 대해서 알고 싶을 뿐이야. 그러니까 우선 누가 그린 그림인지부터 알 수 있겠나?"

"사실, 이 그림을 팔려고 하신다면 가격이 꽤 나간다는 말씀을 드려야겠군요. 10년 전만 해도 그렇지 않았죠. 하지만 요즘 보스코언이 다시 뜨고 있습니다."

"보스코언? 이 그림을 그린 화가가 보스코언인가? 나도 B로 시작
되는 서명을 보긴 했는데, 제대로 읽을 수가 없었다네."

토미가 의아스러운 눈으로 로버트를 쳐다봤다.

"보스코언 맞습니다. 25년 전쯤 굉장히 인기 있는 화가였죠. 잘
팔렸을 뿐 아니라 전시회도 많이 열렸으니까요. 사람들은 보스코언
의 그림이라면 덮어 두고 사들였습니다. 기술적으로 보면 아주 훌
륭한 화가입니다. 그러다가 대개 그렇듯이 유행이 시들해진 거죠.
한동안 보스코언의 그림을 찾는 사람이 거의 없다가 최근에 다시
인기를 얻고 있습니다. 스티치워트, 폰델라, 보스코언. 이렇게 세 화
가가 요즘 잘나갑니다."

"보스코언이라……."

토미가 화가의 이름을 되뇌었다.

"보스코언입니다."

로버트는 친절하게도 화가의 이름을 다시 알려 주었다.

"그 사람 아직 그림을 그리나?"

"아뇨, 세상을 떴습니다. 몇 년 전에 돌아가셨습니다. 꽤 연로했
죠. 65살이었나. 다작을 한 작가로, 작품은 주로 유화입니다. 사실
우리 화랑에서도 네다섯 달 후에 보스코언전(展)을 하려고 기획 중
이라죠. 잘 해내야 할 텐데 걱정입니다. 그런데 이 화가에 왜 그렇게
관심이 많으신 거죠?"

"얘기하자면 사연이 너무 길다네. 나중에 점심이나 함께하며 얘

기해 주지. 길고 복잡하게 얽힌 데다 또 일면 상당히 바보 같은 얘기라네. 이 보스코언이라는 화가에 대한 모든 것을 알아야 하는데, 혹시 여기 그려진 이 집이 어디 있는지 아나?”

“지금 당장 안다고 말씀드릴 수는 없습니다. 화가가 그린 대상일 뿐이니까요. 한적한 곳에 있는 작은 시골집을 많이 그리고, 소 한두 마리가 있는 농장을 그리기도 합니다. 농촌에서 쓰는 짐마차를 그리기도 하는데, 대개 먼 거리에서 묘사됩니다. 조용한 시골 풍경들이죠. 복잡하고 신경에 거슬리는 구석 없는 광경 말입니다. 표면이 에나멜처럼 빛나는 그림도 있는데, 특이한 화법이라 사람들이 좋아합니다. 보스코언은 프랑스, 주로 노르망디에서 그림을 많이 그렸습니다. 교회 그림도 많고요. 지금 여기도 보스코언의 그림이 한 점 있습니다. 잠깐만 기다려 보시죠. 보여 드리겠습니다.”

로버트가 계단으로 가서 아래층에 있는 사람을 소리쳐 불렀다. 그러고는 이내 작은 그림을 들고 돌아와 다른 의자에 기대 놓았다.

“이게 노르망디의 교회입니다.”

“그렇군. 알겠네. 비슷한 화풍이구먼. 아내 말로는 이 그림 속의 집엔 아무도 살지 않는 것 같다고 하던데, 이제 그 말이 무슨 뜻인지 알겠군. 이 교회에서도 예배를 드리는 사람이 한 명도 없을 뿐 아니라, 앞으로도 없을 것처럼 느껴지는걸.”

“부인께서 뭔가를 아시는군요. 보스코언은 사람이 살지 않는 조용하고 평화로운 주거지를 그립니다. 사람은 거의 그리지 않았습니다. 풍경 속에 한두 사람이 있는 경우도 있지만, 아주 드문 경우죠.

그래서 보스코언의 그림에 특별한 매력이 있는 것 같습니다. 은둔
주의자의 감성 같은 거요. 보스코언은 그림에서 인간을 빼 버렸는
데, 사람이 없어야 전원이 한결 평화로워 보이는 법이거든요. 따지
고 보면 보스코언이 주목받는 이유도 그것 때문이라고 할 수 있죠.
요즘에는 사람이 너무 많고, 차도 넘쳐 나고, 거리는 너무 시끄러운
등 지나치게 소란스럽고 분주하지 않습니까. 평화, 완벽한 평화. 자
연으로의 회귀를 부르짖는 거죠."

"그렇군. 잘 알겠네. 보스코언은 어떤 사람이었나?"

"개인적으로 그 사람을 알지는 못합니다. 제 시대 이전 사람이거
든요. 사람들 얘기론 거만했다고 하더군요. 사람 됨됨이보다는 그림
솜씨가 더 좋은 화가였다고나 할까요. 조금 잘난 척하긴 했지만, 상
냥하고 호감 가는 외모에 여자를 좋아했다고 합니다."

"그러니까 자네는 이 전원 풍경이 어디를 그린 건지는 모른다는
말이지? 영국인 것 같긴 한데."

"저도 그렇게 생각합니다. 알아봐 드릴까요?"

"알아볼 수 있겠나?"

"제일 좋은 방법은 지금은 미망인이 된 보스코언 부인에게 물어
보는 걸 겁니다. 보스코언은 조각가인 엠마 윙과 결혼했죠. 유명한
조각가이긴 하지만, 작품을 많이 하는 편은 아닙니다. 작품은 상당
히 강렬한 느낌을 주죠. 연락해서 물어보세요. 햄스테드(런던 북서부
의 옛 자치구 ─ 옮긴이)에 살고 계십니다. 제가 주소를 드리죠. 지금
기획 중인 보스코언전 때문에 최근에 그분과 편지 왕래를 많이 하

고 있답니다. 우리 화랑에 그분의 작은 조각상도 몇 점 있어요. 제가 주소를 갖다 드리죠."

로버트가 책상으로 가서 장부를 펼치고 명함에 주소를 적어 갖고 돌아왔다.

"여기 있습니다. 무슨 대단한 일 때문에 이러시는지 모르겠는걸요. 선생님께서는 언제나 수수께끼 같은 분이시니까요, 그렇지 않습니까? 오늘 가져오신 보스코언의 그림은 잘 봤습니다. 우리 전시회 때 좀 빌려주셨으면 하는데, 때가 되면 연락드리겠습니다."

"랭커스터 부인이라는 사람에 대해서는 혹시 모르나?"

"글쎄요, 지금 당장은 생각나지 않습니다. 화가나 아니면 다른 예술을 하는 분이신가요?"

"아니, 그렇진 않을 걸세. 양로원에서 말년을 보내고 있는 노인일 뿐이지. 그분이 이 그림을 갖고 있다가 우리 이모님께 주셨거든."

"글쎄요, 저는 알지 못하는 분인 것 같고요, 보스코언 부인에게 가서 물어보시는 게 나을 겁니다."

"보스코언 부인은 어떤 분이신가?"

"먼저 간 남편보다 상당히 젊으신데, 대단한 분이십니다. 네, 대단하시고말고요. 만나 보시면 제 말이 무슨 뜻인지 아실 겁니다."

로버트가 고개를 끄덕이며 말했다.

로버트는 토미가 가져온 그림을 들고 계단으로 가더니 아래층에 있는 누군가에게 그림을 다시 포장하라고 지시했다.

"마음대로 부리는 몸종이 그렇게 많으니 자네는 좋겠구먼."

토미는 처음으로 주변을 둘러보다가 역겨워하며 물었다.

"이건 뭔가?"

"폴 재거로스키라고, 흥미로운 슬라브인 젊은 작가입니다. 모든 작업을 마약에 취해서 한다는 소문이 있죠. 마음에 드십니까?"

토미는 뒤틀린 소들로 가득한 금속성 초록 들판과 그걸 묶은 듯한 커다란 그물 가방을 응시했다.

"솔직히 난 맘에 들지 않는군."

"실용주의자이시군요. 나가서 점심이나 하실까요?"

"미안하네만, 오늘 내가 다니는 클럽에서 의사를 만나기로 해서."

"편찮으신 건 아니시죠?"

"난 최상의 건강을 유지하고 있다네. 혈압이 너무 좋아서 의사들이 모두 실망을 금치 못할 정도지."

"그런데 왜 의사를 만나십니까?"

"누가 돌아가셔서 만나야 한다네. 도와줘서 고맙네. 잘 있게나."

토미가 밝은 음성으로 대답했다.

II

토미는 궁금한 마음으로 머리를 맞았다. 그는 에이다 이모의 사망과 관련된 서류상의 문제 때문일 거라고 추측했다. 하지만 만나자는 이유에 대해 전화로 한마디 귀띔조차 하지 않은 이유는 대체 무엇이란 말인가. 무슨 일인지 짐작이 가질 않았다.

"죄송합니다. 조금 늦었습니다. 길이 상당히 막힌 데다 어디가 어딘지 잘 모르겠더군요. 런던 이쪽은 잘 몰라서요."

머리가 악수를 청하며 말했다.

"여기까지 오시게 해서 대단히 죄송합니다. 선생님께서 좀 더 잘 아시는 곳에서 만날 걸 그랬습니다."

"그럼 이제 좀 한가하신 건가요?"

"지금은 그렇습니다. 지난주에 어디 좀 다녀왔습니다."

"제가 전화했을 때 누군가 그렇게 말해서 알고 있었습니다."

토미는 머리에게 앉을 의자를 가리켜 보이고 음료를 권한 다음, 담배와 성냥을 가까이 밀어 놓았다. 두 사람 모두 편안히 자리를 잡고 난 후에 머리가 입을 열었다.

"궁금해하셨을 줄 압니다만 실은 양지바른 언덕에 곤란한 문제가 생겼습니다. 복잡하게 얽힌, 난해한 문제이나 어떤 면에서는 선생님과 아무 상관없다고 할 수도 있습니다. 이 문제로 선생님을 귀찮게 해 드릴 생각은 조금도 없지만 혹시라도 제게 도움 될 만한 내용을 알고 계실까 해서 이렇게 연락드렸습니다."

"물론 할 수 있는 한 힘껏 도와 드리겠습니다. 저의 이모님이신 팬쇼 부인과 관련이 있는 일인가요?"

"직접적인 관련은 없다고 할 수 있어도 어떻게 보면 관련이 있지요. 선생님을 믿고 말씀드려도 되겠습니까, 베레스퍼드 씨?"

"물론입니다."

"사실 일전에 선생님을 아는 어떤 친구와 이야기를 나눈 일이 있습니다. 선생님에 대한 이야기를 전해 들었지요. 지난 전시에 좀 민감한 일을 맡으셨다고 들었습니다."

"아, 그렇게 심각한 일은 아니었습니다."

토미가 적당히 얼버무렸다.

"예, 알겠습니다. 그 얘기를 하려는 건 아닙니다."

"제가 한 일이 요즘에 와서 문제가 된다고 생각하진 않습니다. 아주 오래전 일이니까요. 아내도 저도 당시엔 한결 젊었고요."

"어쨌든 제가 드리려는 말씀은 그 일과는 아무 상관도 없습니다. 하지만 적어도 선생님께는 솔직히 이 일을 털어놓을 수 있겠다는, 제가 지금 하는 말을 다른 사람에게 전하시진 않을 거라는 생각이 듭니다. 나중엔 모두 알려지더라도 말입니다."

"양지바른 언덕에 무슨 문제가 생겼다고 하셨지요?"

"그렇습니다. 얼마 전에 환자 중 한 분이 돌아가셨습니다. 무디 부인이라는 분이죠. 혹시 무디 부인을 만나셨거나 이모님께서 언급하신 걸 들은 적이 있으신지요?"

"무디 부인이라고요? 그런 것 같지는 않습니다. 제가 기억하는 한은 말입니다."

토미가 곰곰이 생각한 후에 대답했다.

"우리 환자였는데 그다지 늙은 편은 아니었습니다. 아직 70대 초반이셨고 병이 중하지도 않았지요. 가까운 친척도, 국내에서 돌봐드리는 사람도 없는 분이었습니다. 제가 종종 '조류 인간'이라고 부르는 사람에 가까웠다고 할까요. 여자분들은 나이가 들수록 암탉을

닭아 갑니다. 꼬꼬댁거리고, 깜빡깜빡하시지요. 문제를 만들어 놓고 걱정을 하기도 하고, 아무것도 아닌 일에 화를 내기도 합니다. 그렇다고 큰 문제가 있는 건 아닙니다. 정신 장애라고 할 수도 없는 미약한 수준이지요."

"그저 꼬꼬댁거리는 정도라는 말씀이시죠."

"말씀하신 대로입니다. 무디 부인도 꼬꼬댁거리셨죠. 간호사들은 무디 부인을 무척 좋아했지만, 그래도 무디 부인이 간호사들을 상당히 힘들게 만드는 일이 많았습니다. 식사를 하고도 잘 잊어버리셔서, 방금 식사를 든든히 드시고도 저녁을 왜 주지 않느냐며 소란을 피우곤 하셨죠."

"아, 코코아 부인 말씀이시군요."

토미가 이제 생각난 듯 말했다.

"뭐라고 하셨습니까?"

"죄송합니다. 코코아 부인은 저와 아내가 붙인 이름입니다. 어느 날 저희가 그곳 복도를 지나고 있을 때, 그분이 코코아를 주지 않았다고 제인이라는 간호사에게 소리치고 계셨습니다. 멀쩡해 보이셨지만 조금 실성한 자그마한 노부인이셨는데. 그 일로 우린 둘 다 웃었습니다. 그 후로 그분을 코코아 부인이라고 불렀죠. 그런데 그분이 돌아가셨군요."

"그분이 돌아가셨다고 특별히 놀란 것은 아닙니다. 연로한 노인이 언제 돌아가실지를 정확히 예측하는 건 사실상 불가능합니다. 건강 검진 결과가 상당히 안 좋은 분들은 1년도 넘기기 힘든 경우가 많지만, 가끔 10년을 더 사시는 분도 계시거든요. 신체적 손상에도 굴하지 않는 강한 생명력을 갖고 있는 분들입니다. 반면, 건강이 좋은 분들은 보통 오래 살 거라고 생각되곤 하지요. 하지만 이런 분들이 기관지염이나 감기에 걸렸다가 회복되지 못하고 놀라우리만큼 쉽게 세상을 뜨는 일도 있습니다. 이렇다 보니 양로원의 노인들을 돌보는 저는 예기치 못했던 죽음이 발생해도 별로 놀라지 않습니다. 하지만 이번 무디 부인의 경우는 사뭇 다릅니다. 무디 부인은 아무런 질병의 징후도 없이 주무시다 돌아가셨는데, 정말 의외였습니다. 셰익스피어의 희극『맥베스』에 보면 흥미로운 대목이 있지요. 바로 맥베스가 자기 아내에 대해 이렇게 말한 구절입니다. '아내가 그때 죽었어야 했는데.' 맥베스는 무슨 뜻으로 이런 말을 했을까요?"

"아, 저도 셰익스피어가 무얼 암시하려고 했을까 궁금해했던 기억이 납니다. 어떤 극단이었는지, 누가 맥베스를 연기했는지는 잊었지만. 제가 그 연극에서 강한 인상을 받은 대목은 맥베스가 의사들에게 자신의 아내가 다른 세상으로 가는 게 좋겠다고 암시한 부분이었습니다. 의사들도 그 암시를 이해한 것 같았습니다. 맥베스는 행동이 경솔하고 정신이 오락가락하던 아내가 죽어 더 이상 자신에게 상처를 주지 못하게 되니 안도함과 동시에 그제야 참된 애정과 비통함을 드러내며 이렇게 말하지요. '아내가 그때 죽었어야 했는데.'라고요."

"정확히 기억하고 계시는군요. 제가 무디 부인에 대해 느끼는 감정도 그와 비슷합니다. 부인도 그때 돌아가셨어야 했습니다. 아무런 원인도 없이 3주 전에 돌아가실 게 아니라…….”

토미는 아무 말도 하지 않고 궁금한 눈빛으로 머리를 응시할 뿐이었다.

“의료계에 종사하는 사람들에겐 공통적인 고민거리가 하나 있습니다. 사인을 정확히 밝혀내는 방법은 오로지 한 가지입니다. 바로 부검을 하는 것이지요. 고인의 가족이 동의하지 않아도, 의사는 사후 부검을 요구할 수 있습니다. 그 결과가 완벽한 자연사이거나 외부적으로 아무 증상도 드러나지 않는 질병이나 이상이었을 경우, 의문을 제기한 그 의사는 경력에 치명상을 입기도 합니다…….”

“그런 어려움이 있으시군요.”

“무디 부인의 경우 남아 있는 친척은 먼 사촌들뿐이었습니다. 저는 사인에 대한 의학적 관심 때문에 그분들의 동의를 얻었습니다. 누군가 수면 중에 죽는다면, 의학적인 원인을 정확히 알아야 합니다. 저는 그럴듯하게 포장해서 너무 심각하게 비치지 않도록 했습니다. 다행히 그분들은 별로 개의치 않으시더군요. 그래서 사실 속으로 상당히 안도했습니다. 부검을 해서 사인이 정확히 밝혀지면, 저도 아무런 양심의 가책 없이 사망 진단서를 쓸 수 있을 테니까요. 흔히들 심장 마비라고 하는 것에는 실은 다양한 원인이 있습니다. 하나 무디 부인의 심장은 나이에 비해 무척 상태가 좋았습니다. 부인에게는 관절염과 류머티즘을 비롯해 사소한 문제가 있기는 했지만, 그 정도로는 수면 중에 죽지 않습니다.”

머리가 말을 멈췄다. 토미는 입을 열었다 다시 다물었다. 의사가 고개를 끄덕였다.

"그렇습니다, 베레스퍼드 씨. 제가 무슨 말을 하려는지 감을 잡으신 것 같군요. 부인의 사인은 모르핀 과다 복용으로 밝혀졌습니다."

"맙소사!"

토미의 입에서 느닷없이 탄식이 새어 나왔다.

"그렇습니다. 상당히 믿기 힘든 결과였습니다. 사인은 명백히 밝혀졌지만, 어떻게 모르핀이 투여되었는가 하는 점이 문제로 남았습니다. 무디 부인은 모르핀을 투여받을 일이 없었습니다. 통증으로 고통받는 환자가 아니었으니까요. 물론 세 가지 가능성이 있습니다. 첫째, 본인이 실수로 모르핀을 복용했을 수 있습니다. 그럴 리는 없지만요. 무디 부인이 착각해서 다른 환자의 모르핀을 갖고 있었을 수도 있지만, 가능성은 희박합니다. 환자는 모르핀에 접근할 수 없고, 우리는 그런 약물을 가지고 들어올 가능성이 있는 약물 중독 환자는 받지 않거든요. 고의적인 자살일 수도 있지만, 그것 역시 납득하기 힘듭니다. 무디 부인은 남을 괴롭히긴 했지만 상당히 밝은 성품의 소유자라 스스로 목숨을 끊었을 것 같지 않거든요. 세 번째 가능성은 누군가 의도적으로 무디 부인에게 치사량의 모르핀을 투여했다는 것입니다. 하지만 누가 왜 그랬을까요? 분명 양지바른 언덕엔 모르핀을 비롯한 여러 약물이 들어오긴 하지만 그러한 약물을 다룰 자격을 갖춘 정식 간호사이자 경영자인 패커드 원장은 모든 약을 잠금장치가 있는 찬장에 보관하고 있습니다. 좌골 신경통이나 류머티즘성 관절염의 경우 통증이 상당히 심할 수 있으므로 그런 환자에게 모르핀을 투여하고요. 우리는 무디 부인이 소화불량이나 불면증 약을 먹으려다 잘못해서 치사량의 모르핀을 복용할 수도 있을 만한 상황이 있었는지 살펴보았습니다. 하지만 그 같은 정황은 찾을 수 없었습니다. 다음으로 패커드 원장의 제안에 따라, 최근 2년 동안 양지바른 언덕에서 비슷한 돌연사가 발생한 기록을 면밀히 검토해 보았습니다. 다행스럽게도 그런 죽음은 많지 않았습니다. 전부 일곱 건이 있었는데, 이 정도는 그 연령대의 노인들에게 나타나는 평균 수치에 해당합니다. 확실한 사인에 해당하는 기관지염으로 두 명, 그리고 겨울철 저항력이 약한 노인들이 치명적인 독감에 걸린 경우가 두 명, 그리고 기타의 경우는 세 명이었습니다."

머리는 잠시 말을 멈추었다 설명을 계속했다.

"베레스퍼드 씨, 저는 기타에 해당하는 이 세 건의 경우가 좀 의심스럽습니다. 그중 두 건이 특히 그렇고요. 충분히 있을 수 있고 예정된 일이었다고도 볼 수 있지만 그래도 수긍이 가질 않습니다. 아무리 고민하고 조사해 보아도 계속 의심이 남아요. 황당한 추론이긴 해도 양지바른 언덕에 정신 이상으로 인한 살인자가 있을지 모른다는 가능성을 받아들일 수밖에 없는 상황입니다. 전혀 의심을 받지 않았던 살인자 말입니다."

두 사람 사이에 잠시 침묵이 흘렀다. 토미가 한숨을 내쉬었다.

"박사님 말씀을 의심하는 건 아닙니다만, 솔직히 믿기 힘듭니다. 어떻게 그런 일이 일어날 수 있을까요?"

"아닙니다. 그런 일은 언제나 일어납니다. 몇 가지 극단적인 실제

사례를 말씀드리죠. 가정부 일을 하는 어떤 여성의 이야기입니다. 여러 집을 돌아다니며 음식을 했죠. 그 여자는 친절하고 선량하며 쾌활한 성격으로 주인을 위해 충직하게 일했습니다. 요리도 잘했고요. 그렇게 지내는 게 행복해 보였습니다. 하지만 이내 사건이 일어납니다. 대개 샌드위치 한 접시에서 비롯되죠. 소풍으로 싸 간 음식에서 문제가 발생하기도 합니다. 음식에 아무 이유 없이 치사량의 비소를 넣는 거죠. 독이 든 샌드위치 두세 쪽을 다른 것들과 섞어놓는 식으로. 누가 그걸 먹을지 예측하기 힘든 상황인 셈이죠. 개인적인 원한이 있는 것도 아닙니다. 가끔은 아무 비극 없이 무사히 넘어가기도 합니다. 한 집에 서너 달 동안 있었는데도 그동안 아무도 병을 앓은 흔적이 없을 수도 있죠. 아무것도요. 그러다가 그 여자가 다른 집으로 옮겨 가면 3주도 안 돼 가족 중 두 명이 아침으로 베이컨을 먹은 후에 죽습니다. 이런 일이 이곳저곳에서 벌어지는 데다 간격도 규칙적이지 않아 경찰이 행적을 추적하는 데 상당한 시간이 걸렸습니다. 물론 여자도 집을 옮길 때마다 다른 이름을 사용했지요. 더욱이 명랑하고 일 잘하고 요리 잘하는 중년 여성이 너무 많아, 그중에 어떤 여자가 그랬는지 밝혀내기 힘들었던 거고요."

"그 여자는 왜 그런 짓을 한 겁니까?"

"정확한 이유는 알기 힘듭니다. 심리학자들이 몇 가지 가설을 제안하긴 했습니다. 종교를 가진 사람이었으니, 일종의 종교적 정신이상, 즉 특정 사람을 죽이라는 신의 계시를 받았다고 믿었을 수도 있습니다. 어쨌든 그 여자는 개인적인 양심을 품고 그런 짓을 한 것 같지는 않습니다. 또 다른 경우로 잔 게브롱이라는 프랑스 여자가 있었는데, 자비의 천사라는 이름으로 불렸다고 합니다. 이웃 아이가 아프기라도 하면 몹시 가슴 아파하며, 서둘러 그 집으로 가서 아픈 아이를 간호했습니다. 헌신적으로 침대맡을 지키면서요. 하지만 얼마간 그런 세월이 지난 후에 사람들은 그 여자가 간호하는 아이가 결코 낫지 않는다는 사실을 발견했습니다. 오히려 아이들 모두가 죽었더랬죠. 왜 그랬을까요? 알고 보니, 그 여자는 젊었을 때 친자식을 저세상으로 떠나보낸 일이 있었다고 합니다. 슬픔으로 정신이 이상해져 그런 범죄를 저질렀을지 누가 알겠습니까. 자기 아이가 죽었다면, 다른 여자의 아이도 죽어야 한다고 생각한 겁니다. 아니면 그 여자의 친자녀 역시 희생되었을 수도 있고요."

"너무 끔찍해서 소름이 끼치는군요."

"제가 지금 든 예는 가장 선정적인 것들입니다. 한결 단순한 예도 있습니다. 암스트롱 사건을 기억하시죠? 누구든 그 사람의 비위를 상하게 하거나 모욕하면, 아니, 누군가 그랬다고 생각하면, 즉시 비소가 든 샌드위치와 차를 권했던 사람이지요. 격화된 분노의 한 형태입니다. 그 사람이 최초로 저지른 범죄는 개인적인 이익을 위한 것이었습니다. 돈을 상속받기 위해서요. 아내를 없애면 돈을 상속받고 다른 여자와 결혼할 수 있었으니까요. 또 다른 예로 양로원에서 일했던 간호사 워리너를 들 수 있겠군요. 노인들은 일정한 금액을 워리너에게 주고, 죽을 때까지 편안하게 살게 해 주겠다는 보장을 받았습니다. 하지만 머지않아 노인들은 영문도 모른 채 죽어야 했습니다. 이번에도 모르핀이 사용되었습니다. 아주 상냥한 여자였죠. 아무런 양심의 가책도 느끼지 않으며 자신을 은혜를 베푸는 천사로 여겼습니다."

"그러니까 그런 일이 실제로 일어났다고 칩시다. 그렇다면 누가 그런 짓을 했을까요?"

"모릅니다. 아무 단서도 없는 상태입니다. 살인자는 제정신이 아닐 가능성이 많은데, 미쳤지만 아무런 표시도 나지 않는 부류도 있거든요. 노인을 증오하는, 그러니까 노인에게 상처받았거나 노인 때문에 인생을 망쳤다고 생각하는 사람이 아닐까요? 아니면 자신을 죽음의 자비를 베푸는 사람이라고 생각하거나, 60살을 넘긴 인간은 모조리 생을 마치도록 친절히 도와줘야 한다고 믿는 사람일 수도 있습니다. 물론 누구나 가능성이 있습니다. 환자나 직원, 그러니까 간호사와 일꾼 말입니다. 저는 이 문제를 놓고 양지바른 언덕을 운영하는 밀리센트 패커드 원장과 오랫동안 이야기를 나누었습니다. 패커드 원장은 아주 능력 있고 날카로운 데다 경영 감각이 있는 사람으로, 그곳에서 생활하는 노인과 직원들을 다 잘 감독하고 있습니다. 패커드 원장 말로는 의심 가는 사람도, 이상한 점도 없었다는데, 저는 그 말이 사실임을 확신합니다."

"그런데 왜 제게 오셨습니까? 제가 어떻게 해야 하는 거죠?"

"선생님의 이모이신 팬쇼 부인은 그곳에서 몇 년간 생활하셨습니다. 내색은 안 했어도 정신력이 상당히 강한 여성이셨죠. 부인은 특이하게도 노망든 흉내를 내면서 재미있어하시긴 했지만 사실 정신은 온전하셨답니다. 제가 베레스퍼드 씨에게 바라는 것은 팬쇼 부인이 생전에 하신 말씀 중에 저희에게 도움이 될 만한 단서가 있었는지 부인과 함께 곰곰이 생각해 주셨으면 하는 것입니다. 그분이 무언가를 보았거나, 눈치챘거나, 누군가 하는 말을 들었거나, 이상하게 생각했던 점은 없었는지 말입니다. 노부인들은 눈치가 빠른 법이고, 더욱이 팬쇼 부인같이 예리한 분이라면 양지바른 언덕 같은 곳에서 벌어지는 일을 놀랄 만큼 잘 파악하고 계셨을 겁니다. 나이 드신 분들은 할 일이 없기 때문에 주변에서 벌어지는 일을 훤히 꿰고 있으며, 갖가지 추론을 하고 신속하게 결론을 내리시기도 합니다. 때론 쓸데없는 망상처럼 보이기도 하지만 가끔은 놀랄 만큼 정확합니다.”

“무슨 말씀이신지는 알겠습니다만, 그런 거라면 전혀 기억이 나질 않는데요.”

토미가 고개를 가로저으며 말했다.

“부인께서 집에 안 계신다고 들었습니다. 선생님이 기억 못 하시는 걸 혹시 부인이 기억하실 수도 있지 않을까요?”

“아내에게 물어는 보겠습니다만, 별다른 게 있을 것 같지는 않군요.”

토미가 머뭇거리다 마음을 먹은 듯 다시 입을 열었다.

“사실은 제 아내에게 걱정거리가 하나 있는데, 그곳에 계셨던 랭커스터 부인에 관한 일입니다.”

“랭커스터 부인요? 그런데요?”

“아내에 의하면 친척이라는 사람이 랭커스터 부인을 양지바른 언덕에서 갑자기 데리고 나갔다고 합니다. 전에 랭커스터 부인이 저희 이모님께 그림 한 점을 선물로 주셨는데, 아내는 그 그림을 랭커스터 부인에게 돌려줘야 한다고 믿었지요. 그래서 랭커스터 부인의 뜻을 알아보려고 부인과 연락할 길을 찾았습니다."

"베레스퍼드 부인은 정말 사려가 깊으시군요."

"그래서 얻은 결론이라곤 랭커스터 부인과 연락이 안 된다는 것뿐이었습니다. 아내가 그분들, 그러니까 랭커스터 부인과 친척이 묵기로 한 호텔로 연락했다는데, 그런 이름을 가진 사람은 그곳에 묵은 적도 예약을 한 적도 없다고 합니다."

"그래요? 좀 이상하군요."

"그렇습니다. 제 아내도 뭔가 이상하다고 생각했습니다. 그분들은 양지바른 언덕에 이후의 주소를 남기지 않았습니다. 그래서 랭커스터 부인이나 친척인 존슨 부인과 연락하기 위해 다양한 시도를 했지만 연락이 닿질 않았습니다. 양로원 쪽과의 서류 일을 처리하고 모든 비용을 대리 지불한 법률 회사가 있다고 해서 그 회사 측과도 연락을 해 보았지만, 변호사가 저희에게 준 것은 은행 주소뿐이었습니다. 은행 쪽도 도움이 안 되긴 마찬가지였습니다."

토미가 건조한 음성으로 설명했다.

"은행은 고객이 비밀 유지를 요청했을 경우 그에 따라야지요."

"아내가 은행을 통해 랭커스터 부인과 존슨 부인에게 편지를 썼지만 답장을 받지 못했답니다."

"확률은 낮지만 그래도 사람들이 모든 편지에 답장을 하는 건 아니니까요. 그분들이 외국으로 나가셨을 수도 있고요."

"그럴 수도 있겠지요. 전 개의치 않는데, 아내는 마음이 쓰이나 봅니다. 아내는 랭커스터 부인에게 무슨 일이 생겼다고 믿고 실제로 제가 집을 비운 동안 이 문제를 더 조사하러 나갔습니다. 정확히 어떤 조사를 벌일 생각이었는지는 모릅니다. 그 호텔이나 은행 또는 법률 회사에 개인적으로 찾아가 보았는지도 모르죠. 어쨌든 필요한 정보를 더 찾아볼 생각이었던 것 같습니다."

머리는 공손한 눈길로 토미를 바라보았으나, 지루한 기색이 역력했다.

"부인께서 정확히 무슨 생각을 하고 계셨나요?"

"아내는 랭커스터 부인이 위험에 처해 있을지 모른다고 생각했습니다. 그분에게 무슨 일이 일어났을 수도 있다고 말입니다."

머리가 눈썹을 치켜올렸다.

"글쎄요, 전 그렇게 생각하지 않습니다만……."

"이런 얘기가 어리석게 들리실 거란 거 압니다. 하지만 제 아내는 집으로 전화를 걸어 어제 저녁때까지 오겠다고 하고는 아직 모습을 보이지 않고 있습니다."

"부인께서 분명히 돌아오신다고 하셨습니까?"

"그렇습니다. 아내는 제가 회의를 마치고 집에 올 것을 알고 있었습니다. 그래서 전화를 걸어 집사인 앨버트에게 저녁때까지 돌아오겠다고 알린 것이지요."

"그리고 부인께선 약속을 어길 분이 아니란 말씀이시죠?"

머리는 이제 흥미로운 눈빛으로 토미를 쳐다봤다.

"그렇습니다. 전혀 아내답지 않은 일입니다. 일이 늦어졌거나 계획이 바뀌었으면, 다시 전화를 하거나 전보라도 보냈을 사람입니다."

"아내가 걱정되시겠군요?"

"그렇습니다."

"음, 경찰에는 알리셨나요?"

"아뇨, 경찰이 어떻게 생각하겠습니까? 경찰에서는 제 아내가 곤경에 처했거나, 위험에 빠졌다고 생각할 만한 충분한 사유가 없다고 볼 겁니다. 또 아내가 사고를 당했거나 해서 병원으로 이송되었다거나 비슷한 경우라면 누군가 즉시 제게 연락을 해 왔을 겁니다. 안 그렇습니까?"

"그렇겠지요. 부인께서 신분증 같은 걸 갖고 계셨다면 말입니다."

"아내는 운전면허증을 갖고 다닙니다. 신원을 짐작할 만한 서류나 다른 물건도 있을 거고요."

머리가 인상을 찌푸렸다.

"이런 상황에서 선생님을 만난 겁니다. 그리고 양지바른 언덕에 대한 이야기를 들은 거고요. 죽을 때가 되지 않은 사람들이 죽어 가고 있다고 말씀하셨죠. 거기 계신 노인 중 누군가가 어떤 것을 눈치 챘고, 그러니까 무언가를 보았거나 의심스러운 점을 발견했다면, 그 일에 대해 이야기하기 시작했을 겁니다. 어떻게든 당사자의 입을 틀어막아야 하다 보니 그 부인이 하루아침에 자취를 감추게 된 것이지요. 아무도 찾을 수 없는 어떤 곳으로 부인을 옮긴 셈입니다. 저는 이 모든 일이 어떻게든 관련이 되어 있는 듯한 느낌이 듭니다."

"이상하군요. 정말 이상합니다. 이제 어떻게 하실 생각이십니까?"

"혼자 조사해 볼 생각입니다. 먼저 그 법률 회사를 찾아가 봐야죠. 물론 그 사람들에게 무슨 문제야 있겠습니까만은, 제가 직접 만나보고 나름의 결론을 내려 보고 싶어서 그럴 뿐입니다."

토미, 옛 친구를 만나다

I

토미는 길 맞은편에서 법률 회사 건물을 살펴봤다.

'파팅데일, 해리스, 로커리지 앤드 파팅데일.'

상당히 품위 있고 유서 깊어 보이는 건물이었다. 청동 문패는 낡았지만 반짝반짝 윤이 날 정도로 닦여 있었다. 길을 건너 회전문을 밀고 들어가자 타자수들이 말없이 타자기를 두들겨 대는 엄숙한 분위기가 그를 맞이했다.

토미는 오른편의 열린 마호가니 창문 쪽으로 갔다. 그곳에 '문의'라는 안내문이 걸려 있었다.

그 안에는 작은 방이 있고, 세 여자가 타자기를 치고 남자 서기 둘이 책상 위로 몸을 숙인 채 서류를 베껴 쓰고 있었다.

분명히 법적으로 보이는, 답답하고 곰팡내 나는 분위기였다.

35살쯤 되어 보이는 한 여자가 타자기를 치다가 코안경을 올려 토미를 보고는 창가로 왔다. 바랜 듯한 금발 머리에 근엄한 분위기를 풍기는 사람이었다.

"무슨 일로 오셨습니까?"

"에클스 씨를 뵈러 왔습니다."

여자의 분위기가 더 근엄해졌다.

"약속하고 오셨습니까?"

"그렇지는 않습니다. 오늘 런던을 지나는 길에 잠깐 들렀습니다."

"죄송하지만 에클스 씨가 오늘 아침에 좀 바쁘셔서요. 여기서 근무하시는 다른 분을…….'

"에클스 씨를 만나야 하는 일입니다. 전에 그분과 서신을 주고받은 일이 있습니다."

"그러시군요. 선생님 성함을 알려 주시겠습니까?"

토미가 자신의 이름과 주소를 금발 여자에게 주자 여자는 전화를 하러 자신의 책상으로 갔다. 잠시 후 통화를 마친 여자가 돌아왔다.

"서기가 대기실로 안내해 드릴 겁니다. 10분 후쯤 에클스 씨를 뵐 수 있으실 겁니다."

토미는 골동품 같은 육중한 책꽂이에 법률 서적이 빼곡히 꽂혀 있고 원형 탁자에 여러 가지 경제 신문이 놓인 대기실로 안내되었다. 토미는 그곳에 앉아 어떤 방법으로 문제에 접근할 것인지 곰곰이 따져 보았다. 에클스 씨가 어떤 사람일지 궁금했다. 마침내 토미는 그의 사무실로 불려 갔다. 에클스 씨가 책상에서 일어나 토미를 맞았다. 토미는 특별한 이유도 없이 에클스 씨가 마음에 들지 않았다. 스스로도 왜 그가 좋지 않게 느껴지는지 의아했다. 타당한 이유가 있는 건 아니었다. 에클스 씨는 40살에서 50살 사이로 보였으며 관자놀이가 희끗희끗해지기 시작해 회색 머리를 하고 있었다. 그는 무표정해 보이면서도 다소 우울한 얼굴의 소유자였다. 눈매는 빈틈이 없어 보였으며, 때때로 타고난 듯한 우울함을 싹 씻어 내는 해맑은 미소를 짓기도 했다.

"베레스퍼드 씨?"

"그렇습니다. 어찌 보면 사소한 문제일 수도 있지만, 제 아내가 마음을 쓰는 일이라 이렇게 찾아왔습니다. 랭커스터 부인의 주소를 얻을 수 있을까 해서 아내가 변호사님께 편지와 전화를 한 걸로 알고 있습니다."

"랭커스터 부인이라고요."

에클스 씨가 속을 짐작하기 힘든 무표정한 얼굴로 말했다. 사실 문제라고 할 수도 없는 일이었다. 에클스 씨는 부인의 이름을 한 번 되뇌었을 뿐 꼼짝도 하지 않았다.

'신중한 사람이군. 변호사들에게 꼭 필요한 기질이긴 하지. 사실, 나라도 당연히 내 변호사가 신중하게 처신해 주길 바랄 거야.'

토미는 생각하며 입을 열었다.

"최근까지 양지바른 언덕이라는 곳에서 살던 분입니다. 노부인들을 위한 아주 좋은 시설이지요. 제 이모님도 거기 계셨는데, 아주 행복하고 만족스러워하셨답니다.”

“아, 네. 물론 그러셨겠죠. 이제 생각이 납니다. 랭커스터 부인이 었죠. 그분은 이제 거기 살지 않으시죠? 맞습니까?”

“그렇습니다.”

“아까는 잘 기억나지 않았는데, 이제 생각이 나는군요.”

에클스 씨가 전화기로 손을 뻗으며 말했다.

“간단히 말씀드리자면, 제 아내가 랭커스터 부인의 주소를 알고 싶어 합니다. 아내가 우연히 랭커스터 부인의 소유였던 어떤 물건을 갖게 되었기 때문입니다. 구체적으로는 그림이지요. 랭커스터 부인이 그 그림을 제 이모님이신 팬쇼 부인에게 선물로 주셨는데 얼마 전 이모님이 돌아가시는 바람에 이모님의 개인 소유물을 저희가 처리하게 되었습니다. 거기 랭커스터 부인이 주신 그림이 포함되어 있었던 거죠. 아내는 그 그림을 아주 마음에 들어 했지만, 죄책감을 느끼고 있습니다. 랭커스터 부인이 아끼던 그림일지 모르니 부인이 원하실 경우 돌려 드려야 한다고 생각하는 거죠.”

“아, 알겠습니다. 아주 양심적인 부인이시군요.”

“나이 드신 분들은 개인적인 물건에 애착이 강하시지 않습니까. 저희 이모님이 마음에 들어 하셔서 랭커스터 부인이 그 그림을 주셨겠지만, 이모님이 그 선물을 받고 얼마 되지 않아 돌아가신 상황에 그 그림을 제삼자가 갖는 게 좀 부당하다는 생각이 듭니다. 그림에 제목 같은 건 없었습니다. 어딘가에 있는 시골집을 그린 그림이지요. 제가 아는 건 그림 속의 집이 랭커스터 부인과 관련이 있는 어떤 가족이 살던 집일지 모른다는 것 정도입니다.”

“됐습니다. 충분합니다. 하지만…….”

갑자기 문 두드리는 소리가 나더니, 문이 열리고 서기가 들어와 에클스 씨 앞에 서류 한 장을 내려놓았다. 에클스 씨가 서류를 보았다.

“아, 알겠습니다. 이제 생각이 나는군요. 맞습니다. 그러니까…… 베레스퍼드 부인이 전화를 걸어 오셔서 짧게 통화를 한 적이 있습니다. 저는 서던 카운티스 은행의 해머스미스 지점으로 연락해 보라는 말씀을 드렸죠. 이게 제가 아는 유일한 주소입니다. 모든 서류는 리처드 존슨 부인을 통해 은행으로 부치도록 되어 있습니다. 랭커스터 부인의 먼 사촌이나 조카인 것 같은데요, 랭커스터 부인을 양지바른 언덕에 계시도록 하는 모든 절차를 저와 함께 처리한 분입니다. 그분이 친구로부터 우연히 들었다며 그 시설에 대한 철저한 조사를 의뢰하셨지요. 우리는 아주 조심스럽게 조사에 임했고, 훌륭한 시설임을 알게 되어 랭커스터 부인은 그곳에서 상당히 행복한 몇 년을 보내신 걸로 알고 있습니다.”

“하지만 랭커스터 부인은 갑작스럽게 그곳을 떠나셨습니다.”

“맞습니다. 그러셨을 겁니다. 존슨 부인이 최근에 아프리카 동부에서 갑자기 귀국하신 걸로 압니다. 요즘 그런 분들이 좀 많습니까! 부부가 케냐에서 몇 년 사셨다죠. 영국에서 새롭게 자리를 잡는 과정에서 연로한 친지를 직접 돌봐 드려도 되겠다고 생각한 모양입니다. 하지만 죄송하게도 존슨 부인의 현재 소재는 알지 못합니다. 그간의 비용을 지불하며 그동안의 노고를 치하하는 존슨 부인의 편지는 갖고 있습니다만. 부인은 앞으로 살 곳이 아직 정해지지 않았다며 필요한 서신 연락은 은행을 통해 해 달라고 하셨습니다. 죄송하지만 이게 제가 아는 전부입니다, 베레스퍼드 씨.”

에클스 씨의 태도는 예의 바르면서도 단호했다. 당황해하거나 불안해하는 구석은 찾아볼 수 없었다. 마지막 문장이 특히 단호했다. 그는 조금 누그러진 음성으로 이렇게 덧붙였다.

“걱정하실 필요는 없을 것 같습니다. 베레스퍼드 씨. 아니, 선생님의 부인께 걱정하실 필요 없다고 전해 주십시오. 랭커스터 부인은 상당히 연로한 분이라 뭐든 잘 잊어버리실 겁니다. 자신이 준 그림에 대해서도 까맣게 잊으셨을 테죠. 연세가 75살이나 76살 정도 되셨으니까요. 잘 아시겠지만 그 나이에는 건망증이 심하지 않습니까.”

“랭커스터 부인을 개인적으로 아십니까?”

“아뇨, 직접 뵌 일은 없습니다.”

“하지만 존슨 부인은 아시죠?”

“절차 문제를 상의하러 오셨을 때 뵈었습니다. 쾌활하시고 사무적인 여성분처럼 보였습니다. 모든 일을 아주 깔끔하게 처리하시더군요. 도움을 못 드려 죄송합니다, 베레스퍼드 씨.”

에클스 씨가 자리에서 일어서며 말했다. 공손했지만, 나가 달라는 태도가 분명했다.

토미는 블룸즈버리가(街)로 나와 빈 택시를 찾았다. 그가 들고 있는 그림은 무겁진 않아도 상당히 거추장스러웠다. 토미는 자신이 방금 나온 건물을 다시 올려다보았다. 오래전에 세워진, 상당히 품위 있는 건물이었다. 결국 아무런 단서도 잡지 못했다. 파팅데일, 해리스, 로커리지 앤드 파팅데일 사에는 잘못된 구석이 없는 듯했다. 에클스 씨에게도 이상한 점은 없었다. 경계하거나, 의기소침하거나, 무언가를 속이는 듯하거나, 불편해하는 구석은 찾아볼 수 없었다. 토미가 책에서 읽은 바로는 뭔가 거리낄 게 있다면 랭커스터 부인이나 존슨 부인을 언급하는 것만으로도 죄의식을 느끼거나 정직하지 못한 표정을 짓게 마련이었다. 관련해서 무언가 석연치 않은 구석이 있음을 나타내 보인다는 것이다. 하지만 현실에서는 일이 그렇게 진행되지 않는 듯했다. 에클스 씨는 토미의 하찮은 질문에 시간을 빼앗기는 게 내키지 않으면서도 끝까지 예의를 지킨 사람으로 보였을 뿐이었다.

하지만 그럼에도 불구하고 토미는 에클스 씨가 마음에 들지 않았다. 토미는 과거에 어떤 이유로 자신이 좋아하지 않았던 사람들을 떠올려 보았다. 느낌일 뿐이긴 해도, 그런 육감이 맞는 경우가 꽤 많았다. 실은 간단한 일이었다. 사람들을 많이 만나 본 사람은 어떤 직감을 갖게 되기 마련이었다. 노련한 골동품 거래상이 전문적인 검사와 시험을 거치지 않고도 직감적으로 외관과 느낌, 그리고 분위기를 통해 위조품을 감별해 내듯이 말이다. 뭔가 잘못됐다. 그림도 마찬가지였다. 정교한 위조 지폐를 본 은행의 현금출납원도 같은 경우에 속할 터였다.

'목소리에 문제가 없고, 외모도 괜찮고, 말하는 것에도 아무 문제가 없어. 하지만 그래도…….'

　토미는 빈 택시를 향해 정신없이 손을 흔들었다. 그러나 운전사는 토미를 차가운 눈으로 힐끗 보더니 속도를 내 달아나 버렸다.

　"나쁜 자식."

　중얼거린 토미는 친절한 택시 기사를 찾아 도로를 둘러보았다. 인도는 상당히 많은 사람들로 붐볐다. 서둘러 걷는 사람도 있고, 어슬렁거리며 산책하는 사람도 있었다. 그러다 토미가 서 있는 바로 맞은편에서 청동 문패를 쳐다보는 한 사내가 눈에 띄었다. 한참을 살펴본 사내가 몸을 돌렸고, 토미의 눈이 휘둥그레졌다. 아는 사람이었다. 토미는 사내가 길 끝까지 걸어가서 멈춰 섰다가 몸을 돌려 다시 걸어오는 것을 지켜보았다. 토미 뒤로 누군가 건물에서 나왔고, 그러자 순간 사내의 발걸음이 조금 빨라졌다. 사내는 여전히 반대편에 있었지만, 건물에서 나온 남자와 보조를 맞춰 걸었다. 뒷모습으로 볼 때, 파팅데일, 해리스, 로커리지 앤드 파팅데일 사의 현관에서 나온 사람은 에클스 씨 같았다. 바로 그때 택시 한 대가 멈칫거리며 다가왔다. 토미가 한 손을 들자 택시는 멈춰 섰다. 토미가 택시 문을 열고 올라탔다.

　"어디로 모실까요?"

　토미는 자신이 들고 있는 그림 꾸러미를 보며 잠시 망설였다. 어떤 주소를 말하려던 그가 마음을 바꿔 이렇게 외쳤다.

　"라이언가(街) 14번지로 갑시다."

　15분 후 토미는 목적지에 도착했다. 그는 택시 요금을 지불한 다음, 초인종을 눌러 아이버 스미스 씨를 찾았다. 2층의 어느 방으로 들어가자 창문을 마주한 탁자에 한 남자가 앉아 있었다. 의자를 돌려 토미를 바라본 그는 다소 놀란 표정이었다.

"이게 누군가. 토미 아닌가. 만나서 반갑네. 오랜만이군. 여긴 웬일인가? 옛 친구를 보러 차를 몰고 나오신 건가?"

"그렇게 한가하지는 못하다네, 아이버."

"자네 그 회의 마치고 집으로 돌아가는 길 아닌가."

"맞다네."

"언제나 그렇듯 엄청난 말들이 오고 갔겠지, 안 그런가? 결론도, 쓸모 있는 의견도 없이 말이야."

"맞는 말이네. 다 시간 낭비지."

"워독 늙은이의 지껄임을 듣는 게 거의 전부였을 거야. 진저리 나는 인간이지. 해가 갈수록 증세가 심해지는 것 같아."

"그런데…… 뜬구름 잡는 얘기일 수도 있지만, 자네 혹시 파팅데일, 해리스, 로커리지 앤드 파팅데일 법률 회사의 변호사인 에클스라는 사람에 대해 수상한 점이 있는지 아는 것 있나?"

토미는 남자가 밀어 준 의자에 앉아 담배를 받아 들며 물었다.

"글쎄, 글쎄……. 어디선가 에클스와 마주친 게로군?"

아이버 스미스가 웅얼거리듯 말하며 눈썹을 치켜올렸다. 아이버는 그런 표정을 짓는 일에 아주 능숙한 것 같았다. 코에 가까운 눈썹 앞머리가 치켜올라가면, 뺨 쪽의 눈썹 끝은 놀라울 만큼 많이 밑으로 쳐졌다. 이 때문에 아이버는 아주 조금 화가 났을 때도 심각한 충격을 받은 사람처럼 보였다. 하지만 그건 그가 흔히 짓는 표정이었다.

"문제는 그자에 대해 아는 게 아무것도 없다는 것일세."

"그 사람에 대해 뭔가 알고 싶은 건 맞지?"

"그렇다네."

"흠, 그런데 왜 날 찾아왔나?"

"밖에서 앤더슨을 봤네. 본 지 오래됐지만 금방 알아차릴 수 있었다네. 앤더슨은 누굴 미행 중이거나 관찰하고 있었어. 내가 방금 들어갔다 나온 건물에서 일하는 사람인 것 같더군. 그 건물엔 거기에는 변호사 사무소 두 곳과 회계 사무소가 한 곳 있었어. 그 회사들 중 어느 곳에 다니는 누구라고 해도 말이 되겠지만, 거리를 따라서 걸어가는 사람이 내 눈에는 에클스로 보였거든. 그래서 혹시 운 좋게도 앤더슨이 뒤를 밟고 있는 사람이 내가 관심을 두고 있는 에클스 아닌가 하는 생각이 들어 찾아왔다네."

"흠, 토미, 자네는 늘 추리에 강하단 말이야."

"에클스가 대체 누군가?"

"모른단 말인가? 짚이는 게 없나?"

"난 아는 게 아무것도 없다네. 얘길 하자면 아주 긴데, 얼마 전 양로원을 떠난 한 노부인에 대한 정보를 얻으러 그자를 찾아갔다네. 그 양로원에 들어가고 나오는 데 필요한 모든 절차를 밟은 변호사가 바로 에클스 씨였거든. 그는 아주 예의 바르고 흠잡을 데 없이 일을 처리하는 사람 같았어. 내가 그 부인의 현재 주소를 달라고 하니 에클스 씨는 자신도 주소를 갖고 있지 않다고 했지. 그 이유는 상당히 납득이 가는 것이었지만……. 그래도 의문이 남는다네. 그 사람이 그 노부인의 소재를 알 만한 유일한 사람이거든.”

“그 노부인을 찾아야 하나?”

“그렇다네.”

“내가 자네한테 큰 도움을 주진 못 할 것 같네. 에클스는 명망 높은 고객을 많이 확보하고 있고, 대지주나 전문직 종사자, 은퇴한 군인이나 선장, 장군이나 제독 등을 위해 일하는 성공한 변호사로 대단한 고수익을 올리고 있다네. 한마디로 최고의 존경을 받는 인물이지. 자네 말로 미루어 볼 때, 그 사람은 합법적인 범위 내에서 모든 일을 빈틈없이 처리했을 거란 생각이 드네.”

“하지만 자네도 그 사람에게 관심을 두고 있지 않나.”

“맞아, 우린 제임스 에클스 씨에게 아주 관심이 많다네. 그 사람에게 관심을 둔 지 적어도 6년은 됐을걸. 별다른 성과는 얻지 못했지만 말이야.”

아이버 스미스가 한숨을 지었다.

“아주 흥미롭군. 다시 한 번 묻겠네. 에클스라는 사람이 정확히 어떤 사람인가?”

“그러니까 왜 우리가 에클스를 의심하고 있느냐는 말이지? 글쎄, 설명하자면 이렇다네. 우린 그 사람이 영국에서 벌어지는 범죄를 계획하는 최고의 두뇌 중 하나가 아닌가 의심하고 있어.”

“범죄라고?”

토미가 놀란 얼굴로 물었다.

"그렇다네. 스파이거나, 간첩 활동도 방첩 활동도 아니라네. 그야말로 순수한 범죄 말이야. 여태까지 우리가 밝혀낸 바에 의하면, 그 사람은 일생 동안 범죄를 저지른 적이 단 한 번도 없다네. 뭘 훔친 적도, 위조한 적도, 자금을 횡령한 적도 없지. 그런 혐의를 단 한 건도 잡지 못했다네. 하지만 대규모의 조직적인 절도가 발생할 때마다, 그 배후 어딘가에 청렴결백한 생활을 하고 있는 에클스 씨가 자리 잡고 있는 거야."

"6년이라."

토미가 생각에 잠겨 중얼거렸다.

"그보다 더 오래됐을 수도 있다네. 사건들에서 반복되는 패턴을 파악하는 데 시간이 좀 걸렸거든. 은행 강도, 개인 소유 보석 절도, 그 외 큰돈이 걸린 범죄들. 그 사건 모두가 어느 정도 비슷한 점을 갖고 있는 거야. 우리는 같은 사람이 그 일들을 계획한다는 느낌을 떨쳐 버릴 수 없었다네. 범죄를 지휘하는 사람이나 실행하는 사람 모두 계획에 대해선 깜깜한 상태였다네. 그 사람들은 가라는 곳으로 가서 지시받은 일을 했을 뿐, 아무것도 궁리할 필요조차 없었지. 계획을 하는 자가 따로 있다는 거야."

"그 혐의를 에클스에게 두고 있단 말인가?"

아이버 스미스가 골똘히 생각에 잠긴 채 고개를 저었다.

"다 털어놓자면 그간의 사연이 너무 길다네. 에클스에겐 아는 사람도, 친구도 지독하게 많다네. 골프 상대가 있는가 하면, 차를 관리하는 사람들이나 투자를 돕는 증권 중개인도 있고, 그가 관심 있어

하는 사업을 도맡아 하는 회사도 여럿 있지. 범죄의 윤곽이 드러날수록 거기 참여한 에클스의 역할은 점점 모호해지기만 했다네. 그런 사건이 있을 때마다 그자가 이상하리만큼 번번이 자리를 비운다는 점만 빼고 말이야. 엄청난 비용을 들인 거대한 은행 강도 사건의 도주로를 확보하는 등 영악하게도 계획을 세울 때 에클스 씨가 어디 있는지 아나? 몬테카를로나 취리히 아니면 하다못해 노르웨이로 연어 낚시라도 떠나 있는 거야. 범죄가 어디서 벌어지든 반경 150킬로미터 이내에는 얼씬도 않는 거지."

"그래도 그자를 의심하나?"

"그렇다네. 직감으로 확신한다네. 하지만 그자를 잡을 수 있을지는 모르겠네. 은행 바닥까지 굴을 판 자, 야간 경비원을 쓰러뜨린 자, 처음부터 사건에 관여했던 현금 출납원, 정보를 제공한 은행 간부, 그들 중 누구도 에클스를 알지 못했고, 한 번 본 일도 없었다네. 범죄 조직은 긴 사슬로 이루어져 있는데, 자기 바로 윗 단계 그 이상에 대해서는 아무것도 모르는 거야."

"우두머리 한 명의 치밀한 계획이란 말이지?"

"그런 것 같다네. 처음 계획을 세운 자가 있을 테고, 언젠가는 그자를 잡을 수 있을 거야. 아무것도 몰라야 할 사람이 뭔가를 알게 된다든지, 사소하고 하찮아 보이지만 의심스러운 일이 결국 증거로 드러나겠지."

"그자는 결혼했나? 가족이 있나?"

"아니, 그런 위험을 무릅쓸 사람이 아니야. 가정부와 정원사와 집사가 딸린 집에서 혼자 산다네. 조촐하고 즐거운 파티를 자주 여는데, 그 집에 손님으로 드나드는 사람들 중에는 혐의를 둘 만한 사람이 없다고 확신하네."

"부자가 된 사람도 없나?"

"좋은 지적이네, 토머스. 누군가 부자가 되는 게 당연하지. 갑자기 큰돈을 번 사람이 눈에 뜨여야 하지 않나. 하지만 그 부분이 아주 영악하게 위장되어 있다네. 경마에서 크게 한 건 터뜨렸거나, 주식이나 채권 투자가 성공했거나 하는 식으로 모든 게 자연스러워 보인다네. 큰돈을 벌 만한 좋은 기회가 있었다는 식으로, 외면적으로 필요한 모든 조치가 취해져 있는 거지. 여러 나라 여러 곳에 엄청난 돈이 은닉되어 있다네. 어마어마한 금액의 돈을 불법으로 얻은 다음, 그 돈을 쉬지 않고 여기서 저기로 옮기는 거야."

"행운을 비네. 자넨 그자를 꼭 잡을 걸세."

"언젠가는 그래야지. 그자를 한 방 먹일 수만 있다면 좋으련만."

"무엇으로 한 방 먹인다는 말인가?"

"위험. 그자로 하여금 위험에 처했다고 느끼게 만들 생각이네. 누군가 자기를 주목하고 있다고 느끼게 해야 해. 불편하게 만들어야 한다는 말일세. 인간은 일단 불편한 심기가 되면, 어리석은 짓을 하게 된다네. 그자도 실수를 할 거야. 자네도 알다시피 그게 범인을 잡는 요령이야. 한 번도 발을 헛디딘 적 없는, 가장 영악하고 빈틈없는 인간을 잡는 거지. 어떤 사소한 일로 당황하게 만들면, 그자도 실수를 하게 될 걸세. 아니 그러길 바란다고 해야겠지. 이제 자네 얘길 들어 보세나. 자네가 쓸모 있는 정보를 알고 있는지도 모르지 않나."

"미안하지만 그런 범죄와는 아무 관련도 없는 일이라네. 아주 사소한 일이지."

"그래도 어디 한 번 말해 보게나."

토미는 하찮은 일에 대해 말하게 되어 미안하다는 등의 사족 없이 곧바로 이야기를 시작했다. 토미가 알기에 아이버는 사소한 것이라고 해서 무시하는 사람이 아니었다. 과연 아이버는 토미가 이렇게 나선 이유를 정확히 집어냈다.

"그래서 자네 아내가 사라졌단 말이지, 맞나?"

"아내는 그럴 사람이 아니라네."

"심각한 일이구면."

"나한테나 심각한 일이지."

"나도 자네와 같은 생각이네, 자네 아내를 딱 한 번밖에 보지 못했지만, 날카로워 보였어."

"추적을 시작하면, 아내는 사냥감을 쫓아 달려 나가는 사냥개가 된다네."

"경찰엔 갔나?"

"아니."

"왜 안 갔나?"

"우선 난 아내에게 무슨 일이 생겼다고 생각하지 않는다네. 터펜스는 언제나 처신을 똑바로 하거든. 아마 모습을 드러낸 토끼를 정신없이 쫓는 중일 걸세. 그러느라 연락할 상황이 못 되는 걸 거야."

"음, 난 그렇게 생각하지 않는데. 부인이 집을 찾고 있는 중이었다고 그랬지? 그게 흥미롭군. 그동안 큰 성과를 얻지는 못했지만, 우리가 추적한 여러 단서들 중 주택 중개업자도 있었다네."

"주택 중개업자라고?"

토미가 놀란 얼굴로 물었다.

"그렇다네. 영국 각지의 작은 시골 마을에 있는, 친절하지만 평범한……. 오히려 이류에 가까운 주택 중개업자들 말일세. 해당되는 지역은 모두 런던에서 그리 멀지 않은 곳이라네. 에클스 씨의 회사는 주택 중개업자들과 거래를 많이 한다네. 에클스 씨가 구매자의 변호사가 되는 경우도 있고, 판매자의 변호사가 되는 경우도 있으며, 그 자신이 고객을 위해 여러 주택 중개업자를 고용하고 있기도 하지. 우리가 궁금한 건 그래서라네. 자네도 잘 알겠지만, 그런 일은 별로 돈이 되지 않거든……."

"그러니까 자네는 그 이면에 무언가 숨어 있거나, 아니면 그들을 거쳐 일이 이루어진다고 생각하는 거지?"

"몇 년 전 세상을 떠들썩하게 했던 런던 남부 은행 강도 사건을 기억하나? 그 사건 중심에 시골집이, 아주 한적한 집 한 채가 있었다네. 도둑들이 그 집에서 모임을 가진 거지. 사람 눈에 잘 띄지 않는 그 집에 현금을 옮겼다가 다른 곳으로 빼돌렸다네. 이웃들 사이에서 그 집에 대한 이야기가 떠돌기 시작했지. 그 집에 사는 사람이 누군지, 이상한 시간에 왔다 가는 이유가 무엇인지 모두들 궁금해했다네. 한밤중에 가지각색의 차가 모여들었다가 다시 가 버리곤 했으니까. 시골 사람들은 이웃에 관심이 많지 않나. 이상한 낌새를 알아챈 경찰이 그 집을 덮쳤을 때, 노획물의 일부는 이미 사라지고 없었지만 세 명을 체포할 수 있었지. 그중에 신원을 알 수 있는 자는 단 한 명뿐이었다네."

"거기서 결정적인 단서를 잡지 못했나?"

"별로 그렇지 못했다네. 세 사람 모두 입을 열지 않으려 했고, 그나마도 교묘하게 발뺌하면서 좋은 변호사의 변호를 받았지. 그자들은 긴 형량을 선고받았는데, 1년 반 만에 감옥을 빠져나갔다네. 혀를 내두를 만한 탈출이었지."

"그 사건을 읽은 기억이 나네. 한 사람은 두 간수에 의해 후송되던 중 법정에서 사라졌지."

"맞아. 아주 교묘하게 계획되었고, 엄청난 자금이 쓰인 탈출 작전이었지. 하지만 그 범죄를 계획한 이름 모를 누군가는 자신이 한 집을 오랫동안 빌려 마을 사람들의 흥미를 끈 게 실수였음을 깨달은 것 같았다네. 그래서 그자는 여러 곳에 흩어져 있는 서른 채에 달하는 범죄용 집에 들어와 살 위장용 주민을 구하는 게 좋겠다고 생각한 모양이야. 곧 일단의 사람들이 들어와 집을 차지하고 들어앉았다네. 자칭 미망인이라는 어머니와 딸 또는 은퇴한 군인과 아내 같은 사람들이었지. 친절하고 조용한 사람들이었다네. 그 사람들은 집을 몇 군데 고치고, 동네 건축업자를 불러들여 배수관을 손보곤 했어. 런던에서 실내 장식 회사가 내려와 집을 꾸미기도 했지. 그리고 나서 1년이나 1년 반 후에 사건이 터지면 세입자들은 집을 팔고 외국으로 사라져 버리는 거야. 그런 식이라네. 모든 게 아주 자연스럽고 깔끔하지. 그들이 세들어 있는 동안 그 집은 다소 특이한 용도로 사용되었다네! 그 누구의 의심도 사지 않게 말이야. 친구들이 가끔 찾아오는 거야. 어느 날 밤 가끔씩, 중년 혹은 노부부의 결혼기념일 파티나 자녀의 성년 기념 파티 같은 게 열리는 식으로. 많은 차들이 오고 가지. 6개월 동안 다섯 건의 대형 절도 사건이 있었는데, 노획물은 매번 어디론가 옮겨져, 한 곳이 아니라 서로 다른 시골 지역의 집 다섯 채에 나누어 은닉되었다네. 아직은 추정일 뿐이지만, 우린 이미 조사에 착수했어. 자네 아내가 어떤 집이 그려진 그림을 우연히 갖게 됐고, 그 집에 뭔가 이상한 점이 있다고 의심했다지? 그런데 그녀가 그 집을 기어이 발견해서 조사에 들어갔다고 가정해 보세. 동시에 누군가 그 집의 정체가 밝혀지길 원치 않는 사람이 있다고 해 보자고. 두 사건이 이렇게 관련되어 있을지도 모르는 일일세."

"좀 무리한 가정인걸."

"사실이야. 나도 동감일세. 하지만 우리가 사는 이 시대가 무리한 시대라네. 우리가 사는 이 특별한 세상에서는 믿기 힘든 일이 종종 벌어지니까."

II

토미는 지친 몸으로 그날 네 번째로 탄 택시에서 내려 주변을 둘러보았다. 토미가 내린 곳은 막다른 작은 길로, 햄스테드 히스(런던

북서부의 공원지 —옮긴이)의 한 모퉁이에 수줍은 듯 틀어박혀 있었
다. 그 길은 정부의 예술 장려 구역처럼 보였다. 각각의 집은 옆집
과 판이하게 달랐다. 토미가 찾는 집도 아주 특이해서, 집 전체가 채
광창이 있는 커다란 작업실 같았다. 그 한쪽으로 작은 포도송이처
럼 방 세 개가 나란히 붙어 있었는데 꼭 잇몸이 헐어 생긴 상처 모
양 같기도 했다. 집 밖으로 뻗어 있는 사다리 모양의 계단은 연두
색으로 칠해져 있었다. 토미는 작은 문을 열고, 좁은 길을 따라 올
라갔다. 초인종이 보이지 않아 그는 쇠고리를 두드렸다. 아무 반응
도 없었다. 토미는 몇 분간 기다렸다가 좀 더 세게 문을 두드렸다.

　문이 너무 갑작스럽게 열리는 바람에 토미는 뒤로 자빠질 뻔했
다. 문가에 한 여자가 서 있었다. 첫인상으론 지금까지 본 사람들 중
가장 평범하게 생긴 여자 같았다. 여자는 넓고 편평한 얼굴에, 이상
하게도 색깔이 서로 다른 커다란 두 눈을 뜨고 토미를 쳐다봤다. 한
눈은 녹색이고 한 눈은 갈색이었다. 묘하게 귀티 나는 이마 위로 잔
뜩 헝클어진 머리칼이 덤불처럼 자라 있었다. 여자는 진흙이 여기
저기 튄 보랏빛 작업복 차림이었다. 토미는 열린 문을 잡고 있는 여
자의 손이 놀라울 만큼 아름다운 것에 주목했다.

“무슨 일이죠? 바쁜데.”

여자가 말했다. 낮고 매력적인 목소리였다.

“보스코언 부인?”

“그런데요. 무슨 일이시죠?”

“저는 베레스퍼드라고 합니다. 잠시 이야기를 좀 나누었으면 합

니다.”

“글쎄요. 꼭 그래야 하나요? 뭔가요, 그림에 관한 이야긴가요?”

여자의 시선이 토미가 겨드랑이에 끼고 있는 그림에 와서 멎었다.

“그렇습니다. 남편분이 그리신 그림에 관한 일입니다.”

“팔고 싶어서 그러시나요? 전 남편 그림을 많이 갖고 있어서 더이상 살 생각은 없어요. 화랑으로 가져가 보세요. 화랑에서 지금 남편의 그림을 사들이기 시작하고 있거든요. 그림을 팔 분으로 보이진 않지만요.”

“그렇습니다. 저는 뭘 팔려고 온 게 아닙니다.”

토미는 이 특이한 여자와 대화를 이어 가기가 몹시 어렵겠다고 생각했다. 그녀의 눈은 초점이 잘 맞지 않음에도 불구하고 무척 섬세해 보였다. 보스코언 부인은 이제 토미의 어깨 너머로 거리를 응시하고 있었다. 멀리 어딘가에 특별한 흥밋거리라도 있는 듯했다.

“부탁입니다. 안으로 들어가서 말씀드리게 해 주십시오. 설명하기 힘든 문제입니다.”

토미가 사정했다.

“혹시 화가시라면 아무 얘기도 하고 싶지 않아요. 화가들은 언제나 지루하기 짝이 없어요.”

“전 화가가 아닙니다.”

“정말 그렇게 보이지는 않네요. 그보다는 공무원 같아 보여요.”

보스코언 부인이 토미를 아래위로 훑어보며 비난하듯 말했다.

“들어가도 되겠습니까, 보스코언 부인?”

“글쎄요. 기다리세요.”

보스코언 부인이 문을 쾅 닫고 사라졌다. 토미는 기다렸다. 4분쯤 지난 후에 문이 다시 열렸다.

“좋아요. 들어오세요.”

보스코언 부인은 토미를 복도로 안내했다. 두 사람은 좁은 계단을 올라 널찍한 작업실로 들어갔다. 작업실 한구석에는 조각상과 망치와 끌 같은 갖가지 도구가 놓여 있었다. 진흙으로 만든 두상도 있었다. 방금 폭력배들이 휩쓸고 간 자리 같았다.

“마땅히 앉을 만한 곳이 없네요.”

보스코언 부인은 나무 의자 위에 놓인 연장을 치운 다음, 의자를 토미 쪽으로 밀어 놓았다.

“자, 여기 앉아서 말씀해 보세요.”

“이렇게 들어오게 해 주셔서 정말 감사합니다.”

“글쎄요, 그저……. 그런데 무슨 걱정거리가 있으신 것 같아요. 제 짐작이 맞죠?”

“네, 그렇습니다.”

“그러신 것 같았어요. 무슨 일이신가요?”

“아내 일입니다.”

솔직한 대답에 토미 자신도 놀랐다.

“아내 때문에 걱정이시라고요? 별로 이상할 것도 없는 일이군요. 남자들은 늘 자기 아내 걱정을 하죠. 문제가 뭔가요? 아내 되시는 분이 다른 사람과 집을 나갔거나 바람이라도 나셨나요?”

"아닙니다. 그런 문제가 아닙니다."

"죽어 가시나요? 암으로?"

"아뇨, 그러니까 간단히 말해서 아내가 어디 있는지 몰라서 그렇습니다."

"제가 알 거라고 생각하시는 건가요? 아내의 이름과 인상착의를 말씀하시면, 제가 알고 있는 사람인지 한번 떠올려는 보죠. 꼭 그래야 하는지는 잘 모르겠지만요."

"감사합니다. 부인은 제가 생각했던 것보다 훨씬 말이 잘 통하는 분 같습니다."

"그 그림이 이 일과 무슨 상관인가요? 그거 그림 맞죠? 그런 것 같아요. 모양을 보니 말이에요."

토미가 포장을 벗겨 냈다.

"이 그림에는 남편 되시는 분의 서명이 있습니다. 이 그림에 대해 좀 알고 싶습니다."

"알겠어요. 궁금하신 게 정확히 뭐죠?"

"이 그림이 그려진 때와 장소를 알고 싶습니다."

보스코언 부인이 토미를 쳐다봤다. 미약하지만 그녀의 눈에 처음으로 흥미의 빛이 나타났다.

"그건 어렵지 않아요. 이 그림에 대해 모두 말씀드릴 수 있어요. 이 그림은 15년 전쯤, 아니 그보다 더 오래된 것 같군요. 남편의 초기 작품이거든요. 20년 전쯤 그려진 거라고 말씀드릴 수 있겠네요."

"이곳이 어디인지 아십니까?"

"그럼요, 뚜렷이 기억나요. 좋은 그림이죠. 내가 좋아했던 그림이에요. 집과 작은 홍예다리가 있는 이 배경은 서턴 챈슬러라는 곳이랍니다. 마켓 베이싱에서 11~13킬로미터 정도 떨어진 곳이죠. 그 집은 서턴 챈슬러에서 3킬로미터 거리에 있고요. 외딴 곳에 있는 아름다운 집이에요."

보스코언 부인이 그림 가까이 다가와서 허리를 굽힌 다음 자세히 살펴보았다.

"우습군요. 아주 이상해요. 왜 그런지 모르겠군요."

토미는 이 말에 별로 주목하지 않았다.

"이 집 이름이 뭔가요?"

"그건 잘 생각나지 않아요. 여러 번 바뀌었으니까요. 자세히는 모르지만, 비극적인 일이 두어 번 일어난 걸로 알고 있어요. 그래서 다음에 그 집에서 살게 된 사람들이 이름을 바꿨죠. '운하의 집'이라고 불렀다가, '운하에 면한 집'이라고 부르기도 했고, '다리의 집'에서 '초원의 집', 그리고 '강가 집'이라는 이름으로 불린 적도 있죠."

"누가 이 집에 살았는지, 그리고 지금 누가 살고 있는지 아십니까?"

"잘 몰라요. 제가 처음 그 집에 갔을 때는 한 남자와 여자가 살고 있었어요. 주말에만 내려와 지냈죠. 결혼한 사이인 것 같지는 않던데. 여자는 무용수였어요. 음, 어쩌면 배우였는지도 모르겠네요. 아니, 무용수였던 것 같아요. 발레리나 말이에요. 아름답지만 머리는 텅 빈 족속들이죠. 단순하고 모자라다고나 할까요. 윌리엄이 그 여자에게 반했던 기억이 나네요."

"보스코언 씨가 그 여자를 그리셨나요?"

"아뇨. 남편은 사람은 잘 그리지 않았어요. 언젠가 인물 스케치를 하고 싶다고 말한 적은 있지만, 실행에 옮기지는 않았지요. 남편은 여자 문제엔 늘 어리석었답니다."

"남편 되시는 분이 이 집을 그렸던 당시 거기에 그 두 사람이 살았다고요?"

"그랬던 것 같아요. 하지만 그 집에 계속 거주했던 건 아니에요. 주말에만 왔으니까요. 그러다 소란스러운 일이 한 번 일어났어요. 두 사람이 격렬한 언쟁을 벌였고, 남자가 여자를 놔두고 집을 나갔든지 여자 쪽이 집을 나갔던 것 같아요. 전 그때 거기 있지 않았어요. 코번트리에서 다른 작가들과 공동 작업을 하고 있었거든요. 그 후에는 그 집에 입주한 여자 가정 교사와 어린아이만 살았던 것 같아요. 그 아이가 누구인지, 어디서 왔는지는 모르지만, 입주 가정 교사가 아이를 돌봐 주었던 것 같네요. 그러다 그 아이에게 무슨 일이 일어났을 거예요. 가정 교사가 아이를 다른 곳으로 데리고 갔나 아니면 아이가 죽었나. 한데 20년 전에 그 집에서 살던 사람에 대해 대체 무얼 알고 싶으신 거죠? 좀 어리석은 질문 같네요."

"저는 그 집에 대해 모든 것을 알고 싶습니다. 제 아내가 그 집을 찾아 나섰거든요. 기차를 타고 가다 그 집을 보았다고 하더군요."

"맞아요. 다리의 맞은편으로 철로가 나 있어요. 그쪽에서 보면 집이 아주 잘 보이죠. 그런데 부인께선 왜 그 집을 찾고 싶어 하시는 거죠?"

토미는 그동안의 사연을 간단히 설명했고, 보스코언 부인은 의아한 눈길로 토미를 응시했다.

"정신 병원 같은 데서 나오신 건 아니죠, 그렇죠? 아니면 집행 유예인가 뭔가 하는 그런 상태이시거나."

"제 말이 조금 이상하게 들리리라는 건 잘 압니다. 하지만 아주 단순한 문제입니다. 제 아내가 이 집을 찾고 싶어 했고, 그래서 여러 노선의 기차를 갈아타며 자신이 본 이 집이 어디 있는지 찾아다녔다는 겁니다. 그리고 결국 이 집을 찾아낸 것 같습니다. 아내가 이곳, 챈슬러라고 하셨나요? 그곳에 간 것 같습니다."

"서턴 챈슬러예요, 맞아요. 조그마한 시골 마을이었죠. 물론 그동안 대규모 개발이 있어서 지금쯤 신도시가 되어 있을 수도 있겠네요."

"그럴 수도 있을 겁니다. 어쨌든 아내는 집으로 가겠다고 전화를 걸고는 돌아오지 않았습니다. 아내에게 무슨 일이 일어났는지 궁금합니다. 제 생각엔 아내가 그곳에서 그 집을 조사하던 와중에 위험한 상황에 처한 것 같습니다."

"어떤 위험한 일 말씀이신가요?"

"그건 부인과 마찬가지로 저도 모릅니다. 집을 찾다 무슨 위험한 일을 당할까 싶지만, 제 아내는 그렇게 되었습니다."

"그렇게 말씀하시는 근거는 무슨 초능력 같은 건가요?"

"그럴 수도 있습니다. 제 아내가 그렇거든요. 아내는 직감이 잘 맞습니다. 20년 전부터 한 달여 전까지 랭커스터 부인이라는 사람에 대해 들어 보았거나 혹시 알고 계시지는 않습니까?"

"랭커스터 부인요? 아뇨, 모르는 사람 같아요. 기억날 것 같기도 하고 아닐 것 같기도 한 이름이군요. 음, 모르겠어요. 랭커스터 부인은 왜 찾으시죠?"

"그분이 이 그림을 갖고 계셨습니다. 그러다 제 이모님과 친해지셔서 이 그림을 이모님께 주셨지요. 그 후에 그분이 갑작스럽게 양로원을 떠나게 되셨거든요. 친척이 데리고 갔다고 하더군요. 그 친척이라는 사람의 행적을 쫓아 보았지만 찾을 수 없었습니다."

"상상의 나래를 펼친 건 누구신가요? 선생님이신가요, 아니면 선생님의 아내신가요? 선생님은 상상력이 풍부하신 것 같군요. 그리고 이런 말씀을 드려도 될지 모르지만, 신경과민이신 것 같아요."

"그럼요, 그렇게 말씀하셔도 됩니다. 제가 신경과민이고 아무것도 아닌 일로 이렇게 부산을 떨고 있는지도 모른다……. 그런 뜻이시죠? 그게 맞는 것 같습니다."

"아뇨, 아무 일도 아니라는 말은 하지 않았는걸요."

보스코언 부인의 음색이 살짝 달라졌다.

토미가 이상한 듯 부인을 쳐다봤다.

"이 그림에 이상한 점이 있어요. 아주 이상해요. 말씀드렸다시피 전 이 그림을 잘 알고 있답니다. 남편은 작품 활동을 왕성하게 했지만, 그 사람이 그린 그림은 거의 모두 기억하고 있죠."

"누가 이 그림을 샀는지 기억하십니까?"

"아뇨, 그건 생각나지 않아요. 물론 누군가 샀겠지요. 전시회를 하고 나면 수많은 그림이 팔려 나가니까요. 한 번 전시회를 하면 그림이 몽땅 팔리던 시기였는데, 그 3, 4년 전에도 전시회가 있었고, 2년 후에도 전시회가 있었어요. 그때 무척 많은 그림이 팔렸지요. 거의 다요. 하지만 이 그림을 누가 샀는지는 기억나지 않네요. 너무 많은 걸 기대하시면 안 되죠.”

“여태까지 여러 가지 기억을 되살려 주신 것만 해도 정말 감사드립니다.”

“제가 이 그림이 이상하다고 말하는 이유는 묻지 않으세요? 선생이 가져오신 이 그림 말이에요.”

“남편분의 그림이 아니라 다른 사람이 그린 그림인가요?”

“아뇨, 남편이 그린 그림이 맞아요. ‘운하 옆의 집’이라고 남편이 전시회 안내 책자에 썼던 기억이 나는걸요. 문제는 그게 아니에요. 그림이 뭔가 잘못됐어요.”

“잘못됐다고요?”

보스코언 부인이 진흙 묻은 손가락을 뻗어 운하에 걸려 있는 다리 바로 아래 지점을 가리켰다.

“여기요. 보이세요? 다리 밑에 배가 매여 있잖아요, 그렇죠?”

“그런데요.”

토미가 의아한 목소리로 대꾸했다.

“이 그림을 마지막으로 보았을 땐 이런 배가 없었어요. 윌리엄은 배를 그린 적이 없어요. 이 그림이 전시됐을 때 배 같은 건 없었다고요.”

“그러니까 부인의 남편분이 아닌 다른 누군가가 그 후에 이 배를 그려 넣었단 말씀이신가요?"

"네. 이상해요, 그렇지 않으세요? 왜 그랬을까요? 아무것도 없던 자리에 배가 그려져 있는 것도 놀랍지만, 더구나 이건 남편이 그린 게 아니에요. 나중에라도 남편은 이 그림에 배를 그리지 않다는 거예요. 다른 사람의 솜씨죠. 누가 그랬을까요? 그리고 대체 왜 그랬을까요?"

보스코언 부인이 토미를 쳐다봤다.

토미는 아무 말도 할 수 없었다. 그는 보스코언 부인을 쳐다봤다. 에이다 이모라면 보스코언 부인이 실성한 여자라고 일축했겠지만, 토미는 그렇게 생각하지 않았다. 보스코언 부인은 이 주제에서 저 주제로 정신없이 왔다 갔다 했고, 조금 전에 한 말과 아무 관련도 없는 얘기를 불쑥 꺼내기도 했다. 하지만 보스코언 부인은 그런 특성 때문에 자신이 드러내려 하는 것보다 훨씬 많은 정보를 노출하는 사람이었다. 보스코언 부인은 남편을 사랑했을까? 질투했을까? 아니면 경멸했을까? 부인의 말과 태도에서는 아무런 단서도 얻을 수 없었다. 하지만 다리 밑에 작은 배가 그려져 있는 것에 그녀가 몹시 마음을 쓴다는 건 느낄 수 있었다. 보스코언 부인은 그 배가 거기 있어서는 안 된다고 생각하는 듯했다. 토미는 불현듯 보스코언 부인이 한 말이 사실일지 궁금했다. 그렇게 오래전에 남편이 다리 밑에 배를 그렸는지 안 그렸는지를 정말로 기억할 수 있단 말인가? 그건 정말이지 아주 사소하고 하찮은 일일 수 있었다. 보스코언 부인이 불과 1년 전에 그 그림을 마지막으로 보았다면 모르지만,

이건 그보다 훨씬 전에 그려진 그림이었다. 그런데 그런 일로 저렇게까지 마음을 쓰다니. 토미가 다시 보스코언 부인을 보니, 그녀도 토미를 쳐다보고 있었다. 토미에게 머물러 있는 그녀의 호기심 가득한 눈빛에서는 오만함이 아니라 무언가 골똘히 고민하는 기색이 느껴졌다. 아주, 아주 깊은 생각에 잠겨 있는 모습이었다.

"이제 어떻게 하실 건가요?"

이제 적어도 방향은 정해진 셈이었다. 토미는 다음에 무엇을 할지 너무도 잘 알고 있었다.

"오늘 밤엔 집에 돌아가 아내에게서 연락이 왔는지 알아봐야겠죠. 아무 연락도 없었으면, 내일 이 집을 찾아갈 겁니다. 서턴 챈슬러, 그곳에서 아내를 찾을 수 있기를 바랄 뿐입니다."

"경우에 따라 다르겠죠."

"무슨 말씀이시죠?"

토미가 날카로운 어조로 되물었다.

보스코언 부인이 미간을 찌푸리고는 혼잣말처럼 중얼거렸다.

"그 여자는 어디 있을까?"

"누구 말씀이시죠?"

보스코언 부인이 토미에게서 시선을 거둬들이며 주변을 훑었다.

"아, 그러니까 선생의 부인 말씀인데요, 부인께서 무사하셨으면 좋겠다고요."

"아내가 무사하지 않을 이유라도 있습니까? 부인, 제발 알려 주십시오. 그 집이나 서턴 챈슬러에 무슨 문제가 있는 겁니까?"

"서턴 챈슬러에요? 그 집에요? 아뇨, 그런 것 같지는 않아요. 그곳 문제가 아니에요."

보스코언 부인이 생각에 잠겨 대답했다.

"그러니까 운하 옆에 있는 그 집 말입니다. 서턴 챈슬러라는 마을이 아니라."

토미는 고쳐 주었다.

"아, 그 집요. 정말 좋은 집이죠. 연인들을 위한 최적의 장소예요."

"연인들이 그 집에 살았나요?"

"때로는요. 언제나 그런 것은 아니었고요. 연인들을 위해 집을 지었으면, 그 집에서는 연인들이 살아야 하죠."

"다른 사람이 다른 용도로 사용해서는 안 된다 말씀이신가요?"

"상당히 빠르시네요. 제 말뜻을 간파하셨어요. 특정한 용도가 있는 집을 다른 용도로 사용해서는 안 돼요. 그렇게 하면 좋지 않죠."

"현재 그 집에서 사는 사람들에 대해 아는 게 있으십니까?"

"아뇨, 몰라요. 그 집에 대해서는 아무것도요. 제가 왜 그런 걸 기억하고 있겠어요?"

보스코언 부인이 고개를 저었다.

"하지만 부인은 무언가, 아니 어떤 사람에 대해 생각하고 계시잖아요?"

"예. 그건 선생 말씀이 맞아요. 누군가를 생각하고 있었어요."

"그 사람에 대해 얘기해 주실 수는 없으십니까?"

"말할 게 아무것도 없어요. 가끔씩 어떤 사람이 어디 살고 있는지 궁금해질 때가 있는 법이죠. 그 사람에게 어떤 일이 일어났는지, 어떻게 변했는지 그런 것 말이에요. 이상한 느낌이 들 때도 있고요. 훈제한 생선 드실래요?"

보스코언 부인이 두 손을 휘저으며 느닷없이 물었다.

"훈제 생선요?"

토미가 놀라서 되물었다.

"마침 훈제 생선이 조금 있는데, 기차를 타기 전에 뭘 좀 드셔야 하지 않겠어요. 서턴 챈슬러에 가시려면 워털루 역에서 내리셔서 마켓 베이싱에서 기차를 갈아타셔야 해요. 하긴 이미 잘 알고 계시겠군요."

그만 나가 달라는 신호였다. 토미는 그 신호를 받아들였다.

앨버트가 찾은 단서

I

터펜스가 두 눈을 깜빡거렸다. 눈앞이 흐릿했다. 터펜스는 베개에서 머리를 들려다가, 예리한 통증에 놀라 다시 눕고 말았다. 터펜스가 두 눈을 감았다 다시 뜨고 한 번 더 깜빡거려 보았다.

해냈다는 성취감을 느끼며 터펜스가 주변을 둘러보았다.

'내가 지금 병실에 있구나.'

자신의 정신이 온전함에 만족한 터펜스는 더 이상의 고민은 하지 않았다. 그녀는 지금 병원에 있고, 머리가 아팠다. 하지만 자신이 왜 병원에 있는지, 왜 머리가 아픈지는 기억이 나질 않았다.

'사고라도 났었나?'

간호사들이 침대 사이를 오가며 바쁘게 일하고 있었다. 자연스러운 광경이었다. 그녀는 눈을 감고 뭔가를 다시 생각해 보았다. 성직자 복장을 한 노인의 모습이 흐릿하게 머릿속을 스치고 지나갔다.

'아버지? 아버지인가?'

터펜스가 의심스러운 어조로 자신에게 물었다. 뚜렷하게 기억이 나질 않았다. 그냥 그런 짐작이 들었을 뿐이었다.

'그런데 내가 왜 병원에 누워 있는 거지? 나는 병원에서 간호하는 쪽인데. 난 간호사복을 입고 있어야 해. 구급 간호 봉사대의 간호사복 말이야. 맙소사!'

그때 한 간호사가 터펜스가 누워 있는 침대 머리에 모습을 드러내며 가식적인 목소리로 말을 걸었다.

"이제 좀 괜찮으세요? 다행이네요, 그렇죠?"

터펜스는 뭐가 다행인지 알 수 없었다. 간호사가 따끈한 차 한 잔을 가져오겠다고 말했다.

"제가 환자인가 봐요."

터펜스가 간호사의 말에 별로 동의하지 않는다는 듯한 투로 말했다. 터펜스는 가만히 누운 채로 제각기 떠도는 여러 가지 말과 생각들을 되살려 보려고 애쓰며 중얼거렸다.

"군인, V.A.D.(제1차 세계 대전 때 활약한 구급 간호 봉사대를 일컬음 — 옮긴이), 구급 간호 봉사대. 그래, 난 V.A.D.야."

간호사가 음료를 빨아 먹을 수 있는 환자용 컵에 차를 갖고 와서 터펜스가 마실 수 있도록 도와주었다. 심한 통증이 다시 터펜스의 머리를 훑고 지나갔다.

“난 V.A.D.예요. 구급 간호 봉사대라고요.”

터펜스가 큰 소리로 외쳤다.

간호사가 어리둥절한 눈으로 터펜스를 쳐다봤다.

“머리가 아파요.”

“곧 괜찮아지실 거예요.”

간호사가 터펜스에게서 컵을 받아 자리를 뜨며, 곁을 지나던 수녀에게 보고했다.

“14번 환자가 깨어났습니다. 그런데 약간 정상이 아닌 것 같습니다.”

“무슨 말을 했나?”

“자기가 VIP라고 하네요.”

병실 수녀는 아무것도 아닌 환자들이 자신을 VIP라고 밝힐 때 늘 그렇게 하듯 가벼운 콧방귀를 뀌었다.

“두고 보면 알겠지. 서둘러. 하루 종일 컵만 만지작거리고 있을 건가.”

터펜스는 반쯤 졸며 침대에 누워 있었다. 여러 가지 생각이 뒤죽박죽으로 머리를 스치고 지나갔다.

누군가, 나와 아주 가까운 누군가가 여기 있어야 하는데. 병원이 아주 낯설게 느껴졌다. 기억 속의 병원과 달랐다. 자신이 간호사로 봉사하던 병원이 아니었다.

‘거긴 다 병사들뿐이었어. 나는 외과 병동의 A와 B열을 담당했고.’

터펜스는 눈을 뜨고 다시 주변을 둘러보았다. 이곳은 그녀가 한 번도 본 적 없는 병원이었고, 외과 병동에서 군인을 간호하는 일과도 아무 상관이 없어 보였다.

'여기가 어딘지 모르겠어. 대체 여기가 어디지?'

터펜스는 어떤 장소의 이름을 생각해 내려고 애를 썼다. 하지만 생각나는 지명이라곤 런던과 사우샘프턴이 전부였다.

병동의 수녀가 터펜스의 침대로 다가왔다.

"기분이 좀 나아지셨나요?"

"좋아요. 그런데 제가 왜 여기 있나요?"

"머리를 다치셨어요. 상당히 아프실 거예요, 그렇죠?"

"아파요. 여긴 어딘가요?"

"마켓 베이싱 로열 병원이에요."

터펜스가 수녀의 대답을 곱씹어 보았다. 하지만 아무 생각도 나지 않았다.

"연로한 성직자."

터펜스가 중얼거렸다.

"뭐라고 하셨죠?"

"아무것도 아니에요. 저는……."

"환자분의 식단표에 아직 이름을 적어 넣지 못했어요."

병동 수녀가 볼펜을 들고 어서 말하라는 얼굴로 터펜스를 쳐다 봤다.

"제 이름요?"

"네. 기록해야 하니까요."

수녀가 친절하게 설명했다.

252

터펜스는 자신의 이름을 생각하느라 아무 말도 하지 못했다. 내 이름이 뭐였지? 그녀가 혼잣말을 했다.

"세상에 이렇게 멍청할 수가. 이름을 잊어버린 것 같아. 그래도 이름이 있을 텐데."

갑자기 흐릿한 안도감이 밀려들었다. 아까 본 그 나이 든 성직자의 얼굴이 불현듯 터펜스의 머리를 스치고 지나간 것이다. 터펜스가 자신 있게 말했다.

"물론 알고말고요. 프루던스예요."

"프루던스요?"

"맞아요."

"그건 세례명이네요. 그럼 성은요?"

"카울리예요, 카울리."

"그렇게 정확히 기억하시니 다행이네요."

수녀가 걱정거리 하나를 덜은 듯 홀가분한 표정으로 다른 곳으로 갔다.

터펜스는 자신이 대견스러웠다. 프루던스 카울리. 구급 간호 봉사 대인 프루던스 카울리. 아버지는 어느 목사관의 성직자였다. 또 전쟁 중이었는데…….

"웃기는군. 왠지 모르지만 이게 전부 틀린 생각인 것 같아. 모든 게 오래전 일인 것 같은 느낌이 들어. ……부인의 가엾은 아이인가요."

혼잣말로 뇌까리고는 터펜스는 깜짝 놀랐다. 방금 그 말은 자신이 한 말인가, 아니면 다른 사람이 한 말인가?

수녀가 다시 터펜스에게 왔다.

"주소를 말씀해 주세요. 카울리, 카울리 양. 아니면 카울리 부인이신가요? 방금 아이에 대해 물어보셨나요?"

"부인의 가엾은 아이인가요? 방금 다른 사람이 제게 그 말을 했나요, 아니면 제가 한 말인가요?"

"조금 주무시는 게 좋겠어요."

수녀는 터펜스를 떠나서 자신이 얻은 정보를 보고했다.

"그 여자 환자분이 이제 정신이 돌아온 것 같습니다, 선생님. 자기 이름이 프루던스 카울리라고 합니다만, 주소는 기억하지 못하는 것 같습니다. 아이가 어쨌다며 뭐라고 중얼거리더군요."

"좋습니다. 24시간 정도 더 지켜보도록 하죠. 충격에서 회복되는 상태가 상당히 양호한 것 같습니다."

의사가 건조한 음성으로 말했다.

II

토미가 여기저기 뒤적이며 현관 열쇠를 찾았다. 그러나 열쇠를 사용하기도 전에 문이 열리며 앨버트가 나타났다.

"돌아오셨나?"

토미의 물음에 앨버트가 느릿느릿 고개를 저었다.

"아무런 전갈도, 전화도, 편지도, 전보도 없었나?"

"아무것도요, 주인님. 아무 연락도 없었습니다. 달리 연락해 온 사

254

람도 없었고요. 그자들이 지금 안주인님을 데리고 숨어 있을 거예요. 제 생각은 그렇습니다. 그자들이 안주인님을 데리고 있다고요."

"그자들이 내 아내를 데리고 있다니, 무슨 뚱딴지같은 소린가? 책에서 읽은 얘기랑 혼동하지 말게나. 그자들이 대체 누군데?"

"무슨 말인지 아시면서. 강도 말입니다."

"어떤 강도?"

"칼을 갖고 다닌다는 그 강도들 말입니다. 국제 조직일지도 모르지요."

"쓸데없는 소리 집어치우게. 내가 지금 어떤 생각을 하고 있는지 아나?"

앨버트가 궁금한 얼굴로 토미를 쳐다봤다.

"아무 연락도 없는 아내가 극히 무분별한 사람이라고 생각하고 있네."

"아, 무슨 말씀이신지 알겠습니다. 그게 마음이 편하시다면 그렇게 생각하실 수도 있지요."

앨버트가 음울하게 덧붙이며 토미의 겨드랑이에서 포장된 꾸러미를 뺏어 들었다.

"그림을 다시 가져오셨군요."

"그래, 그 끔찍한 그림을 다시 가져왔다네. 엄청나게 큰 도움이 됐지."

"아무것도 알아내지 못하셨군요?"

"꼭 그런 건 아냐. 그 그림 때문에 뭔가를 알긴 했으니까. 하지만 내가 알아낸 사실이 얼마나 쓸모 있을지는 모르겠네. 머리 씨나 양지바른 언덕의 패커드 원장이 전화하지 않았나? 아무 전화도 오지 않았나?"

"좋은 가지가 들어왔다는 청과물 상인 말고는 아무 전화도 오지 않았습니다. 안주인님이 가지를 좋아하시는 걸 그 상인이 알고 있거든요. 그래서 제가 안주인님이 집에 안 계시다고 전해 주었습니다. 참, 저녁으로 닭 요리를 준비해 두었습니다."

"요즘은 닭 요리 말고는 생각나는 게 없는 모양이야?"

토미가 퉁명스럽게 쏘아붙였다.

"이번에는 영계로 만든 요리입니다. 살은 많지 않지만 부드럽죠."

"알았네."

그때 전화벨이 울렸다. 토미가 의자에서 벌떡 일어나 단숨에 전화기로 달려갔다.

"여보세요……. 여보세요?"

"토머스 베레스퍼드 씨? 인버가실리에서 온 개인 전화 받으시겠습니까?"

멀리서 걸려 온 듯 작은 목소리였다.

"네."

"잠시만 기다려 주십시오."

토미는 기다렸다. 흥분이 빠르게 잦아들었다. 그는 꽤 오래 기다려야 했다. 그때 똑 부러지고 명쾌한, 낯익은 음성이 들렸다. 토미의 딸이었다.

"여보세요, 아버지?"

"데버라!"

"네, 그런데 왜 그렇게 숨차 하세요? 뛰어와서 전화를 받으시는 건가요?"

여자들은 언제나 예리한 것 같다고 토미가 생각했다.

"나이가 들어서 숨이 좀 차구나. 어떻게 지냈니, 데버라?"

"아, 전 잘 있어요. 그런데, 아버지. 신문에서 마음에 걸리는 걸 봤는데, 아버지도 보셨나 해서요. 이상한 생각이 들었어요. 사고를 당해 병원에 있는 어떤 사람에 대한 내용이었어요."

"그래? 난 보지 못했는데. 무슨 일이지?"

"아주 나쁜 소식은 아닌 것 같은데, 누군가 차 사고 같은 걸 당했나 봐요. 그리고 자기 이름을 프루던스 카울리라고 밝힌 어떤 나이 든 여자가 자기 사는 주소를 기억 못 한다고 나와 있었어요."

"프루던스 카울리? 그러니까……."

"맞아요. 그냥 이상한 생각이 들었어요. 프루던스 카울리라면 엄마 이름이잖아요, 맞죠? 엄마의 옛날 이름요."

"물론이야."

"프루던스라는 이름에 대해서는 까맣게 잊고 있었어요. 그러니까 엄마를 프루던스라고 생각한 적이 없었다고요. 그건 아버지도, 저도 그리고 데릭도 마찬가지잖아요."

"맞아. 너희 엄마 이름과 별로 어울리지 않는 세례명이지."

"맞아요. 저도 그렇게 생각해요. 그런데 왠지 좀 이상해서요. 혹시 그 사람이 엄마의 친척일 가능성도 있지 않을까요?"

"그럴 수도 있겠지. 그런데 거기가 어디지?"

"마켓 베이싱에 있는 병원이라고 읽은 것 같아요. 프루던스 카울리를 아는 사람을 찾는 공고였지요. 바보 같은 짓일지도 모르지만, 그냥 궁금해서요. 카울리나 프루던스라는 이름을 가진 사람이 셀수 없이 많을 거라는 건 알아요. 하지만 엄마가 집에 잘 계신지 전화로 확인해 보고 싶었어요."

"알겠다. 알겠어."

"엄마 집에 계시죠?"

"아니, 네 엄만 지금 집에 안 계시고, 나도 지금 네 엄마가 무사한지 어떤지 알지 못한단다."

"무슨 말씀이세요? 엄마가 뭘 하고 계신데요? 아버지는 극비리에 호호백발 할아버지들과 함께 그 바보 같은 국가 생존 전략을 논의하느라 런던에 가 계시지 않았나요?"

"네 말이 맞구나. 난 어제 저녁에 집에 돌아왔단다."

"그런데 엄마가 없으셨단 말씀이세요? 엄마가 어디 갔는지는 아셨나요? 아버지, 그러지 말고 말씀해 보세요. 아버지도 걱정하고 계시잖아요. 엄마가 뭘 하고 계신 걸까요? 또 무슨 일을 캐내러 나가신 거죠, 그렇죠? 엄마 연세에는 아무 일도 않고 조용히 집에서 지내셔야 하는 법인데."

"네 엄마는 뭔가가 이상하다고 생각한 것 같구나. 에이다 이모의 죽음과 관련해서 일어난 일에 의문을 품었거든."

"어떤 일인데요?"

"양로원에 계시던 노인 중 한 분이 무슨 얘기를 하셨는데, 네 엄마는 그 노인이 걱정된 모양이다. 그래서 에이다 이모님의 유품을 정리하러 간 길에 그 노인을 다시 찾았더니 그분이 갑자기 그곳을 떠났다는 걸 알게 된 거지."

"그건 충분히 있을 수 있는 일 아닌가요?"

"친척이 와서 그 노인을 데려간 거지."

"그것도 충분히 있을 수 있는 일인걸요. 왜 엄마는 그 일을 이상하게 여기셨을까요?"

"직감적으로 그 노인에게 무슨 일이 생겼을 거라고 느낀 거겠지."

"알겠어요."

"단도직입적으로 말해서 그 노인이 실종됐을 거라는 거야. 아주 자연스러워 보이는 방법으로 말이야. 변호사나 은행 쪽에 알아봐도 아무 문제도 없었단다. 다만 아직도 그 노인의 소재를 찾아내지 못하고 있지."

"그러니까 엄마가 그 노인을 찾으러 나가셨다는 말씀이세요?"

"그렇단다. 그런데 이틀 전에 집으로 돌아오겠다는 연락을 남기고 아직 돌아오지 않은 거지."

"아무 연락도 없으시고요?"

"그래."

"엄마를 좀 잘 보살피셨어야죠."

데버라가 가차 없이 덧붙였다.

"네 엄마를 잘 보살피는 건 불가능해. 그 점에 있어서는 너도 마찬가지야, 데버라. 전쟁이 났을 때 네 엄마가 발 벗고 나서서 자기와 아무 상관도 없는 일을 엄청나게 하고 다닌 걸 봐도 알 수 있잖니."

"하지만 이번 경우는 달라요. 엄마도 이제 늙으셨다고요. 엄마는 이제 집에서 건강을 관리하셔야 해요. 좀 지루하셨던 모양이죠. 그게 근본적인 문제라고요."

"마켓 베이싱 병원이라고 그랬니?"

"멜포드셔에 있어요. 런던에서 기차로 1시간이나 1시간 반 정도 걸릴 거예요."

"알겠다. 마켓 베이싱 근처에 서턴 챈슬러라는 마을이 있지."

"그 마을이 이번 일과 무슨 상관이 있나요?"

"전화로 설명하기엔 사연이 너무 길구나. 운하로 난 다리 옆에 있는 집 그림과 관련이 있는 거 같아."

"잘 안 들리는데요. 무슨 말씀이세요?"

"신경 쓸 것 없다. 내가 마켓 베이싱 병원으로 전화해서 알아보마. 그 사람이 네 엄마일 것 같은 느낌이 드는구나. 사람들은 충격을 받으면, 어린 시절의 일을 먼저 기억해 내는 일이 많단다. 그런 다음에 서서히 현재의 기억을 되찾게 되지. 결혼하기 전의 이름을 쓰던 시기로 돌아갔는지도 몰라. 차 사고를 당했는지도 모르지. 그렇지만 누가 네 엄마의 머리를 세게 후려쳤다 해도 난 별로 놀라지 않을 것 같구나. 아무튼 네 엄마에게 그런 일이 일어난 거다. 무슨 일을 파고든 거겠지. 내가 알아본 다음에 소식을 전하마."

그로부터 40분 후, 토미는 손목시계로 시간을 확인한 후에 마침내 수화기를 내려놓았다. 그는 극도의 피로감을 느끼며 한숨을 내쉬었다. 그때 앨버트가 나타났다.

"저녁은 어떻게 할까요? 아직 아무것도 드시지 않으셨잖아요. 그리고 죄송하지만 제가 닭을 새카맣게 태우고 말았습니다."

"아무것도 먹고 싶지 않네. 마실 거나 좀 주게나. 위스키를 더블로 갖다 줘."

"알겠습니다, 주인님."

잠시 후 앨버트가 위스키를 들고 나타났다. 토미는 낡았지만 편안한, 혼자 사용하는 의자에 털썩 주저앉은 채 꼼짝도 하지 않았다.

"자, 이제 자네에게 설명할 차례군."

"사실 대부분 알고 있습니다요. 죄송하지만 안주인님과 관련된 일인 것 같아서, 제가 무례하게도 침실에 있는 전화기로 엿듣고 말았습니다. 주인님이 용서하실 것 같아서요. 안주인님에 관한 전화가 아니면 그러지 않았겠지만요."

앨버트는 다소 미안한 목소리였다.

"자네를 탓하진 않겠네. 사실 오히려 다행스러운걸. 그 모든 일을 다시 설명하려면……."

"모두와 통화를 다 하신 거죠? 그러니까 병원 측과 담당 의사, 수간호사 등과 말입니다요."

"여부가 있겠나."

"안주인님께서는 마켓 베이싱 병원 비슷한 얘기는 한마디도 하지 않으셨어요. 주소나 다른 어떤 것도 남기지 않으셨고요."

"자기도 그런 데 가게 될 줄 몰랐던 거지. 내 생각엔 아내가 그 근처 어딘가에서 누구에게 머리를 맞은 것 같아. 그리고 아내를 차에 태워 길가에 버렸겠지. 뺑소니로 위장하려고 말이야. 내일 6시 30분에 날 좀 깨워 주게나. 아침 일찍 출발해야겠어."

"주인님, 닭 요리를 또 태워 죄송합니다. 따뜻하게 데우려고 오븐 안에 넣어 뒀다가 깜빡 잊고 말았습니다."

"닭 따위는 신경 쓰지 말게. 그놈들은 아주 어리석은 종자야. 차 밑으로 뛰어들거나 늘 꼬꼬댁거리며 부산을 떨지. 내일 아침 그놈을 잘 묻어 주고 장례식이나 후하게 치러 주게."

"안주인님께서 사경을 헤매고 계시거나 한 건 아니죠, 주인님?"

"그런 상투적인 상상일랑 집어치우게나. 자네도 전화를 들었다면, 아내가 지금 양호한 회복세를 보이고 있으며 자신이 누군지 어디 있는지 알고 있다는 말을 들었을 것 아닌가. 게다가 내가 도착해 보호자 역할을 할 때까지 그 사람들이 아내를 잘 데리고 있겠다고 약속하지 않았나. 아내가 혼자 그곳을 빠져나가서, 그 멍텅구리 같은 탐정질을 하러 다시 가는 일 같은 건 절대로 없게 하겠다고 했다네."

"탐정질이라고 하셨습니까?"

앨버트가 잔기침을 하며 머뭇거리다 물었다.

"그 얘긴 별로 하고 싶지 않네. 없었던 일로 하게나, 앨버트. 책 정리를 하거나 창가에 놓아둔 화분이나 돌봐 주게."

"이건 혼자 생각해 본 건데, 단서 말씀인데요……."

“단서라니?”

“제가 생각을 좀 해 봤습니다.”

“인생의 온갖 문제가 거기서 비롯되는 법이라네, 그놈의 생각!”

“이를테면 그 그림이 바로 단서잖아요, 그렇지 않습니까?”

토미는 앨버트가 운하 옆의 집 그림을 다시 벽에 걸어 놓은 것을 보았다.

“저 그림이 어떤 단서라고 생각하시는 거죠? 제 말은 무슨 일이 벌어지고 있느냐는 겁니다. 저 그림이 무언가를 뜻하고 있다면 말이죠. 제 생각에는, 제가 감히 말씀을 드려도 괜찮으시다면……”

앨버트가 자신이 방금 한 말이 조악하다고 생각한 듯 얼굴을 살짝 붉혔다.

“말해 보게, 앨버트.”

“저는 책상 생각을 해 보았습니다.”

“책상이라고?”

“네. 요전에 가구 운송업자들이 작은 탁자와 의자 두 개, 그리고 그 밖의 것들과 함께 가져온 책상 말입니다요. 가족 중 한 분이 쓰시던 거라고 그러셨죠?”

“에이다 이모님이 쓰셨던 걸세.”

“그래서 말씀인데요, 저런 곳에서 단서를 찾을 수도 있지 않겠습니까. 오래된 책상이나 골동품 같은 거 말이죠.”

“그럴 수도 있겠지.”

“제가 참견할 일도 아니고 말썽을 일으킬 생각은 없습니다만, 주인님이 집을 비우신 동안 어쩔 수 없이 가서 보고 말았습니다."

"보다니? 책상 속을 봤단 말인가?"

"네, 거기 단서 같은 게 있을지도 몰라서요. 그런 책상에는 비밀 서랍이 있는 법이거든요."

"그럴지도 모르지."

"그렇다니까요. 거기 숨겨진 단서가 있을지 모릅니다. 굳게 닫힌 비밀의 서랍 안에요."

"그럴 수도 있겠지. 하지만 내 생각엔 에이다 이모님이 비밀 서랍에 뭔가를 숨겨 둘 이유가 없을 것 같은데."

"늙은 부인들에 대해 모르시는 말씀입니다. 그분들은 뭔가를 쑤셔 박아 두길 좋아하시죠. 갈까마귀나 까치처럼 말이죠. 그 안에 비밀 유언장이나 마술 잉크로 쓴 문서, 혹은 보물 같은 게 있을 수도 있죠. 거기서 숨겨진 보물을 찾게 되실지도 모른다고요."

"앨버트, 미안하네만, 자네가 실망하게 될 것 같구먼. 오래전에 윌리엄 삼촌의 소유였던 저 낡은 책상에 그런 게 있을 것 같지는 않네. 윌리엄 삼촌도 나이가 들어 귀를 완전히 먹었을 뿐 아니라 아주 성마르고 꼬장꼬장한 성격으로 변하셨거든."

"찾아본다고 해서 손해 볼 건 없지 않을까요? 어쨌든 청소도 한 번 해야 하고요. 노부인들이 갖고 계시던 오래된 물건이 어떤지 주인님도 잘 아시지 않습니까? 그분들은 류머티즘에 걸려 몸을 움직이기 힘들지 않더라도 청소를 잘 안 하시거든요."

앨버트가 끈기 있게 설득했다.

토미는 잠시 따져 보았다. 터펜스와 자신은 이미 책상 서랍을 재빨리 훑어보고 내용물을 커다란 봉투 두 개에 정리했을 뿐 아니라, 털실 몇 타래, 스웨터 두 장, 검은 벨벳 숄, 그리고 다른 옷가지와 함께 아래 서랍에 들어 있던 고급 베갯잇 세 장도 처분한 후 다른 잡동사니를 버린 터였다. 두 사람은 집에 돌아와서 봉투 안에 들어 있던 서류까지 살펴보았다. 하지만 흥미를 끄는 것은 전혀 없었다.

"책상 안은 다 살펴보았다네, 앨버트. 이틀 밤은 족히 걸렸지. 흥미로운 옛날 편지 한두 장, 삶은 햄을 산 영수증, 저장용 과일을 산 영수증 몇 장, 옛날 전시에 사용하던 배급 수첩과 쿠폰 등이 있었다네. 별다른 건 없었어."

"그건 보통 서류와 물건들이죠. 사람들이 보통 책상과 서랍에 간직하는 흔하디흔한 것들 말입니다. 전 그게 아니라 진짜 비밀스러운 걸 말씀드린 거였다고요. 어렸을 때 골동품 거래상에서 반 년 정도 일한 적이 있었습죠. 그러면서 가짜 골동품 만드는 일도 조금 했고요. 그러다 비밀 서랍이란 것에 대해 알게 되었습니다. 비밀 서랍은 보통 비슷한 방식으로 만들어지거든요. 그렇지 않은 경우도 있긴 하지만, 대개 서너 가지 표준적인 방식이 있죠. 그러니 한번 살펴봐야 하지 않을까요? 주인님이 집에 안 계실 때 저 혼자 하기는 싫었습니다. 그건 주제넘은 짓이니까요."

앨버트가 애원하는 충견 같은 간절한 눈빛으로 토미를 쳐다봤다.

"좋아, 앨버트. 한번 해 보자고."

마침내 토미가 두 손을 들었다.

'상당히 훌륭한 가구야. 보존 상태가 좋아서 오래되었으면서도 아름다운 광택이 살아 있어. 옛날식 장인 정신과 숙련된 솜씨를 보여 주는걸.'

토미는 앨버트 옆에 서서 에이다 이모에게서 물려받은 가구를 감탄스러운 눈길로 살펴보며 생각했다.

"좋아, 앨버트. 한번 해 보게나. 재미 삼아 해 보는 건 좋지만, 가구를 망가뜨리진 말라고."

"그럼요, 조심하고말고요. 부서뜨리지도 않고, 틈새로 칼을 집어넣는 짓 따위도 하지 않겠습니다. 우선 앞부분을 내려서 튀어나온 두 개의 널빤지 위에 놓습니다. 보세요, 그러면 덮개가 이런 식으로 내려오는데, 거기가 바로 주인님의 이모님께서 앉으셨던 곳이네요. 에이다 이모님께선 작은 진주색 압지 상자를 갖고 계셨군요. 이 왼쪽 서랍 안에 있습니다요."

"그런 상자가 두 개 있네."

토미는 붙임 기둥 모양이 얕은 부조로 정교하게 새겨진, 세로로 긴 서랍을 열었다.

"아, 이런 서랍은 서류 보관용입니다. 하지만 비밀 서류 같은 걸 넣기엔 적당치 않죠. 가운데 있는 작은 찬장을 열면 가장 쓸모 있는 공간이 나옵니다. 그 바닥에 움푹 들어간 곳이 있는데, 그곳을 밀어 열면 된다는 말씀. 하지만 여기까진 별거 아니죠. 이 책상은 아랫부분이 잘 만들어져 있네요."

"그건 별로 비밀스러운 곳도 아니지 않은가. 그냥 판자 하나만 밀면 되니까 말이야……."

"이제 찾아볼 만한 곳은 다 찾아봤다고 생각하는 게 함정이죠. 이 판자를 뒤로 밀어 생기는 공간에 남의 손을 타면 안 되는 것들을 꽤 많이 보관해 두실 수 있어요. 하지만 이게 다가 아닙니다. 왜냐하면 여기, 앞쪽에 작은 나무 조각으로 만든 작은 돌기 같은 게 보이시죠? 이걸 위로 밀어 올릴 수 있거든요."

"그렇군. 나도 보이는군. 자네가 그걸 위로 밀어 올려 보게."

"그러면 여기 이렇게 비밀스러운 구멍이 나오게 되지요. 중간 자물쇠 바로 뒤에 말입니다."

"하지만 그 안에 아무것도 없지 않나."

"아뇨. 실망하시기엔 이릅니다. 구멍 안으로 손을 넣어 왼쪽 오른쪽으로 꿈틀꿈틀 움직여 보면, 양쪽에 하나씩 작고 얇은 서랍이 있습죠. 위에 작은 반원 모양으로 파인 부분이 있는데, 거기 손가락을 넣고 살짝 앞으로 당겨 보세요. 한동안 꼼짝 않는 경우도 있습니다만, 잠깐만요, 잠깐만요, 여기 서랍이 나오죠?"

앨버트가 한쪽 손목을 곡예사처럼 구부린 자세로 이렇게 말했다.

갈고리처럼 굽어진 앨버트의 검지에 안쪽으로부터 무언가가 끌려 나왔다. 앨버트는 좁고 작은 서랍이 모습을 드러낼 때까지 그것을 손가락에 걸고 조심스럽게 앞으로 끌어당겼다. 앨버트가 뼛조각을 찾아 주인에게 물고 온 개처럼 토미 앞에 서랍을 자랑스럽게 열어 보였다.

"조금만 더 기다리십시오, 주인님. 이 안에 뭔가가 있습니다요. 길고 얇은 봉투 안에 뭔가가 들어 있군요. 이제 다른 쪽 서랍을 보죠."

앨버트가 손을 바꿔 곡예사 같은 동작을 되풀이했다. 이제 두 번째 서랍이 열려 첫 번째 서랍 옆에 나란히 놓였다.

"이 안에도 뭔가가 있습니다. 누가 여기 밀봉된 봉투를 하나 더 숨겨 두었군요. 저는 봉투를 열지 않겠습니다요. 저로선 안 될 일이죠. 주인님이 하셔야 합니다. 하지만 제가 드릴 말씀은 그게 단서일지 모른다는 겁니다……."

앨버트가 지극히 도덕적인 목소리로 이렇게 선언했다.

앨버트와 토미는 먼지 수북한 서랍에서 내용물을 꺼냈다. 토미가 돌돌 말린, 고무줄을 두른 첫 번째 밀봉된 봉투를 집어 들었다. 손을 대자마자 고무줄이 툭 끊어졌다.

"뭔가 있을 것 같은걸요."

토미가 봉투를 살펴보았다. 봉투에는 '기밀 사항'이라고 쓰여 있었다.

"그거 보십쇼. '기밀 사항'이라. 그게 단서입니다."

토미가 봉투 안에서 편지지를 꺼냈다. 편지지 반 장에 걸쳐 손으로 흐릿하게 쓴 글씨가 보였는데, 심하게 휘갈겨 쓴 서체였다. 토미가 편지를 펼치는 동안 앨버트는 토미의 어깨 너머로 지켜보았다. 앨버트가 거친 숨을 몰아쉬었다.

"맥도널드 부인의 크림 연어 조리법. 특별한 맛을 내는 법. 연어의 가운데 몸통 부분 900그램, 저지(저지 섬 원산의 젖소 품종으로 우유의 지방 함유량이 많기로 유명함 — 옮긴이) 크림 0.5리터, 브랜디를 포도

주 잔으로 한 잔, 신선한 오이. 미안하네, 앨버트. 이건 좋은 요리법에 대한 단서 아닌가."

토미가 읽기를 중단하고 말했다.

앨버트가 낙담과 실망이 담긴 신음 소리를 냈다.

"괜찮네. 여기 또 하나가 있지 않나."

두 번째 봉투를 열 때는 두 사람 다 별다른 기대를 하지 않았다. 그 봉투는 흐릿한 잿빛 밀랍 두 개로 봉해져 있었는데, 밀랍 위에는 야생 장미 무늬가 찍혀 있었다.

"예쁘군. 에이다 이모님께 안 어울릴 만큼 멋있어. 이번에는 쇠고기 스테이크 파이를 만드는 법일 거야."

토미가 이렇게 말하며 봉투를 찢었다. 그의 눈썹이 치켜져 올라갔다. 정성껏 접은 5파운드짜리 지폐 열 장이 떨어졌다.

"상태가 좋은 화폐군. 하지만 옛날 돈이야. 전쟁 때 썼던 화폐인걸. 꽤 좋은 종이를 썼군. 요즘 통용되는 화폐는 아닐 거야."

"돈이군요! 이 돈으로 뭘 하려고 하셨던 걸까요?"

"노부인의 밑천이었겠지. 에이다 이모님은 늘 이런 종잣돈을 갖고 계셨어. 몇 해 전에 이모님이 여자들은 모두 비상시를 대비해서 5파운드짜리 지폐로 50파운드를 갖고 있어야 한다고 말씀하신 일이 있다네."

"아직은 이 돈을 쓸 수 있을걸요."

"전혀 쓸 수 없는 건 아닐 거야. 은행에 가서 소정의 절차를 밟으면 될걸세."

"아직 한 통이 더 남아 있어요. 다른 서랍에서 나온 거요……."

마지막 봉투는 두툼했다. 안에 종이가 여러 장 들어 있는 것 같았고, 중요함을 암시하듯 큼직한 빨간 봉인이 세 개나 찍혀 있었다. 봉투 겉면에는 똑같이 읽기 힘든 글씨체로 이렇게 쓰여 있었다.

내가 죽으면 이 봉투를 내 변호사인 '록버리 앤드 톰킨스' 사의 록버리 씨나, 조카인 토머스 베레스퍼드에게 밀봉한 채로 보내도록 하라. 이 두 사람 아닌 어느 누구도 이 편지를 열어서는 안 된다.

안에는 빽빽한 글씨를 빈틈없이 적은 종이 서너 장이 들어 있었다. 서체는 똑같이 엉망인 데다 여기저기 읽기 힘든 곳도 있었다. 토미가 그 편지를 어렵사리 소리 내어 읽었다.

나, 에이다 마리아 팬쇼는 내가 그동안 알게 된 사실과, 이곳 양지바른 언덕이라는 양로원에서 생활하는 사람들에게서 들은 문제를 여기 적는 바이다. 내가 알고 있는 이 정보가 사실인지 보증할 순 없으나, 범죄라 볼 수 있는 의심스러운 행위가 이곳에서 벌어지고 있다는 몇 가지 정황이 있다. 어리석긴 해도 믿을 만한 사람인 엘리자베스 무디는 자신이 여기서 명백한 범죄 행위를 목격했다고 선언한 적이 있다. 우리 사이에 독살자가 있을지 모른다는 것이다. 나는 열린 마음을 갖고 주의 깊게 살펴볼 생각이다. 그리고 여기 내가 알게 된 사실을 모두 기록할 계획이다. 어쩌면 이 전체가 존재하지 않는 일인지도 모

른다. 내 변호사나 조카인 토머스 베레스퍼드가 철저한 조사를 해 주
길 요청하는 바이다.

"보세요. 제가 그랬잖아요! 단서라고요!"
앨버트가 승리감에 도취되어 외쳤다.

제4부
교회는 여기, 첨탑은 여기,
문을 여니 사람들이 있도다

"이제 우리가 할 일은 생각하는 거예요."

병원에서 기쁨에 넘친 재회를 한 후에, 터펜스는 마침내 멋지게 퇴원했다. 금실 좋은 이 부부는 이제 마킷 베이싱에 있는 더 램 앤 드 플래그 호텔의 최고급 객실에 앉아 이야기를 나누고 있었다.

"당신은 더 이상 생각하면 안 돼. 퇴원하면서 의사 선생님이 뭐라 고 하셨어. 걱정하지 말고, 정신적인 노동도 피하고, 육체적인 활동 도 삼가면서 푹 쉬라고 그러셨잖아."

"그러면 내가 할 일이 뭐가 있어요? 난 이제 병상에서 일어났는 데, 머리를 베개에서 떼지도 말란 말인가요? 그리고 생각하는 걸 로 말하자면, 생각하는 건 정신적인 노동이 아니라고요. 수학 문제 를 푸는 것도 아니고, 경영학을 공부하는 것도, 가계부의 수지를 맞 추는 것도 아니잖아요. 생각하는 건 그저 편안히 쉬는 거라고요. 마음의 문을 활짝 열고 흥미롭거나 중요한 어떤 실마리가 떠오르기를 기다리는 거죠. 어쨌든 내가 다시 행동에 나서는 것보다는 다리를 높이 올리고 머리는 쿠션에 기댄 채 생각이나 하는 편이 낫지 않겠어요?”

“당신이 다시 행동에 나서면 안 된다는 거야 두말할 나위도 없지. 그런 일은 이제 끝이야. 알겠어? 터펜스, 당신은 안정해야 한다고. 가능하면 내 시야에서 벗어나지 않았으면 좋겠어. 이제 당신을 믿을 수 없다는 말이야.”

“알았어요, 설교는 그만둬요. 이제 머리를 써야 해요. 생각을 모아 보자고요. 의사들 말에는 신경 쓸 것 없어요. 내가 의사들에 대해 아는 만큼 당신도 안다면…….”

“의사들 말은 개의치 않아. 당신은 내 말에 따르면 되는 거야.”

“좋아요. 현재로선 신체적인 활동을 할 생각은 전혀 없으니 안심하라고요. 중요한 건 각자 갖고 있는 생각을 교환하는 거예요. 우린 많은 것을 손에 쥐고 있다고요. 폐업하는 가게의 물건처럼 쓸모 있는 건 그리 많지 않지만요.”

“많은 것을 손에 쥐고 있다니?”

“사실들, 온갖 종류의 사실 말이에요. 너무 많은 사실들을 알고 있죠. 하긴 사실만도 아니죠. 소문에, 추측에, 전설에, 뒷말까지 다 망라되어 있으니까요. 여러 가지 선물 꾸러미를 포장해 톱밥 속에 묻어 놓고 찾는 보물찾기 놀이 같아요.”

“그건 그래.”

"비웃는 건지 아닌지는 잘 모르겠지만, 어쨌든 내 말에 찬성하죠? 우리는 온갖 잡동사니를 너무 많이 알고 있어요. 그중에는 맞는 것도, 틀린 것도, 중요한 것도, 하찮은 것도 있죠. 이 모든 게 하나로 뒤죽박죽 섞여 있다고요. 어디서부터 시작해야 할지 모르겠어요."

"난 알아."

"좋아요, 어디서부터 시작하죠?"

"당신이 머리를 얻어맞은 데서부터 시작해야지."

"그게 출발점이라니 좀 이상한걸요. 그건 처음 일어난 일이 아니라, 맨 마지막에 일어난 일이잖아요."

"내 마음속에서는 그게 1순위야. 누가 내 아내의 머리를 치다니. 그러니 그 일이 진정한 출발점일 수밖에. 게다가 그건 상상이 아니야. 실제로 벌어진 현실이라고."

"전적으로 동감이에요. 그 일은 실제로 일어났죠. 그것도 나한테요. 난 그 일을 잊을 수가 없어요. 사실, 다시 생각할 수 있게 된 뒤로 죽 그 일에 대해 고민하고 있었어요."

"누가 한 짓인지 짐작 가는 사람이라도 있어?"

"유감스럽지만 없어요. 내가 묘비를 읽느라 고개를 숙이고 있을 때, 휙 소리가 난 게 전부니까요."

"누가 그런 짓을 했을까?"

"서턴 챈슬러에 사는 사람이었겠죠. 그렇다 해도 터무니없긴 해요. 말을 나눈 사람도 거의 없는데."

"그 목사님은?"

"목사님일 수는 없어요. 첫 번째, 그분은 선한 노인이세요. 두 번째, 그분은 기운이 세지 못하고, 세 번째는 천식 환자처럼 쌕쌕거리며 숨을 쉬기 때문이에요. 그분이 나한테 들키지 않고 뒤로 소리 없이 다가오는 건 불가능해요."

"그렇다면 목사님은 제외란 말이지……."

"당신은 아닌가요?"

"글쎄, 하긴 나도 같은 생각이야. 나도 그분을 만나 이야기를 나누어 봤어. 여기서 오랫동안 목사로 재직해서 그분을 모르는 사람이 없지. 물론 악의 화신이 친절한 목사를 가장하는 것도 가능하지만, 기껏해야 일주일 정도일 거야. 10년에서 12년 동안이 아니라."

"그렇다면 다음 혐의자는 블라이 양이에요. 넬리 블라이. 이유는 오직 하늘만이 아시겠지만요. 블라이 양이 내가 비석을 훔친다고 생각했을 리도 없을 텐데."

"그 여자일 거라는 느낌이 들어?"

"사실 그렇지는 않아요. 그런 일을 능히 할 수 있는 여자긴 하죠. 뒤를 밟아 내가 뭘 하는지 알아보고 내 머리를 치려고 했다면, 성공적으로 해낼 수 있는 여자예요. 그리고 목사님과 마찬가지로 그 여자도 현장에 있었어요. 서턴 챈슬러에 사는 그 여자가 이 일 저 일을 하느라 집을 들락날락하던 와중에 교회 뒷마당에 있는 나를 보고 호기심에 발소리를 죽여 뒤를 밟았을지도 모르죠. 그러다가 묘비석을 살펴보는 날 보고 어떤 특별한 이유로 내가 마음에 들지 않아 교회에서 사용하는 금속 꽃병이나 손에 들고 있던 다른 것으로 날 쳤을지도요. 하지만 이유는 짐작이 가질 않아요. 그럴 만한 이유가 있을 법하지도 않고요."

"다음은 누구지, 터펜스? 이름이 코커렐 부인이었나?"

"코플리 부인이에요. 아뇨, 코플리 부인은 아닐 거예요."

"어떻게 그걸 그렇게 확신하지? 그 여자도 서턴 챈슬러에 살잖아. 당신이 집에서 나오는 걸 보고 당신을 미행했을 수 있다고."

"그렇긴 해요. 하지만 그 여자는 말이 너무 많아요."

"말이 너무 많다는 게 이유가 될 것 같지는 않은걸."

"당신도 나처럼 저녁 내내 그 여자 얘기를 들었다면, 그 여자만큼 말이 많은 사람은……. 그러니까 숨도 한 번 쉬지 않고 청산유수로 말을 쏟아 내는 사람이 행동에도 능할 거라곤 생각할 수 없을 거예요! 그 여자는 어디서든 한마디 말도 없이 나에게 다가오는 것 자체가 불가능한 사람이라고요."

토미는 터펜스의 말에 대해 잠시 생각해 보았다.

"좋아. 터펜스 당신은 사람 보는 눈이 있는 편이니까. 코플리 부인은 제외시키기로 하지. 그 다음은 누구지?"

"에이머스 페리. 그 운하의 집에 사는 남자 말예요. 그 집에는 다른 이상한 이름도 많지만, 난 그냥 운하의 집이라고 부를래요. 원래 이름도 운하의 집이었대요. 착한 마녀의 남편이죠. 조금 이상한 면이 있어요. 심성은 소박하지만, 체격이 크고 힘이 세서 마음만 먹는다면 누구의 머리라도 칠 수 있을 거예요. 게다가 이따금 그런 충동을 느낄 사람 같기도 해요. 그 사람이 왜 내 머리를 치고 싶었는지는 잘 모르지만 말이에요. 그 남자가 블라이 양보다는 가능성이 큰 것 같아요. 블라이 양은 교구를 운영하느라 이리저리 뛰어다니며 남의 일에 참견하고 다니는, 조금 성가시고 일 잘하는 여자로밖에는 보이지 않아요. 대단히 감정적인 이유가 있지 않고서는 남에게 신체적인 해를 가할 사람은 아니라는 거죠. 반면 처음 에이머스 페리를 봤을 때 소스라치게 놀랐던 기억이 나요. 그 사람이 정원을 구경시켜 줬는데, 갑자기 이런 사람을 화나게 만들지 말아야겠다, 아니 밤에 어두운 길에서 이런 사람을 만나면 안 되겠다는 생각이 들었지 뭐예요. 그 사람을 나쁘게 말하고 싶은 건 아니에요. 다만 쉽게 폭력을 쓸 사람은 아니더라도 상황이 몰고 가면 폭력적으로 돌변할 수 있는 사람이라는 느낌이랄까요."

터펜스가 가볍게 몸을 떨며 말했다.

"좋아. 에이머스 페리가 1순위야."

"그리고 그 사람 아내도 있어요. 그 착한 마녀 말이에요. 얼핏 선해 보이고, 나도 그 여자가 마음에 들지만……. 그 여자일 리는 없다고, 그러니까 그 여자가 그랬다고 생각하고 싶진 않지만, 그 여자에겐 뭔가 복잡한 사연이 있는 것 같아요……. 그 집에 무슨 사연이 있고, 그 여자가 연루되어 있는 것 같은 느낌이 들어요. 이건 다른 얘기지만, 우린 이번 일에서 어디 주목해야 할지 갈피를 잡지 못하고 있는 게 아닐까요? 언제부턴가 사건의 중심이 그 집이 아니라는 느낌이 들기 시작해요. 하지만 그 그림. 그 그림에는 뭔가 의미가 담겨 있어요. 그렇지 않아요, 토미? 틀림없이 그런 것 같아요."

"맞아. 나도 그렇게 생각해."

"랭커스터 부인을 찾으러 여기 왔지만, 그 부인을 알고 있는 사람은 아무도 없는 것 같았어요. 랭커스터 부인이 그 그림을 갖고 있었기 때문에 위험한 상황에 빠졌다는 게 잘못된 추측은 아니었나 하는 생각이 차차 들기 시작하지 뭐예요. 물론 랭커스터 부인이 위험에 처해 있다는 생각엔 아직 변함이 없어요. 랭커스터 부인은 한 번도 서턴 챈슬러에 살지 않았던 것 같아요. 그 집 그림을 누구한테서 받았거나 샀겠죠. 그리고 그 그림에는 어떤 사연이 있어요. 어떤 면에서 누구에겐가 위협적인 물건인 것 같아요."

"코코아 부인, 그러니까 무디 부인이 에이다 이모에게 양지바른 언덕에서 누군가 '범죄 행각'을 벌인다는 사실을 눈치챘다고 말했잖아. 난 그 범죄가 그 그림과 운하 옆의 집, 그리고 마지막으로 거기서 죽었을지 모르는 어떤 아이와 관련되어 있다는 생각이 들어."

"에이다 이모님이 그림을 마음에 들어 하시자 랭커스터 부인은 그걸 이모님께 드렸다……. 그 후에 이모님은 그림에 대해 다른 사람들에게 이야기하셨을 거예요. 어디서 그 그림을 얻었다거나, 누구한테서 받은 그림이라거나, 또 그 집이 어디 있다는 등의…….."

"무디 부인은 누가 범죄 행각을 벌이는지 눈치챘기 때문에 살해당한 게 분명해."

"당신이 머리 씨와 나눴다는 얘기를 다시 한 번 생각해 봐요. 코코아 부인의 소식을 전한 다음, 몇 가지 살인자의 유형에 대해 실례를 들어가며 설명했다고 했죠. 한 사람은 노인들을 위해 양로원을 운영한 여자였다고요. 이름은 생각나지 않지만, 나도 그 기사를 읽은 기억이 어렴풋이 나요. 그러니까 일정한 금액의 돈을 내면 노인들이 훌륭한 관리하에 다른 걱정 없이 죽을 때까지 편히 지낼 수 있다는 곳이었다면서요? 그곳에서 지낸 사람들은 모두 상당히 만족해했지만, 왜인지 대부분 1년이 채 되기 전에 죽었다고했고요. 그것도 잠을 자다 평화롭게 말이에요. 사람들이 그런 사실을 눈치채기 시작하자 여자는 결국 살인으로 유죄를 선고받았는데, 양심의 가책을 느끼기는커녕 사랑하는 노인들을 위해 진정한 친절을 베풀었다고 항변했다는 거죠."

"맞아. 지금 그 여자 이름은 생각나지 않지만."

"이름이야 모르면 어때요. 머리 씨가 든 또 다른 예는, 남의 집에 들어가 요리나 집안일을 하던 여자였지요. 그 여자는 수많은 집을 오가며 일을 했는데, 평온하던 와중에 주위에서 일종의 집단 독극물 중독 같은 게 나타났다는. 사람들은 식중독인 줄 알았겠죠. 모두 상당히 흡사한 증상을 보였고, 또 일부 회복한 사람도 있었으니까."

"샌드위치가 자주 쓰인 수법이었다는군. 샌드위치를 한 바구니 만들어 나들이 가는 사람들 편에 들려 보내는 거지. 그 여자는 아주 상냥하고 헌신적이었고, 집단 중독 증세가 나타나면 자기도 그런 증상과 징후가 있는 체했다는 거야. 자기도 조금 먹고서 엄살을 피웠겠지. 그런 일이 생긴 후엔 그 집을 떠나 이번에는 완전히 다른 지역에 있는 집으로 가서 일했대. 그런 일이 한동안 계속되었다는 거야."

"맞아요. 그 여자가 왜 그런 짓을 했는지 이해할 수 있는 사람은 영원히 없을 거예요. 그 여자는 그런 짓에 중독되었던 걸까요? 그저 습관적으로 한 일이려나? 그런 짓이 재밌었던 걸까? 아무도 알 수 없을 거예요. 자신이 범죄 대상으로 삼아 죽인 사람들 중 누구에게도 개인적인 악의는 없었을지 몰라요. 머리가 조금 잘못된 걸까요?"

"그래, 그랬을 거야. 어떤 정신과 의사가 무진 오랜 시간을 들여 연구를 했더라면 모든 일이 그 여자가 오래전 과거에 품은 어떤 원한과 관련이 있다는 걸 밝혀냈을지도 모르지. 그러니까 그 여자가 어렸을 때 그 가족 중 누군가가 충격을 줬거나 분노하게 만든 일이 있었다는 식으로. 어쨌든 그건 과거의 일이야. 그래도 나로선 세 번째 사건이 제일 기괴하게 느껴져. 어떤 프랑스 여자가 있었는데, 남편과 자식을 잃고 매우 고통스러워했다는군. 그런데 극심한 슬픔을 겪은 다음 자비의 천사가 된 거야."

"맞아요. 사람들이 사는 마을 이름을 붙여서 그 여자를 어디의 천사라고 불렀다고 들은 기억이 나요. 기봉인가 하는 그런 데였어요. 그 여자는 누가 아플 때마다 그 집으로 가서 아픈 사람을 간호했대요. 특히 어린아이가 아프면 지극정성으로 돌보았다죠. 그런데 조금 회복세를 보이던 환자가 점점 악화되어 끝내 죽고 마는 거예요. 그러면 그 여자는 몇 시간을 통곡하고, 장례식장에서까지 울음을 그치지 않았죠. 그래서 사람들은 그녀가 있어서 다행이라고 말하곤 했다는 거예요."

"왜 이 모든 얘기를 다시 하는 거지, 터펜스?"

“머리 씨가 그 얘기를 한 데는 이유가 있었을 것 같아서 그래요.”

“그러니까 머리 씨가 그 세 가지 사례를 적용…….”

“머리 씨는 이 세 가지 고전적인 사례를 연구해서 양지바른 언덕의 범인에 들어맞는 게 있는지 검토해 보시는 것 같아요. 어떤 면에서는 그 세 가지 예가 다 들어맞는다고도 할 수 있겠죠. 패커드 원장이라면 첫 번째 사례의 가능성이 있을 거예요. 양로원의 능력 있는 경영자 말이에요.”

“당신 끝내 패커드 원장에게 칼을 들이대는구먼. 난 그 여자가 마음에 들던데.”

“감히 말하건대, 사람들은 살인자를 좋아하는 경향이 있어요. 사기꾼이나 뻔뻔스러운 야바위꾼들이 언제나 정직해 보이는 것과 같은 맥락이라고 할 수 있죠. 살인자들은 모두 상당히 착하고 선해 보이는 특성이 있다고 말할 수 있어요. 그런 식이죠. 어쨌든 패커드 원장은 아주 유능한 데다 아무런 의심도 사지 않고 자연사로 위장할 수 있는 모든 수단을 갖고 있으니까요. 오직 코코아 부인 같은 사람만이 패커드 원장을 의심할 수 있죠. 코코아 부인처럼 약간 제정신이 아닌 사람은 같은 부류의 사람을 이해할 수 있는 법이거든요. 그녀라면 패커드 원장의 수상한 점을 눈치챘을 거예요. 아니면 그전에 어디선가 패커드 원장을 만난 일이 있었을지도 모르고요.”

“자신이 운영하는 양로원에 들어온 노인들을 죽여서 패커드 원장이 경제적인 이득을 얻을 것 같지는 않은걸.”

“모르는 소리예요. 아무런 이득도 얻을 수 없는 상황에서 범죄를 저지르는 게 더 영악한 짓이죠. 어쩌다 부자 노인 한둘은 많은 돈을 남기고 죽을지도 모르지만, 보통은 아주 자연스럽게, 아무 이득도 없는 상황에서 사건이 벌어지는 거죠. 머리 씨도 패커드 원장한테 의심의 눈초리를 보냈다가, '말도 안 돼, 내가 지금 무슨 상상을 하고 있는 거지.' 하고 웃어넘겼을 거예요. 하지만 머리 씨도 패커드 원장에 대한 의혹은 분명히 느꼈을 거예요. 두 번째 예는 그 양로원의 청소부나 요리사, 아니면 간호사 같은 사람에게 들어맞겠네요. 그 시설에 고용된, 신뢰감을 주는 중년 여인으로, 어떤 면에서는 제정신이 아닌 사람이죠. 어쩌면 그곳에 있는 노인에게 원한이 있거나 누군가를 혐오했을 수도 있어요. 하지만 우리가 잘 아는 사람이 없으니 구체적인 추측은 해 볼 수가 없네요……."

"그리고 세 번째는?"

"세 번째 예는 좀 더 난해해요. 헌신적인 사람이라. 헌신적인 사람……."

"세 번째는 그냥 덤으로 하신 말씀일지도 몰라. 그런데 난 그 아일랜드인 간호사가 수상하다는 생각이 들어."

"모피 숄을 줬던 그 친절한 간호사 말이에요?"

"응, 에이다 이모님이 좋아하셨다던 그 간호사. 동정심이 많다면서. 모든 노인을 다 좋아하는 것 같고, 누군가 죽으면 아주 유감스러워할 사람으로 보이던데. 우리와 이야기할 때 그 여자가 아주 상심해하던 것 기억나? 그 여자는 양로원을 떠나면서도 떠나는 이유는 밝히지 않았어."

“신경과민일 수는 있겠죠. 간호사는 동정심이 너무 많아서는 안
되는 법이거든요. 환자들에게 좋지 않아요. 그래서 간호사들은 늘
냉정하고 효율적이며 대담한 마음을 가지라고 교육받죠.”

“베레스퍼드 간호사의 말씀이셨습니다.”

토미가 웃으며 말했다.

“그 그림으로 다시 돌아가서 생각해 보면, 당신이 보스코언 부인
에 대해 한 말이 아주 흥미롭게 여겨져요. 그 여자가 아주 특이한
사람 같다는 생각이 들거든요.”

“아주 흥미로운 사람이야. 범상치 않은 이번 일 가운데서도 가장
흥미롭다고 할 수 있을 정도라고. 무언가를 알고 있지만, 머리로 따
져서 아는 게 아닌 그런 류의 사람이지. 그 여자는 그 집에 대해 나
도 당신도 모르는 어떤 것을 알고 있는 것 같았어. 분명해.”

“그 여자가 그림 속 배에 대해 한 말이 너무 이상해요. 원래 그림
에는 배가 없었다면서 어떻게 지금 배가 그려져 있는 거죠?”

“나도 몰라.”

“그 배에 이름이 쓰여 있나요? 배를 본 기억이 나질 않아요. 자세
히 들여다본 적도 없지만.”

“‘워터 릴리’라고 쓰여 있었어.”

“배에 적당한 이름이네요. 이름을 듣고 뭐 생각나는 거 없어요?”

“아무 생각도 안 나는걸.”

“게다가 그 여자는 남편이 그 배를 그리지 않았다는 걸 확신했다
고 했죠. 하지만 나중에 그려 넣었을 수도 있잖아요.”

286

"그 여자 말로는 그렇지 않다는군. 아주 확신하던걸."

"우리가 아직 살펴보지 않은 다른 가능성도 있어요. 내가 머리를 얻어맞은 사건과 관련해서 말이에요. 그러니까 누군가 그날 마켓 베이싱에서 여기까지 따라와 내가 무얼 하나 살폈을 수도 있다는 거예요. 난 여러 주택 중개업자들을 찾아다니며 많은 질문을 했으니까요. '블로젯 앤드 버제스'를 비롯한 여러 중개업소들이었죠. 그런데 그 사람들은 하나같이 내게 그 집을 포기하도록 유도하지 뭐예요. 이상하게 느껴질 정도로 회피하는 태도로 일관했다고요. 랭커스터 부인의 소재를 알아볼 때 느꼈던 만큼이나 말이에요. 변호사와 은행을 들먹이면서 주인이 외국에 나가 있어 접촉할 수 없다나요. 비슷한 방식이라고요. 그자들이 내가 뭘 하나 보려고 누군가를 시켜 내 차를 미행했다가 적당한 시점에 머리를 쳤을지 몰라요. 그러고 보니 교회 뒷마당의 묘비가 문제가 되네요. 내가 그 오래된 비석을 보는 걸 원치 않은 사람이 대체 누구며, 그 이유는 무엇일까요? 공중전화 박스를 부수는 데 싫증 난 10대 소년들이 떼를 지어 이리저리 몰려다니다 정원으로 들어와, 교회 뒤에서 신성 모독 같은 재미난 일을 벌였을 수도 있어요."

"당신 그 묘비에 비문이 쓰여 있다고 했어? 아니면 뭔가 새겨져 있다고 했어?"

"끌로 뭔가를 새겨 놓은 것 같았어요. 솜씨가 별로 좋지는 않았지만. 릴리 워터스라는 이름에 나이는 7살이었을 거예요. 거기까지는 좋았는데, 그다음 말은 '누구든 이 어린 생명을 범하는 자는……'

그리고 '맷돌'이라고도 쓰여 있던 것 같아요."

"어디서 듣던 말 같은데."

"그럴 거예요. 성경에 있는 문구니까. 하지만 자신이 쓰려던 문구를 정확히 기억하지는 못했던 것 같아요."

"모든 게 상당히 이상하군."

"왜 나를 해치려는 시도가 있었을까요? 난 목사님과 불쌍한 남자가 잃어버린 아이를 찾으려 하는 일을 도우려던 건데. 그리고 보니 잃어버린 아이 문제가 다시 나왔군요. 랭커스터 부인은 벽난로 벽에 갇힌 가엾은 아이에 대해 말했고, 코플리 부인은 벽에 갇힌 수녀와 살해된 아이에 대해 말했고, 자기 아기를 죽인 엄마, 애인과 사생아, 그리고 자살⋯⋯. 이건 오래전의 온갖 이야기와 소문 그리고 근거 없는 뒷말과 전설이 급히 만든 푸딩처럼 한데 뒤죽박죽으로 섞인 꼴이라고요! 하지만 토미, 소문도 전설도 아닌, 한 가지 분명한 사실이 있어요."

"뭐지?"

"그 운하의 집 굴뚝 밑에 넝마가 된 낡은 인형이 떨어져 있었다는 거예요. 어린아이들이 갖고 노는 인형 말이죠. 검댕과 자갈에 뒤덮여 있던 걸 보면 그곳에 떨어진 지가 아주 오래되었나 봐요."

"그 인형을 봤어야 하는데."

"지금 내가 갖고 있어요."

터펜스가 승리에 찬 음성으로 말했다.

"그 인형을 갖고 왔단 말이야?"

"그럼요. 소름 끼치긴 했지만 가져다 조사해 봐야겠다는 생각이 들어서요. 누가 그걸 찾을 것 같지도 않고, 페리 부부는 그냥 그 인형을 쓰레기통에 던져 버릴 것 같았어요. 그래서 내가 갖고 왔죠."

터펜스가 소파에서 일어나 여행 가방이 있는 곳으로 가더니 안을 뒤져 신문지로 싼 것을 들고나왔다.

"여기 있어요, 토미, 한번 봐요."

토미는 호기심에 찬 눈으로 인형을 싸고 있는 신문을 벗기고 누더기 같은 인형을 조심스럽게 꺼내 들었다. 토미가 손을 대자 축 늘어진 팔다리가 대롱거리며 옷에 매달려 있던 꽃 장식이 떨어져 나갔다. 인형의 몸통은 아주 얇은 스웨이드 가죽으로 만들어져 있는데, 한때 톱밥으로 가득 찼을 몸통의 내용물은 여기저기 빠져 나와 축 처져 있었다. 토미가 조심스럽게 인형을 살펴보고 있을 때, 갑자기 인형 몸통의 바느질한 부분이 터지며 큼직한 구멍에서 톱밥과 조그마한 자갈들이 호텔 바닥으로 쏟아져 내렸다. 토미는 몸을 굽혀 그것들을 조심스럽게 집어 들었다.

"세상에, 맙소사! 이럴 수가!"

"이상하기도 하지. 속이 자갈로 꽉 차 있네. 굴뚝이 허물어져 그렇게 된 걸까? 아니면 회반죽이나 다른 것이 부서져 내렸을까?"

"아냐, 이 자갈들은 인형 몸속에 들어 있던 거야."

토미는 바닥에 떨어진 것들을 조심스럽게 모은 다음, 인형 몸통을 손가락으로 찔러 보았다. 그러자 자갈 몇 개가 더 떨어져 내렸다. 토미가 그 자갈을 창문가로 가지고 가서 손에 놓고 이리저리 뒤집

어 가며 살펴보았다. 터펜스는 알 수 없다는 듯한 눈으로 토미를 지
켜보았다.

"우스운 일이군요. 인형 속을 자갈로 채워 놓다니."

"이건 그냥 자갈이 아니야. 이것들을 인형 속에 넣어 둔 충분한
이유가 있다고."

"무슨 뜻이에요?"

"잘 봐. 몇 개 만져 보라고."

터펜스가 의아해하며 토미의 손에서 자갈 몇 개를 집어 들었다.

"그냥 평범한 자갈인걸요. 어떤 건 좀 크고 어떤 건 좀 작고. 그런
데 당신 왜 그렇게 흥분했어요?"

"터펜스, 이제야 그 모든 일이 납득이 되기 시작했어. 이건 자갈이
아니야. 다이아몬드라고."

I

"다이아몬드라니! 이 흙투성이들이 다이아몬드라고요?"

터펜스가 손에 든 다이아몬드와 토미의 얼굴을 번갈아보며 숨 막히는 듯한 목소리로 말했다.

토미가 고개를 끄덕였다.

"이제 납득이 가기 시작해, 터펜스. 모든 게 연결되어 있었어. 운하의 집. 그 그림. 아이버 스미스에게 인형 얘기를 할 때까지 기다려 줘서 고마워. 아이버가 벌써 꽃다발을 마련해 놓고 당신을 기다리고 있을 거야, 터펜스……."

"왜죠?"

"당신 덕분에 거대한 범죄 조직을 일망타진했으니까!"

"당신과 아이버 스미스는 정말 못 말려요! 지난주 내내 거기 가 있었던 거로군요. 회복 중인 나를 그 황량한 병원에 버려두고 말이에요. 어느 때보다 내게 다정한 대화와 격려가 필요했던 그 시기에 말이에요."

"그래도 매일 저녁 면회 시간에 당신을 찾아갔잖아."

"말은 별로 하지 않았다고요."

"그 무서운 수간호사가 당신을 흥분시키지 말라고 경고해서 그랬던 거야. 아이버가 모레 여기 올 거야. 목사관에서 조촐한 저녁 모임을 가질 예정이거든."

"누가 오나요?"

"이 지역의 대지주와 보스코언 부인, 당신 친구인 넬리 블라이, 목사님, 그리고 물론 당신과 나……."

"그리고 아이버 스미스 씨가 오시겠군요. 그게 그분 진짜 이름인가요?"

"내가 아는 한은 그래."

"당신은 언제나 조심성이 지나쳐요……."

터펜스가 갑자기 웃음을 터뜨렸다.

"뭐가 그렇게 재미있어?"

"방금 당신과 앨버트가 에이다 이모님의 책상에서 비밀의 서랍을 찾는 광경을 상상했어요."

"이게 모두 앨버트 덕이야. 그 문제에 대해 아주 설득력 있는 주장을 펼치더군. 어린 시절에 골동품상한테서 배웠다고 하면서."

"그런 비밀 서랍에 밀봉한 편지를 남겨 두시다니 에이다 이모님도 정말 대단하세요. 그분은 사실상 아무것도 모르셨지만, 양지바른 언덕에 위험 인물이 있다는 사실을 믿을 준비는 되어 있으셨던 셈이죠. 그 인물이 패커드 원장인지까지는 알고 계셨는지는 모를 일이지만."

"그건 당신 추측일 뿐이잖아."

"우리가 찾고 있는 게 범죄 조직이라면 상당히 설득력 있는 얘기예요. 그자들은 대외적으로 명망이 높으면서 빈틈없이 운영되는, 양지바른 언덕 같은 시설을 필요로 해요. 실은 유능한 범죄자가 운영하는 곳이지만요. 그런 사람이라야 필요할 때 약물을 손을 넣을 수 있으니까. 게다가 노인의 죽음이 발생했을 때 그걸 아주 자연스럽게 처리할 수 있으니 담당 의사도 의심을 하지 않을 거고요."

"훤히 꿰뚫고 있구먼. 하지만 사실 당신이 패커드 원장을 의심하기 시작한 진짜 이유는 그 여자의 치아가 마음에 들지 않아서 였잖아."

"당신을 한입에 삼켜 버릴 것 같더라니까요. 다른 얘기를 좀 해야겠어요, 토미. 그러니까 운하의 집을 그린 그림이 랭커스터 부인의 것이 아니었다고 가정해 보면……."

터펜스가 생각에 잠긴 채 말했다.

"하지만 우린 그 그림이 부인 소유였다는 걸 알잖아."

토미가 터펜스를 쳐다봤다.

"아뇨, 몰라요. 패커드 원장이 그렇게 말했다는 사실을 알고 있을 뿐이죠. 랭커스터 부인이 에이다 이모님께 그림을 주었다고 말한 사람이 바로 패커드 원장이었다고요."

"그렇다면 왜 그래야 했을까……."

토미는 말을 맺지 못했다.

"랭커스터 부인이 사라져 버렸으니, 실제로 그 그림이 랭커스터 부인 것이 아니고 에이다 이모님께 주지도 않았다는 걸 밝힐 필요가 없었겠죠."

"그건 너무 무리한 추측인 것 같은걸."

"하지만 그 그림은 서턴 챈슬러에서 그려졌고, 그림 속의 집도 서턴 챈슬러에 실제로 있는 집이에요. 그리고 우리는 그 집이 어느 범죄 조직의 은신처로 사용되어 왔다는 믿을 만한 증거를 갖고 있고요. 에클스 씨가 그 조직의 배후 인물이고, 존슨 부인을 보내 랭커스터 부인을 제거하도록 한 사람도 에클스 씨 아니었을까요. 랭커스터 부인은 서턴 챈슬러나 유하의 집에 산 적두, ㄱ 그림을 가진 적도 없었던 것 같아요. 하지만 양지바른 언덕에 사는 누군가가 그 그림에 대해 하는 얘기를 들었겠죠. 어쩌면 코코아 부인으로부터요. 그걸 들은 랭커스터 부인이 여기저기 말을 옮기기 시작해서 위험해지자 부인을 없애 버려야 했던 거죠. 하지만 난 언젠가 랭커스터 부인을 찾고 말겠어요! 내 말 명심해요, 토미!"

"'토머스 베레스퍼드 부인의 모험'으로 기억해 둘게."

II

"베레스퍼드 부인, 정말 상태가 좋아 보이십니다."

아이버 스미스 씨가 인사를 건넸다.

"완전히 건강을 되찾았어요. 그렇게 얻어맞고 다니다니 정말 바보 같지 뭐예요."

"훈장이라도 받으셔야겠는걸요. 특히 그 인형 일 말입니다. 어떻게 그런 일을 해내셨는지 모르겠습니다!"

"우리 아내는 뛰어난 사냥개야. 코를 땅에 박고 길을 떠나지."

토미가 농담을 했다.

"날 오늘 밤 모임에서 내쫓으려고 이러는 거죠?"

터펜스가 투덜거렸다.

"물론 아닙니다. 부인도 알다시피 많은 의혹이 깨끗이 밝혀졌습니다. 두 분에게 어떻게 감사드려야 할지 모르겠군요. 우리는 지난 5, 6년간 수많은 절도 사건을 저질러 온 이 무섭도록 교활한 범죄 조직의 정체를 알게 되었습니다. 토미가 저 영악한 법의 신사 에클스 씨에 대해 토미가 물었을 때 답했듯 우리는 그 인간에게 오랫동안 혐의를 두고 있으면서도 증거를 잡지 못한 상태였습니다. 그때까지는 상대가 너무 조심스러웠던 거죠. 개업 변호사로서 완벽하게 정상적인 고객들을 상대로 아주 정상적인 업무를 보고 있었으니까요. 토미에게도 말했지만, 핵심은 집의 연쇄적인 사슬에 있습니다. 멀쩡해 보이는 보통 사람들이 꽤 괜찮은 집에 잠시 살다 떠나는 거죠. 따라서 베레스퍼드 부인에게 감사드립니다. 부인께서 굴뚝과 죽은 새를 조사하신 덕에 그런 집들 중 한 채를 알게 되었으니까요. 그 집에는 아주 많은 약탈물이 은닉되어 있었습니다. 보석을 비롯한 여러 가지 장물을 다이아몬드 원석으로 바꿔 숨겨 두었다가, 때가 되면 비행기나 아니면 낚싯배라도 타고 외국으로 옮기는 거죠. 절도 사건으로 인한 온갖 야단법석이 잦아든 다음에 말입니다. 이렇게 영악한 체제로 움직여 온 겁니다.”

“페리 부부는 어떤가요? 그 사람들……. 그 사람들은 그 일과 아무 관계도 없었으면 좋겠는데.”

“아직 확신할 순 없습니다. 제 생각엔 적어도 페리 부인은 무언가를 알고 있거나, 아니면 옛날에 무언가를 알고 있었을 가능성이 큽니다.”

“페리 부인이 범죄 조직의 일원이라는 말씀이신가요?”

“그렇지는 않을 겁니다. 하지만 그자들이 페리 부인의 약점을 쥐고 있을지도 모릅니다.”

“약점을 쥐고 있다니요?”

“입이 무거우시다는 건 알지만, 이 일은 반드시 비밀로 해 주셔야 합니다. 이 지역 경찰은 남편인 에이머스 페리가 상당히 오래전에 있었던 아동 연쇄 살인에 혐의가 있다고 보고 있습니다. 정신적으로 온전하지 않은 사람이거든요. 그런 상태에선 어린아이들에게 특정 충동을 느낄 수 있다는 의학적 소견이 있습니다만, 확실한 증거가 없는 상태입니다. 여태까진 그 사람 아내가 남편을 감싸려 완벽한 알리바이를 제공해 왔다고 하더군요. 이런 상황이니 파렴치한 범죄 조직에서 페리 부인의 약점을 잡아 이용해 왔을 수도 있습니다. 기밀이 누설될 염려 없이 집의 반쪽에 부인을 살도록 했을 수도 있다는 말입니다. 그자들이 실제로 에이머스 페리에 불리한 증거를 갖고 있을지도 모르고요. 부인은 그 부부를 만나셨지요? 그 사람들한테서 어떤 느낌을 받으셨나요, 베레스퍼드 부인?"

"여자는 마음에 들었어요. 한마디로 착한 마녀 같았다고나 할까요. 나쁜 마법이 아니라 좋은 마법을 쓰는 마녀 말이죠."

"남자는 어땠습니까?"

"무섭다는 생각이 들었어요. 계속 그런 느낌을 주었던 건 아니지만, 한두 순간 정도는 그랬죠. 그 사람이 별안간 끔찍한 거인으로 변할 것만 같았어요. 이유는 모르지만 어쨌든 무서웠어요. 저도 그 사람의 정신이 온전하지 않다는 느낌을 받았답니다."

"사실은 그런 사람들이 많습니다. 대개는 전혀 위험하지 않지요. 하지만 언제나 그렇다고 장담할 순 없는 노릇이니까요."

"오늘 밤 목사관에서 무얼 하게 되나요?"

"몇 사람을 만나 궁금한 걸 물어볼 생각입니다. 우리가 찾고 있는 정보를 얻어야 하니까요."

"메이저 워터스 씨도 오시나요? 목사님에게 아이를 찾아 달라고 편지를 보냈던 사람 말이에요."

"그런 사람은 존재하지 않는 것 같습니다! 그 오래된 묘비를 치우고 나니 어린아이의 작은 관이 나왔는데, 그 관은 약탈물로 가득 차 있었습니다. 세인트 앨번스에서 절도한 보석과 금붙이였죠. 목사님에게 편지를 보낸 건 그 무덤에 별일이 없는지 알아보기 위해서였답니다. 이 동네 불량배들이 끼어드는 바람에 일이 꼬인 거죠."

"정말 면목 없습니다. 진심입니다. 부인처럼 친절한 분께 이런 일이 일어났다는 말을 듣고 너무 화가 났습니다. 더군다나 절 도와주시려다 이런 일이 생겼으니까요. 모든 게 제 탓이라는 생각이 듭니다. 부인께 묘비를 봐 달라고 해서는 안 됐는데. 정말이지 동네 불량배들이 무턱대고 그런 짓을 할지 어떻게 알았겠습니까……."

목사가 두 팔을 활짝 벌린 채 터펜스에게 다가왔다.

"이제 그만하세요, 목사님, 베레스퍼드 부인두 이 일이 목사님과 아무 관계도 없다는 걸 잘 아실 거예요. 부인께서 친절하게 목사님을 도와 드리려다 그런 거지만, 다 지난 일이고 부인께서도 이제 건강을 완전히 회복하셨잖아요. 그렇죠, 베레스퍼드 부인?"

블라이 양이 갑자기 목사 뒤에서 모습을 드러내며 말했다.

"그럼요."

터펜스는 대답하면서도 블라이 양이 자신의 건강을 그토록 확신하는 대목이 조금 신경에 거슬렸다.

"이쪽으로 앉으세요. 등에 쿠션을 대시고요."

"쿠션은 필요 없어요."

터펜스는 블라이 양이 끌어당겨 준 의자에 앉고 싶지 않았다. 대신 그녀는 벽난로 맞은편의 아주 불편하게 생긴 의자에 등을 꼿꼿이 세우고 앉았다.

그때 현관문 두드리는 소리가 났다. 방 안에 있던 사람들이 모두 자리에서 벌떡 일어났다. 블라이 양이 서둘러 나갔다.

"걱정 마세요, 목사님. 제가 나갈게요."

"그래 주겠소?"

복도 쪽에서 나지막이 웅성거리는 소리가 들리더니, 블라이 양이 비단으로 된 시프트 드레스(어깨에서 똑바로 내려온 헐렁한 드레스—옮긴이)를 입은 키가 큰 여자를 데리고 들어왔다. 그 뒤로 시체처럼 창백한 얼굴을 한, 키 크고 마른 남자가 걸어왔다. 터펜스는 남자를 쳐다봤다. 검은 망토를 두른 남자의 수척한 얼굴은 다른 세기에서 온 사람 같은 분위기를 풍겼다. 터펜스는 남자가 엘 그레코(스페인과 이탈리아에서 거주한 그리스 화가로 비정상적으로 길쭉하고 뒤틀린 인체 묘사를 한 초상화와 종교화를 주로 그렸음—옮긴이)의 그림에서 막 튀어나온 것 같다고 생각했다.

"잘 지내셨죠."

목사가 검은 망토를 두른 남자에게 인사를 한 후 몸을 돌렸다.

"필립 스타크 경을 여러분께 소개합니다. 이쪽은 베레스퍼드 부부와 아이버 스미스 씨입니다. 아, 보스코언 부인도 오셨군요. 한참 동안 못 뵈었습니다. 이분들이 베레스퍼드 부부입니다."

"베레스퍼드 씨는 만난 적이 있어요. 처음 뵙겠습니다, 베레스퍼드 부인. 이렇게 만나 뵙게 되어 반갑습니다. 사고를 당하셨다고 들었어요."

보스코언 부인이 터펜스에게 인사를 건넸다.

"네. 이제 괜찮아요."

소개가 끝나고, 터펜스가 다시 의자에 앉았다. 피로감이 엄습했다. 예전보다 훨씬 자주 피로를 느끼는 듯했다. 머리를 맞은 후유증일 수도 있었다. 터펜스는 눈을 반쯤 감은 채 잠자코 앉아 방 안에 모인 사람을 한 명 한 명 훑어보았다. 터펜스는 대화에 귀를 기울이는 대신 사람들을 관찰했다. 그녀는 드라마에서 등장인물들이 한군데 모여 있는 듯한 느낌을 받았다. 그녀 자신도 모르는 사이에 출연하게 된 드라마 말이다. 여러 가지 사실들이 서로를 잡아끌며 하나의 탄탄한 줄거리를 형성해 나가고 있었다. 필립 스타크 경과 보스코언 부인의 등장으로 지금까지 말로만 듣던 두 명의 등장인물까지 출현한 터였다. 두 사람은 원래 이 드라마의 출연진이었으나, 카메라 렌즈에 노출되지 않다가 이제 렌즈 앞으로 모인 셈이었다. 그들 또한 어떻게든 연결되고 관계되어 있었다. 그렇게 사람들은 오늘 저녁 이곳에 모였다. 그런데 왜? 터펜스는 궁금했다. 누가 그들을 불러 모았단 말인가? 아이버 스미스가? 아이버 스미스가 이 사람들에게 여기 오라고 명령했을까? 상냥한 초청이라도? 아이버 스미스도 터펜스처럼 두 사람을 처음 만나는 걸까? 터펜스는 상념에 잠겼다.

'모든 것은 양지바른 언덕에서 시작되었지만, 양지바른 언덕이 문제의 진정한 핵심은 아니야. 중요한 건 늘 이곳, 서턴 챈슬러였어.

모든 일이 여기서 벌어진 거야. 최근 일은 아니라 오래전 일이지만. 이번 일은 랭커스터 부인과 아무 관련도 없어. 랭커스터 부인은 자신도 모르게 연루된 거겠지. 그런데 지금 부인은 어디 있는 걸까?'

가벼운 오한이 터펜스를 훑고 지나갔다.

'어쩌면, 어쩌면 랭커스터 부인은 죽었을지도 몰라……'

만일 그렇다면 터펜스의 탐색은 실패로 끝난 셈이었다. 터펜스는 랭커스터 부인이 걱정되어, 그녀가 위험한 상황에 처해 있을지 모른다는 생각으로 이번 임무를 시작한 터였다. 랭커스터 부인을 찾아내 지켜 줄 생각이었던 것이다.

'그래도 랭커스터 부인이 아직 죽지 않았다면, 실패는 아니야!'

서턴 챈슬러……. 서턴 챈슬러는 무언가 의미심장하고 위험천만한 일이 벌어지기 시작한 곳이었다. 운하 옆의 집은 그 일의 일부였다. 이 모든 일의 중심 무대는 그 집이었을까, 아니면 서턴 챈슬러 전체였을까? 서턴 챈슬러는 사람들이 살고, 들어오고, 떠나고, 달아나고, 증발하고, 사라지고, 그러다 다시 나타나는 곳이었다. 필립 스타크 경처럼 말이다.

터펜스가 고개를 전혀 움직이지 않은 채 필립 스타크 경에게로 시선을 옮겼다. 코플리 부인이 마을 사람들에 대해 늘어놓은 수다 외엔 그에 대해 아는 게 없었다. 말이 없고, 학식이 높고, 식물학자이며, 기업가, 아니 적어도 산업계에 거대 자본을 소유한 사람. 따라서 그는 부자였다. 그리고 어린아이를 사랑한 사람이었다. 터펜스는 거기서 조금 뒤로 물러섰다. 다시 아이들 생각이 떠올랐다. 운하 옆의 집과 굴뚝 안의 새, 그리고 굴뚝에서 떨어져 그곳에 묻힌 어린아이의 인형. 몸통에 한 줌의 다이아몬드가 들어 있던 아이의 인형. 그것은 범죄의 결과물이었다. 그곳은 거대한 범죄 조직의 거점 중 하나였다. 하지만 절도보다 훨씬 더 극악한 범죄도 벌어진 곳이기도 했다. 코플리 부인은 이렇게 말했다.

'난 늘 그 남자가 그랬다고 생각해 왔어요.'

필립 스타크 경이 살인자란 말인가? 터펜스는 반쯤 감은 눈으로 필립 스타크 경을 뜯어보았다. 그가 자신이 갖고 있는 살인자, 그것도 유아 살인자의 이미지와 조금이라도 부합하는지 알아보려고 노력했다.

터펜스는 그의 나이가 몇인지 궁금했다. 적어도 70살, 혹은 좀 더 늙어 보였다. 지친 고행자 같은 얼굴이었다. 그렇다, 고행자의 얼굴이었다. 그 얼굴은 분명히 고통에 찌들어 있었다. 커다란 검은 눈동자. 엘 그레코의 그림에 나올 법한 눈이었다. 몸은 수척해 보였다.

그가 오늘 저녁 여기에 온 이유는 무엇일까? 터펜스는 궁금했다. 터펜스의 시선은 블라이 양에게로 옮겨 갔다. 블라이 양은 의자에 앉은 채로 끊임없이 움직였다. 탁자를 누군가에게 좀 더 가까이 밀어 주는가 하면, 쿠션을 건네고 담배 상자와 성냥을 이리저리 옮기기도 했다. 거북하고 불안해 보였다. 블라이 양은 시간이 날 때마다 필립 스타크 경에게로 시선을 옮겼다.

'충견 같은 헌신이군. 블라이 양은 예전에 필립 스타크 경을 사랑했던 게 틀림없어. 어쩌면 아직도 사랑하고 있는지 몰라. 나이가 든다고 해서 누군가와의 사랑이 중단되는 건 아니니까. 데릭과 데버라 같은 젊은 애들은 나이가 들면 사랑이고 뭐고 없다고 생각하겠지. 그 애들은 나이 든 사람이 사랑에 빠지는 걸 상상도 하지 못해. 하지만 블라이 양은 아직도 그를 사랑하는 것 같아. 아무런 희망도 없는 헌신적인 사랑. 코플리 부인이었는지 목사님이었는지 모르지만, 누가 블라이 양이 젊었을 때 그의 비서로 일했다고 말하지 않았나? 게다가 블라이 양이 아직도 이곳에서 벌어지는 필립 스타크 경의 일을 봐준다고 했던 것 같아.

아주 자연스러운 일이야. 비서들은 종종 상사와 사랑에 빠지는 법이니까. 그래, 거트루드 블라이 양이 필립 스타크 경을 사랑했다고 치자. 이게 도움이 될 만한 사실일까? 블라이 양은 필립 스타크 경의 고행자 같은 잔잔한 인품 이면에 소름 끼치는 광기가 넘실대고 있다는 사실을 알았을까? 그런 의심을 한 번이라도 품어 봤을까? 아이들을 굉장히 좋아한다고 했지.'

코플리 부인도 말했다. 아이들을 지나치게 좋아하는 것 같다고. 일이 그렇게 돌아갔던 것이다. 그래서 저 남자가 저토록 고통에 찌든 얼굴을 하고 있는 것일지도 몰랐다.

'병리학자나 심리학자가 아니면 실성한 살인자를 이해할 수 없을 거야. 그자들은 왜 어린아이를 죽이고 싶어 할까? 무엇 때문에 그자들은 그런 충동을 느끼는 걸까? 그들은 나중에 그 일을 후회할까? 자신들이 한 일을 혐오할까? 그 일로 인해 끔찍할 만큼 괴로워할까? 스스로도 공포를 느낄까?'

그 순간 터펜스는 필립 스타크 경이 자신을 바라보고 있는 것을 눈치챘다. 둘의 눈이 마주쳤을 때, 그는 이런 말을 하고 있었다.

'당신은 내 생각을 하고 있군. 그래, 당신이 생각하는 게 맞소. 난 귀신 들린 인간이지.'

그렇다. 그 말이 맞았다. 그는 귀신 들린 사람 같았다.

터펜스가 시선을 돌렸다. 이번에는 목사가 시야에 들어왔다. 터펜스는 목사가 마음에 들었다. 그는 선한 사람이었다. 그가 무언가를 알고 있는 건 아닐까? 그럴 수도 있었다. 혹은 아무것도 모른 채 악의 구렁텅이 한복판에서 살고 있을 수도 있거나. 주변에서 온갖 일이 벌어져도 아무것도 눈치채지 못할지도 모른다. 그건 그가 다소 지나칠 만큼 순수한 영혼의 소유자이기 때문이리라.

보스코언 부인은 어떤가? 하지만 그녀는 속내를 짐작하기 힘든 사람이었다. 투미의 맘마따나 개성은 있었지만 자신을 잘 드러내지 않는 중년의 여인이었다. 그때 터펜스가 부르기라도 한 것처럼 보스코언 부인이 갑자기 자리에서 일어나며 말했다.

"2층으로 올라가서 손을 좀 씻고 싶은데요."

"그럼요, 그러세요. 제가 모시고 갈게요. 그래도 되죠, 목사님?"

블라이 양이 자리에서 벌떡 일어서며 말했다.

"어디로 가야 하는지 잘 알고 있어요. 베레스퍼드 부인, 같이 가실래요?"

보스코언 부인이 묻는 바람에 터펜스는 조금 놀랐다.

"제가 길을 알아요. 오세요."

터펜스는 어린아이처럼 고분고분하게 자리에서 일어났다. 그녀는 본래 그런 성격이 아니었다. 하지만 터펜스는 누군가 그녀를 불렀다는 사실을 알고 있었다. 그리고 그 누군가가 보스코언 부인일 경우에는 따라야 한다는 사실 또한.

보스코언 부인이 문을 지나 복도로 나갔고, 터펜스가 그 뒤를 따랐다. 보스코언 부인이 계단을 오르자 터펜스도 그녀를 따라 위층으로 향했다.

"휴게실은 계단 위에 있어요. 언제나 말끔하게 정돈되어 있죠. 그 안에 화장실이 있고요."

보스코언 부인은 그렇게 설명하며 계단 위에 있는 문을 열고 안의 불을 켰다. 터펜스가 그녀를 따라 들어갔다.

"여기서 이렇게 뵙게 돼서 정말 반가워요. 한 번 뵙고 싶었거든요. 남편분께서 제가 걱정했다는 말을 하시던가요?"

"그렇게 말씀하셨다고 들었어요."

"예. 걱정했답니다. 서턴 챈슬러가 위험한 곳이라고 생각하지 않으세요?"

보스코언 부인이 문을 닫으며 물었다. 이제 그곳은 비밀스러운 대화를 나누기 적당한 은밀한 장소가 되었다.

"제게는 위험한 곳이었지요."

"맞아요. 그 정도이길 다행이에요. 하지만……. 그래요, 이해가 가네요."

"뭔가를 알고 계시죠? 이 모든 일에 대해 알고 계신 바가 있으시군요, 그렇지 않으세요?"

"어떤 면에서는 안다고 할 수도 있고, 또 어떤 면에서는 모른다고 할 수도 있죠. 사람은 모두 직감, 어떤 느낌 같은 걸 갖고 있어요. 또 직감이 들어맞으면, 두려운 생각이 들고요. 이 범죄 조직은 아주 비상한 집단 같아요. 그 일과 관련이 있는 것 같진 않지만요……."

보스코언 부인이 갑자기 말을 멈췄다.

"제 말은 이게 지금 진행 중인, 사실 늘 진행 중이었던 일의 빙산의 일각에 지나지 않는다는 거예요. 그자들은 꼭 사업체처럼 상당히 조직적으로 움직여요. 하지만 정말로 위험한 건 그 범죄가 아니라 다른 일이죠. 위험이 어디 있는지, 그리고 어떻게 피해야 하는지 정도는 알고 계셔야죠. 조심하세요, 베레스퍼드 부인. 정말로 조심하셔야 해요. 이제 다른 사람들처럼 부인도 이 사건에 뛰어드신 셈인데, 이러다간 위험해지실 거예요. 여기는 안전하지 않아요."

"저희 이모님, 아니 남편의 연로한 이모님이 돌아가실 때까지 계셨던 그 양로원에 살인자가 있다는 얘기를 들으셨대요. 그 양로원에서 있었던 두 노인의 죽음에 담당 의사가 의혹을 품고 있어요."

터펜스가 천천히 설명하자 보스코언 부인이 느릿느릿 고개를 끄덕였다.

"거기서부터 탐색을 시작하신 건가요?"

"아뇨, 그전 일이에요."

"시간이 되시면 가능한 빨리 제게 그 양로원에서 벌어진 일에 대해 간단히 설명해 주실 수 있으세요? 누군가 우리를 방해할지 몰라서 그래요. 부인이 탐색을 시작하게 된 사건에 대해서 말해 주세요."

보스코언 부인이 서둘러 말했다.

"그럴게요. 빨리 말씀드릴 수 있어요."

터펜스는 재빨리 그간의 설명을 마쳤다.

"알겠어요. 그러니까 부인께서는 그 랭커스터 부인이라는 분이 지금 어디 계신지 모른다는 거죠?"

"네, 그래요."

"그분이 돌아가셨을까요?"

"그럴 수도 있을 것 같아요."

"무언가를 알고 있기 때문에?"

"그래요. 그분은 뭔가를 알고 계셨어요. 살인 사건, 즉 살해당한 어떤 아이에 대해서 말이에요."

"제 생각엔 그 대목에서 랭커스터 부인이 잘못 짚으신 것 같아요. 그 아이 일이 이 사건과 뒤죽박죽이 되어 버렸거나, 아니면 그분이 무언가를 혼동하셨거나. 다른 일을 착각하셨을 거란 얘기죠. 다른 살인 사건과요."

"그럴 수도 있겠죠. 노인들은 잘 헷갈리시니까요. 하지만 여기 어린이를 죽인 살인자가 있었다는 건 맞는 얘기죠? 제가 이 근처의 집에서 며칠 묵은 적이 있는데, 그 집 여자가 그러던 걸요."

"맞아요, 이 지역에서 아동 연쇄 살인 사건이 일어나긴 했어요. 하지만 아주 오래전 일이죠. 전 잘 모릅니다. 목사님도 모르실 거고요. 그때는 여기 안 계셨거든요. 하지만 블라이 양은 여기 있었죠. 맞아요, 블라이 양은 그때 틀림없이 여기 있었을 거예요. 그땐 상당히 어렸겠지만요."

"그랬을 것 같아요. 참, 블라이 양은 필립 스타크 경을 사랑하고 있나요?"

"눈치채셨군요. 맞아요. 나도 그렇게 생각해요. 숭배 이상의, 헌신적인 사랑이죠. 윌리엄과 나도 처음 여기 왔을 때 그걸 느꼈답니다."

"어떻게 여기 오게 되셨나요? 그 운하의 집에 산 적이 있으세요?"

"아뇨, 거기 산 적은 없어요. 남편은 그 집을 그리는 걸 좋아해서 여러 번 소재로 삼았죠. 베레스퍼드 씨가 제게 보여 준 그 그림은 어떻게 됐나요?"

"남편이 다시 집으로 가져왔지요. 그나저나 부인께서 그림 속의 배에 대해 하신 말씀을 들었어요. 부인의 남편께선 배를 그린 적이 없으셨다면서요. 워터 릴리라는 이름을 가진 그 배……."

"맞아요. 그건 남편이 그린 게 아니에요. 내가 그 그림을 마지막으로 봤을 때는 거기 배가 없었죠. 다른 누군가 그려 넣은 거예요."

"그 배엔 워터 릴리라고 쓰여 있더군요. 그리고 세상에 존재하지도 않는 사람인 메이저 워터스라는 사람이 릴리 워터스라는 아이의 무덤을 찾아 달라는 편지를 보냈고요. 하지만 그 무덤에 아이는 묻혀 있지 않고, 초대형 절도에 얽힌 장물이 가득 든 아이의 관만 나왔어요. 그 배 그림은 일종의 메시지인 게 분명해요. 장물이 숨겨져 있는 곳을 암시하는 메시지. 이 모든 게 범죄와 관련이 있는 것 같아요……."

"그런 것 같네요. 하지만 우리가 모르고 있는 건……."

엠마 보스코언이 갑자기 말을 멈췄다. 그러더니 재빨리 이렇게 말했다.

"그 여자가 우리를 찾으러 오고 있어요. 화장실로 들어가세요."

"누구 말씀이세요?"

"넬리 블라이 말이에요. 빨리 화장실로 들어가세요. 문을 잠그시고요."

"그 여자는 그냥 참견을 좋아하는 사람일 뿐인걸요."

터펜스가 화장실로 들어가며 말하자 보스코언 부인이 대꾸했다.

"그보다는 수상한 사람이죠."

그때 블라이 양이 문을 열고 무언가를 도와주려는 듯 활기차게 안으로 들어섰다.

"더 필요한 건 없으신가요? 여기 새 수건과 비누가 있을 거예요. 코플리 부인이 여기 와서 목사님을 돌봐 드리지만, 일을 제대로 하는지 살펴볼 필요가 있답니다."

보스코언 부인과 블라이 양은 함께 아래층으로 내려갔다. 두 사람이 응접실 문에 도착했을 무렵 터펜스도 그들과 합류했다. 터펜스가 거실로 들어서자, 필립 스타크 경이 자리에서 일어나 의자를 바로잡아 주고 옆에 앉았다.

"이제 마음에 드십니까, 베레스퍼드 부인?"

"네, 감사해요. 아주 편안하네요."

"사고를 당하셨다는 소식은 들었습니다. 요즘엔 불상사가 왜 그렇게 많이 생기는지 서글플 따름입니다.”

필립 스타크 경의 목소리는 왠지 유령처럼 들렸지만, 그러면서도 매력적이었다. 울림이 없고 멀리서 들려오는 것 같으면서도 깊이가 있었다.

그가 터펜스의 얼굴을 샅샅이 훑어보았다.

‘내가 이 사람을 뜯어본 것처럼 이 사람도 지금 나를 관찰하고 있구나.’

터펜스는 순간적으로 토미를 보았지만, 토미는 엠마 보스코언과 이야기하느라 정신이 없었다.

“그런데 서턴 챈슬러에는 무슨 일로 오셨나요, 베레스퍼드 부인?”

“아, 막연히 시골집을 좀 보러 다니는 중이었어요. 남편이 회의에 참석하느라 집을 비운 사이 저 혼자 적당한 곳을 찾아볼 생각이었답니다. 이 지역의 돌아가는 사정이 어떤지, 가격은 얼마나 줘야 하는지 알아보려고요.”

“부인께서 운하 옆의 집도 둘러보셨다고 들었는데요?”

“네, 그랬어요. 예전에 기차를 타고 가다 그 집을 본 적이 있거든요. 밖에서 볼 때는 굉장히 멋있었어요.”

“맞습니다. 그렇게 생각하셨을 거예요. 하지만 그 집은 손볼 곳이 많습니다. 지붕도 그렇고 여러 가지 보수할 일이 많아요. 또 그 집의 반대편은 그다지 매력적이지 않죠, 그렇지 않습니까?”

“그보다는 집을 그런 식으로 나눈 게 이상하게 여겨지더군요.”

“사람들은 생각하는 게 모두 다르니까요, 안 그렇습니까?”

"그 집에서 사신 적은 없으시죠?"

"네, 산 적은 없습니다. 우리 집은 여러 해 전에 불에 타 버렸습니다. 아직도 그 일부가 남아 있죠. 벌써 보셨거나 얘기를 들으셨는지도 모르지만, 그 집은 이 목사관 위, 그러니까 언덕 위에 있습니다. 그런 낮은 둔덕도 여기서는 언덕이라고 부르니까요. 그다지 자랑할 만한 건 못됩니다만, 선친께선 일찍이 1890년 무렵에 그 집을 지으셨습니다. 으리으리한 대저택이었죠. 고딕 양식의 외관에, 발모랄 성(스코틀랜드 북동부에 있는 성으로 1852년 이래 영국 왕실이 사용하고 있는 저택이기도 함 ― 옮긴이)을 연상시키는 건물이었으니까요. 요즘 건축사들이 다시 그런 풍의 저택을 칭송하지만, 40년 전만 해도 끔찍할 뿐이었답니다. 한마디로 귀족의 저택이 갖추어야 할 요소를 빠짐없이 갖추고 있었다고 보면 됩니다. 당구장, 가족용 거실, 여성 전용 휴게실, 거대한 식당, 무도회장에 열네 개의 침실까지. 저는 지금 상상만 할 뿐이지만, 한때는 집안일을 하는 하인들이 열네 명이나 있었다고 하더군요."

필립 스타크 경이 빈정대는 듯한 말투로 설명했다.

"선생님께서는 그런 것을 조금도 좋아하지 않으신 것 같아요."

"맞습니다. 제가 선친을 실망시켜 드렸던 거죠. 선친께서는 대단히 성공한 사업가셨고, 제가 그 뒤를 잇기를 바라셨어요. 하지만 전 그러지 않았습니다. 그래도 지원을 아끼지 않으셨습니다. 거액의 생활비와 용돈을 주시고, 제가 원하는 길을 가게 해 주셨으니까요."

"식물학자시라고 들었는데요."

"매력적인 일입니다. 야생화를 찾으러 다니곤 하는데, 특히 발칸 반도에 있는 나라들에 많이 가지요. 발칸 반도에 가서 야생화 채집을 해 보신 적이 있으십니까? 야생화가 자라기 아주 좋은 곳입니다."

"아주 근사하겠네요. 그런 다음에는 여기 돌아와서 생활하시나요?"

"여기서 살지 않은 지 꽤 오래됐습니다. 사실 아내가 죽은 뒤로는 여기서 지낸 적이 없지요."

"아, 그러시군요. 유감이네요."

터펜스가 조금 당황했다.

"벌써 오래전 일입니다. 아내는 전쟁이 일어나기 전 1938년에 세상을 떠났습니다. 정말 아름다운 여자였습니다."

"이곳 집에 아직 부인의 사진을 갖고 계신가요?"

"아뇨, 그 집은 비어 있습니다. 가구와 그림을 비롯한 모든 세간은 창고에 넣어 두었습니다. 지금은 침실 하나와 사무실 하나, 그리고 중개업자들이 올 때 사용하는 거실이 하나 있을 뿐입니다. 제가 부동산 일로 여기 내려올 때 사용하기도 하고요."

"그 집이 팔리지 않나요?"

"팔 생각이 없습니다. 이 지역이 개발된다는 소문이 있지만 확실한 소문도 아니고요. 선친께선 봉건 영주처럼 이 지역의 땅을 모두 소유하고 싶어 하셨습니다. 제가 선친의 뒤를 잇고, 제 아이가 제 뒤를 잇고, 그렇게 계속 이어지길 바라셨던 거죠."

필립 스타크 경이 잠시 말을 멈추었다 덧붙였다.

"하지만 줄리아와 저 사이엔 아이가 없답니다."

"아, 그렇군요."

터펜스가 조그맣게 말했다.

"그러니 여기 올 이유가 뭐가 있겠습니까. 사실 거의 오지 않습니다. 여기서 처리해야 할 일은 넬리 블라이 양이 대신 봐주고 있지요. 블라이 양은 최고의 비서입니다. 제 사업상의 일을 포함해 여러 가지 자질구레한 일들을 변함없이 돌봐 주고 있습니다."

필립 스타크 경이 블라이 양을 보고 미소 지으며 말했다.

"여기 오지 않으시면서도 그 집을 팔 생각이 없으시다고요?"

터펜스의 물음에 흐릿한 미소가 고행자 같은 필립 스타크의 얼굴을 스치고 지나갔다.

"그 집을 팔지 않는 데는 그만한 이유가 있습니다. 아마 그래도 제가 선친의 사업 감각을 조금은 이어받은 모양입니다. 땅은 가치가 큰 폭으로 상승하는 물건이거든요. 집을 팔아 돈으로 갖고 있는 것보다 나은 투자인 셈입니다. 가격이 계속 오르니까요. 언젠가 이곳에 거대한 신도시가 들어설지도 모르지요."

"그러면 부자가 되시겠군요?"

"더 큰 부자가 되겠지요. 지금도 충분히 부유하긴 합니다만."

"보통 무슨 일을 하며 시간을 보내시나요?"

"여행을 다닙니다. 런던에 할 일이 많습니다. 거기 화랑을 갖고 있어, 그것으로 그림 중개상을 하지요. 그 일이 재미있습니다. 누군가 내 어깨에 손을 얹으며 이제 그만 떠나라고 할 때까지 시간을 보내기 좋은 일이랍니다."

"그런 말씀은 하지 마세요. 소름이 끼치네요."

"소름 끼치실 필요 없습니다. 제가 보기에 부인께서는 오래 사실 것 같습니다. 그것도 아주 행복하게요."

"전 지금 아주 행복하답니다. 늙어 가면서 여기저기 아프고 쑤시고 또 살기 힘들어지겠지만 말이에요. 귀도 안 들리고 눈도 안 보이고 관절염 같은 것도 앓게 되겠죠."

"지금 걱정하시는 것보다는 한결 나으실 겁니다. 이런 말씀드려도 실례가 되지 않는다면, 부인과 남편께서는 아주 행복한 결혼 생활을 하고 계신 것처럼 보입니다."

"그렇다고 할 수 있죠. 사실 그래요. 이 세상에 행복한 결혼 생활보다 더 멋진 일은 없는 것 같아요, 그렇게 생각하지 않으세요?"

터펜스는 즉시 그 말을 후회했다. 그녀는 자신의 앞에 있는 남자를 응시했다. 사랑하는 아내를 잃은 슬픔으로 오랫동안 고통스러워했고 지금도 고통스러워하는 한 남자를. 터펜스는 그 말을 한 자신에게 화가 날 지경이었다.

이튿날 아침

I

저녁 모임 다음 날 아침이었다.

아이버 스미스와 토미는 하던 말을 멈추고 서로를 쳐다봤다. 그러고서 터펜스에게로 시선을 돌렸다. 터펜스는 격자 창문 너머를 응시하고 있었다. 뭔가 깊은 생각에 잠겨 있는 듯했다.

"우리가 어디까지 얘기했지?"

토미의 물음에 터펜스가 한숨을 쉬며 생각에서 빠져나와 두 남자에게로 시선을 돌렸다.

"난 아직 어젯밤 모임 생각에서 벗어나지 못하고 있어요. 그 모임을 주선한 목적이 뭐였죠? 그게 뭘 의미하는 거죠? 그 모임이 두 분에게는 무슨 의미가 있었던 게 분명해요. 지금 우린 어디 있는 거죠?"

아이버 스미스가 대답했다.

"전 별로 멀리 나아가지 못했습니다. 우리는 제각기 다른 것을 뒤쫓고 있는 것 같아요, 안 그런가요?"

"그렇지 않아요."

두 남자가 믿지 못하겠다는 듯 터펜스를 쳐다봤다.

"좋아요, 난 강박적인 여자라고요. 랭커스터 부인을 찾아야겠어요. 랭커스터 부인이 무사한지 알아야겠다고요."

"그러려면 존슨 부인을 먼저 찾아야 할걸. 존슨 부인을 찾기 전에는 랭커스터 부인을 찾을 수 없을 거야."

"존슨 부인요? 맞아요. 하지만 당신들은 랭커스터 부인에게 아무 관심도 없지 않나요."

"그렇지 않아요, 베레스퍼드 부인. 지대한 관심을 갖고 있는 걸요."

"에클스 씨 쪽은 어때요?"

"당분간은 에클스 씨를 꼼짝 못 하게 할 수 있겠지요. 하지만 크게 기대하진 않아요. 빠져나가는 솜씨만은 놀라운 사람이니까요. 실제로 흔적을 전혀 남기지 않는 게 아닌가 착각할 만큼 말이에요. 놀라운 관리자이자 계략가라고 할 수 있죠."

아이버 스미스가 목소리를 낮춰 말했다.

"어젯밤 일에 대해 물어봐도 돼요?"

터펜스가 머뭇거리며 입을 열었다.

"물어봐도 되지만, 아이버 스미스에게서 금방 만족스러운 대답을 얻을 거라 기대하진 않는 게 좋을 거야."

"필립 스타크 경 말인데요. 그 사람은 왜 온 거죠? 범죄자 같아 보이진 않던데. 혹시 다른 일이라면 몰라도……."

터펜스가 묻다가 필립 스타크 경을 아동 연쇄 살인범으로 여겼던 코플리 부인의 말을 떠올리며 재빨리 입을 다물었다.

"필립 스타크 경은 아주 가치 있는 정보원이에요. 영국의 다른 지역은 물론, 이 지역에도 가장 넓은 땅을 갖고 있는 대지주니까요."

"컴벌랜드에는요?"

"컴벌랜드요? 컴벌랜드는 왜요? 컴벌랜드에 대해 뭘 알고 계신 게 있나요, 베레스퍼드 부인?"

아이버 스미스가 날카로운 눈빛으로 터펜스를 응시했다.

"없어요. 왠지 모르겠지만 그냥 그 지명이 떠올랐어요. 집 한쪽에 붉고 흰 줄무늬 장미가 있었어요. 옛날에 유행했던 장미 말이에요."

터펜스가 인상을 찌푸리며 말했다. 그러고는 혼란스러운 얼굴로 고개를 저었다.

"필립 스타크 경이 그 운하의 집도 소유하고 있나요?"

"그 집이 서 있는 땅을 갖고 있습니다. 이 지역의 땅 대부분을 갖고 있으니까요."

"맞아요. 어제 그렇다고 하더군요."

"필립 스타크 경을 통해 복잡한 법적 절차 속에 교묘히 숨어 있던 그 집의 임대차 관련 정보를 알아낼 수 있었습니다."

"제가 광장에 가서 만났던 주택 중개업자들 말인데요, 그 사람들 중에 가짜 중개업자도 있었을까요, 아니면 그냥 제 상상일까요?"

"부인의 상상만은 아닙니다. 우리도 오늘 아침 그 사람들을 만나 볼 작정입니다. 다소 난해한 질문을 던져 볼 생각이죠."

"좋아요."

"우린 상당히 잘해 나가고 있습니다. 1965년 대규모 우체국 절도 사건을 해결했고, 올버리 크로스 절도 사건과 아일랜드 우편 열차 사업 문제도 해결했지요. 그 과정에서 장물도 많이 발견했답니다. 그자들은 영악하게도 여러 집에 숨길 장소를 마련했더군요. 한 집에는 새 욕조를 설치하고, 다른 집은 식사를 제공하는 하숙 아파트로 개조하면서 방 두 개를 원래 크기보다 작게 만들어 교묘하게 은닉처를 만드는 식입니다. 그래요, 그동안 정말 많은 성과가 있었어요."

"그렇다면 다른 사람들은요? 그러니까 에클스 씨 말고 그런 일을 꾸미고 실행한 사람들 말이에요. 무언가를 아는 사람들이 틀림없이 더 있을 거예요."

"맞아요. 혐의가 가는 사람이 두 명 있긴 해요. 한 명은 편리하게도 M1 도로 바로 옆에 있는 나이트클럽을 운영하는 사람으로, 모두들 행복한 해미시라고 불렀지요. 이자는 미꾸라지처럼 잘 빠져나가요. 그리고 살인자 케이트라는 대단히 흥미로운 여자 범죄자가 있지만, 오래전 일이죠. 아름다운 외모에도 불구하고 정신 상태가 불안한 사람이었지요. 그 여자는 자신이 몸담던 범죄 조직에서 쫓겨났는데, 그자들에게도 위험한 존재였기 때문이었던 것 같아요. 그자들은 철저하게 돈이 되는 일에만 관심이 있어요. 즉 약탈할 물건에

만 말입니다. 살인 같은 것은 별로 좋아하지 않죠.”

“그렇다면 그 운하의 집도 그자들이 약탈물을 숨겨 두는 곳이었나요?”

“한때 그랬죠. 그자들이 그 집을 숙녀의 초원이라고 부를 당시에요. 그 집은 정말이지 다양한 이름으로 불려 왔습니다.”

“일을 더 복잡하게 만들기 위해서인 것 같아요. 숙녀의 초원이라. 그 이름이 구체적인 사건과 관련이 있지 않을까요.”

“어떤 사건과 관련이 있을까요?”

“글쎄요, 반드시 그렇다기보다는 제 추리에 또 다른 실마리를 제공한다고나 할까요. 문제는 지금 제가 무슨 말을 하는지 저 자신도 잘 모른다는 거지만요. 그 그림만 해도 그래요. 보스코언 씨가 그림을 그리고 나서, 다른 누군가가 그 그림에 배를 그리고 이름까지 적어 넣었는데…….”

“배 이름이 타이거 릴리였던가요.”

“아뇨, 워터 릴리였어요. 그분 아내 말이 보스코언 씨는 그 배를 그리지 않았대요.”

“그걸 부인이 알았을까요?”

“알 수 있을 거예요. 화가와 결혼한 사람이라면, 더구나 자신이 예술가라면, 배를 다른 사람이 그렸다는 것쯤은 알 수 있을 것 같아요. 부인도 많이 놀란 것 같던데요.”

“보스코언 부인 말씀이시죠?”

“그래요. 강렬한, 아니 그보다는 압도적인 분위기를 풍기는 여자분이죠."

"그렇다면 그분 말이 맞겠군요."

"그 여자는 뭔가를 알고 있어요. 꼭 어떤 사실을 알아서 안다는 게 아니라, 좀 다른 차원이라고나 할까요. 제 말뜻을 아시겠어요?"

"난 모르겠어."

토미가 단호하게 말했다.

"그러니까 어떤 사실을 아는 것도 아는 거지만, 무언가를 느끼는 것도 아는 거라는 뜻이에요."

"그건 당신 전공 분야에 가까운걸."

"어떻게 말해도 좋아요. 이 사건 전체는 서턴 챈슬러와 연결되어 있어요. 숙녀의 초원. 운하의 집. 아니, 뭐라고 부르든 그 집이 중심에 있고, 현재와 과거에 그곳에 살던 사람들이 있어요. 어떤 일은 아주 먼 과거로 거슬러 올라가야 할 거예요."

터펜스가 골똘히 생각에 잠긴 채 말했다.

"코플리 부인 생각을 하고 있군."

"코플리 부인이 한 말은 대부분 일을 더 꼴 뿐이에요. 그 여자가 말한 모든 시기와 날짜가 엉망진창이라고요."

"시골 사람들은 보통 그래."

"나도 알아요. 나도 시골의 목사관에서 자랐잖아요. 그곳 사람들은 어떤 사건으로 날짜를 기억하지, 연도로 기억하지 않아요. '그 일은 1930년에 일어났어.'라거나 '1925년에 일어났지.'라고 말하는 대신 '그 일은 오래된 방앗간에 불이 난 다음 해에 일어났어.' 라거나

‘그 일은 커다란 참나무가 번개에 맞아 농부 제임스가 죽은 다음에 일어났어.’ 또는 ‘그 사건은 소아마비가 유행하던 해에 일어났어.’ 하는 식이죠. 이렇게 사건을 일관적인 순서에 따라 기억하는 게 아니라서 일이 더욱 어려워요. 여기 조금 찔렀다 저기 조금 찔렀다 하는 식이니까요. 물론 가장 큰 문제는 내가 늙었다는 데 있지요.”

터펜스가 갑자기 중대한 발견을 한 사람처럼 선언했다.

“부인은 영원한 젊음의 소유자이신걸요.”

아이버 스미스가 장담했다.

“쓸데없는 소린 그만두세요. 그런 식으로 여러 가지 일을 기억하는 걸 보니 나도 이젠 늙은 거예요. 병원에서 깨어나 기억을 회복하는 과정에서 인생의 초기로 돌아갔었다고요.”

터펜스가 아이버 스미스의 말을 일축했다. 그러고는 자리에서 일어나 방 안을 맴돌았다.

“이 호텔에 빠진 게 하나 있네.”

터펜스는 침실 안까지 들어갔다가 다시 걸어 나오며 고개를 저었다.

“성경이 없어요.”

“성경이라고?”

“그래요. 유서 깊은 호텔에는 기드온 성경(국제 기드온 협회에 의해 호텔 등에 비치되는 성경 ― 옮긴이)이 침대 머리맡에 비치되어 있는 법이거든요. 낮이든 밤이든 시간 나는 대로 읽을 수 있게 말이에요. 그런데 여기는 그 성경이 없네.”

"성경이 필요해?"

"있으면 좋겠어요. 나는 성경과 아주 친숙한 환경에서 자랐어요. 성직자의 딸들은 대부분 그렇겠지만요. 지금은 많이 잊어버렸긴 해요. 요즘은 교회에서 제대로 된 성경을 읽지 않으니 더욱 그렇게 됐죠. 이제는 모든 어법이 맞고 번역에도 문제가 없는 새 번역판을 봐서 그런지 느낌도 예전 같지 않아요. 두 분이 중개업자를 만나러 가 있는 동안, 난 서턴 챈슬러에나 가 볼까 해요."

"무엇하러 거길 가지? 난 당신이 가는 거 반대야."

"말도 안 되는 소리. 뭘 수색하러 가는 게 아니에요. 교회 안으로 들어가서 성경을 좀 보려고 해요. 개정판밖에 없는지 목사님께 가서 여쭤봐야겠어요. 목사님은 당연히 성경을 갖고 계시겠죠, 안 그래요? 내가 찾는 성경, 흠정역 성서(영국 왕 제임스 1세의 명을 받아 편집, 1611년 발행한 영역 성경 — 옮긴이) 말이에요."

"흠정역 성서는 찾아서 뭣하게?"

"그 아이의 묘비에 새겨져 있던 글귀를 찾아볼 생각이에요……. 흥미로운 구절이었거든요."

"그건 좋아. 하지만 당신을 못 믿겠어, 터펜스. 당신이 내 눈앞에 보이지 않으면, 또 곤란한 상황에 빠질 것만 같다고."

"이제 더 이상은 묘지를 헤매지 않을 거라고요. 아침 햇살이 비치는 교회와 목사관의 서재에서 무슨 일이 있겠어요?"

토미는 의심스러운 눈초리로 터펜스를 쳐다보았으나, 포기하고 말았다.

터펜스는 서턴 챈슬러의 교회 입구에 차를 세워 두고 사방을 살핀 후에 안으로 들어갔다. 신변에 심각한 위협이 있었던 장소 가까이 오자 당연하게도 혐오감이 느껴졌다. 그러나 이번에는 묘비석 뒤에 자신을 공격할 사람이 숨어 있는 것 같지 않았다.

터펜스는 교회 안으로 들어갔다. 나이 든 여인이 무릎을 꿇고 앉아 놋쇠 장식물을 윤나게 닦고 있었다. 터펜스는 발끝을 들고 성서 낭독대로 가서 그곳에 놓여 있는 성경을 주의 깊게 살펴보았다. 놋쇠 장식물을 닦던 여자가 고개를 들고 못마땅한 눈초리로 터펜스를 쳐다봤다.

"훔쳐 가려는 게 아니에요."

터펜스가 여인을 안심시키려고 이렇게 말했다. 그러고는 성경을 조심스럽게 덮고 다시 발끝으로 걸어 교회 밖으로 나왔다.

터펜스는 얼마 전에 발굴된 무덤을 살펴보고 싶었지만, 그럴 필요는 없을 것 같았다.

"범하는 자는……. 그런 뜻이겠지. 하지만 그렇다면 누군가는……."

터펜스가 중얼거렸다.

터펜스는 잠시 차를 타고 목사관으로 갔다. 차에서 내려 현관문의 초인종을 눌렀지만, 아무 소리도 들리지 않았다.

"초인종이 고장 난 모양이야."

터펜스는 목사관의 초인종이 어떤 상태인지 잘 알고 있었다. 문을 밀어 보니 쉽게 열렸다.

터펜스가 복도 안쪽에 섰다. 외국 소인이 찍힌 커다란 봉투가 복도에 놓인 탁자의 대부분을 차지하고 있었다. 아프리카 선교사 협회에서 보낸 우편물이었다.

'내가 선교사가 아니라서 얼마나 다행인지 몰라.'

그런 생각을 하고 있는데 기억 저편으로부터 다른 곳에서 본 복도 탁자와 관련한 어떤 일을 기억해 내야 할 것 같은 느낌이 들었다……. 꽃이었나? 나뭇잎이었나? 아니면 편지나 소포였나?

그때 왼쪽으로 난 문에서 목사가 모습을 드러냈다.

"절 찾아오셨나요? 아, 베레스퍼드 부인이시군요?"

"네, 맞아요. 성경을 갖고 계신가 해서 이렇게 왔어요."

"성경이라고요, 성경 말씀이시죠."

목사는 예상외로 자신 없는 표정이었다.

"목사님은 갖고 계실 것 같아서요."

"물론이죠, 물론입니다. 사실 여러 권을 갖고 있습니다. 공동 번역 성서를 찾으시는 건가요?"

목사가 희망을 품은 목소리로 물었다.

"아뇨, 전 흠정역 성서를 찾고 있어요."

터펜스가 확고하게 대답했다.

"물론 이곳에는 성경이 여러 권 있습니다. 그럼요, 몇 권이나 되죠. 하지만 유감스럽게도 현재 우리 교회에서는 흠정역 판을 사용하지 않습니다. 주교님의 방침에 따라야 하니까요. 부인도 아시다시피, 지금 주교님은 젊은 세대를 위해 교회의 현대화에 박차를 가하고 계시죠. 개인적으로는 못마땅합니다. 서재에 책이 참 많은데, 그중 상당수가 다른 책에 밀려나고 있답니다. 하지만 부인이 원하는 성경이 어딘가엔 있을 거예요. 못 찾으면 블라이 양에게 물어보도록 하죠. 블라이 양이 여기 어디에서 교회의 어린이 구역을 꾸밀 야생화 화분을 찾고 있을 겁니다."

목사는 터펜스를 복도에 남겨 두고 자신이 나온 방으로 다시 들어갔다.

터펜스는 목사를 따라 들어가지 않았다. 대신 복도에 남아 인상을 찌푸린 채 생각에 골몰했다. 갑자기 복도 끝 문이 활짝 열리며 블라이 양이 육중한 금속 화병을 들고 들어왔다.

터펜스의 머리에 갑자기 서너 가지 일이 동시에 떠올랐다.

"그래, 그랬던 거야."

"아, 베레스퍼드 부인, 무슨, 무슨 일이세요?"

"당신이 바로 존슨 부인이지, 그렇지?"

무거운 화병이 복도 바닥에 떨어졌다. 터펜스는 말을 멈추고 꽃병을 집어 들어 한 손으로 무게를 가늠해 보았다.

"아주 편리한 무기군. 누군가의 뒤통수를 치기에 제격이야. 내게 그런 짓을 한 게 당신이지, 그렇지, 존슨 부인?"

터펜스가 꽃병을 내려놓으며 말했다.

"저……. 저는……. 지금 뭐라고 하셨죠? 전 절대로……."

그곳에 더 머물러 있을 이유가 없었다. 이미 모든 것이 명백해진 터였다. 존슨 부인을 두 번째로 언급했을 때, 블라이 양은 터펜스의 말이 사실임을 온몸으로 입증해 보였다. 블라이 양은 공포에 질린 표정으로 몸을 마구 떨었다.

"며칠 전 당신의 집 복도 탁자 위에 편지 한 통이 놓여 있었어. 컴벌랜드에 있는 요크 부인 앞으로 된 편지였지. 당신이 그분을 양지바른 언덕에서 데리고 나와 그리로 데려간 거야. 그렇지 않아, 존슨 부인? 지금 그분은 거기 있겠지. 당신은 요크 부인과 랭커스터 부인이라는 두 개의 이름을 번갈아 사용했어. 요크 부인과 랭커스터 부인은 둘 다 페리 부부의 집 정원에 있는 붉은색과 흰색 줄무늬 장미를 좋아하지……."

터펜스는 재빨리 몸을 돌려, 아직도 입을 벌리고 계단의 난간에 기대서 자신을 쳐다보고 있는 블라이 양을 복도에 남겨 둔 채 집 밖으로 빠져나왔다. 이어 그녀는 목사관 뮤까지 달려 나와 차에 얼른 올라탄 다음 그곳을 떠났다. 고개를 돌려 현관 문 쪽을 살펴보았으나 아무도 보이지 않았다. 터펜스는 교회를 지나쳐 마켓 베이싱으로 가려다가 갑자기 마음을 바꿔 온 길을 되돌아가서 운하의 집 옆의 다리로 연결되는 왼쪽 차선으로 갈아탔다. 운하의 집에 도착한 터펜스는 차에서 내려 페리 부부가 정원에 있는지 안을 들여다보았다. 아무도 보이지 않았다. 터펜스는 다시 철문 안으로 들어가 집 뒷문으로 갔다. 뒷문은 잠겨 있었고, 창문도 모두 내려져 있었다.

터펜스는 당황스러웠다. 앨리스 페리가 마켓 베이싱에 무언가를 사러 간 모양이었다. 터펜스는 앨리스 페리를 만나고 싶었다. 그녀는 문을 두드렸다. 처음에는 살살, 차츰 점점 크게 두드렸지만 아무 응답도 없었다. 손잡이를 돌려 보아도 문은 꿈짝도 하지 않았다. 문은 굳게 잠겨 있었다. 터펜스는 어떻게 해야 할지 몰라 한동안 그 자리에 서 있었다.

앨리스 페리에게 묻고 싶은 질문이 몇 가지 있었다. 어쩌면 페리 부인이 서턴 챈슬러에 있는지도 모르니 그곳으로 돌아가야 할 것 같았다. 운하의 집 근처에는 인적은커녕 지나가는 차도 없었다. 페리 부부가 이른 아침부터 어디 갔는지 물어볼 만한 사람은 아무도 없었다.

I

터펜스는 인상을 찌푸린 채 문 앞에 서 있었다. 그때 갑자기, 전혀 예기치 못하게 문이 벌컥 열렸다. 터펜스는 숨도 쉬지 못한 채 뒤로 물러섰다. 앞에는 이렇게 만날 것이라고는 꿈에도 생각지 못한 인물이 서 있었다. 양지바른 언덕에서와 똑같은 옷을 입고 우호적인 분위기를 풍기며 똑같은 미소를 머금은 채 문가에 서 있는 사람은 다름 아닌 랭커스터 부인이었다.

"아."

터펜스가 외마디 소리를 질렀다.

"안녕하세요. 페리 부인을 보러 오셨나요? 오늘은 장이 서는 날이라우. 내가 있어 이렇게 부인을 맞이할 수 있으니 얼마나 다행인지 몰라요. 한참 열쇠를 찾지 못했는데. 이것도 복사된 열쇠이긴 해요. 어쨌든 들어와요. 차 한잔 대접할 테니.”

마치 꿈을 꾸는 듯한 기분으로 터펜스가 문지방을 넘어섰다. 랭커스터 부인은 안주인처럼 여전히 너그러운 미소를 머금은 채 터펜스를 거실로 안내했다.

“자, 앉아요. 커피 잔이 어디 있는지 잘 몰라서 어쩌지. 여기 온 지 하루나 이틀 정도밖에 안 되어서. 자, 어디 봅시다……. 우리 틀림없이 전에 만난 적이 있죠, 그렇죠?”

“그래요. 부인이 양지바른 언덕에 계실 때였죠.”

“양지바른 언덕이라. 그러고 보니 뭔가 떠오르네. 사랑스러운 패커드 원장 말이우. 그래요, 아주 좋은 곳이었어.”

“좀 갑작스럽게 그곳을 떠나지 않으셨나요?”

“사람들이 너무 권위적이라서 그렇다우. 급하게 몰아붙이는 바람에. 정리도 하고 짐도 꾸리고 할 시간을 주지 않지. 좋은 의도로 그랬겠지만. 물론 난 넬리 블라이 양을 아주 좋아한다우. 하지만 아주 독단적인 여자지. 어떨 때, 어떨 때는 그 여자가 조금……. 물론 그런 일은 많이 있어요. 특히 노처녀들이 그래. 결혼하지 않은 여자들 말이야. 일 같은 건 아주 잘하지만, 아주 괴상한 망상을 품을 때가 가끔 있거든. 그 때문에 목사님들이 고생을 많이 한다우. 그 여자들, 노처녀들은 자신이 모시고 있는 목사님이 언젠가 자기한테 프러포즈를 할지 모른다고 생각한다우. 정작 당사자는 꿈에도 그럴 생각이 없는데 말이야. 아, 가엾은 넬리. 어떻게 보면 아주 괜찮은 여자인데. 이곳 교구 일도 아주 잘 보고 있으니까. 넬리는 언제나 일등 비서였어. 하지만 그러면서도 가끔은 아주 이상한 생각을 하지요. 나를 갑자기 그 좋은 양지바른 언덕에서 컴벌랜드로 데리고 가는 것과 같은 일 말이우. 컴벌랜드의 집은 황량하기 짝이 없지. 그러다 갑자기 날 이리로 데려오는 것하곤……."

랭커스터 부인이 터펜스 쪽으로 상체를 굽히고 무언가 생각에 잠 긴 듯 이마를 두드려 가며 이렇게 말했다.

"여기 사세요?"

"글쎄요, 그렇게 말한다면 그럴 수도 있지. 여긴 구조가 좀 특이하 다우. 여기 온 지는 이틀밖에 안 됐어요."

"그전에는 컴벌랜드에 있는 로즈 트렐리스 양로원에 계셨죠."

"맞아요. 그런 이름이었던 것 같아요. 양지바른 언덕처럼 예쁜 이 름은 아니에요, 그렇죠? 솔직히 난 한 군데 정착하지 못했다우. 내 말이 무슨 뜻인지 알죠? 게다가 그곳은 제대로 운영되지도 않는 곳 이었어요. 서비스도 별로 좋지 않고, 커피도 아주 싸고 형편없는 것 으로 주고. 하지만 난 곧 거기에 익숙해졌고, 거기서 아는 사람도 한 두 명 만났다우. 그중 한 사람은 여러 해 전 인도에서 우리 이모님 과 아주 잘 알고 지냈다지 뭐예요. 그렇게 연결되어 있는 사람을 만 난다는 게 얼마나 근사한 일인지 몰라요."

"그럴 거예요."

랭커스터 부인은 기분 좋은 듯 말을 이어 나갔다.

"자, 봅시다. 그쪽 양지바른 언덕에 왔지만, 거기에 살러 온 것 같지는 않아요. 거기서 지내는 노인을 만나 보러 왔던 것 같은데."

"시이모님을 뵈러 갔죠. 팬쇼 부인 말이에요."

"아, 그래요. 맞아요. 이제 기억이 나는군. 내가 부인의 아이가 굴뚝 밑에 있다는 말도 했던 것 같은데?"

"아니에요. 제 아이가 아니에요."

"하지만 그래서 여기 찾아온 거 아니우? 여기 굴뚝엔 문제가 많아요. 새가 빠졌던 것 같거든. 이 집은 수리를 많이 해야 해요. 난 여기 있고 싶지 않다우. 잠시도 있고 싶지 않아. 넬리를 만나면 얘기해야겠어."

"여기서 페리 부인과 함께 지내시나요?"

"그렇다고 할 수도 있고, 아니라고 할 수도 있지. 부인은 입이 무거울 것 같은데, 믿어도 될까?"

"그럼요. 믿으셔도 되고말고요."

"사실 난 여기 있지 않아요. 그러니까 이 집의 이쪽 부분에 살지 않는다는 말이우. 여기서는 페리 부부가 살죠. 2층으로 올라가면 다른 집이 또 하나 있어요. 이리 와요. 내가 보여 줄 테니."

랭커스터 부인이 몸을 앞으로 굽히며 말했다.

터펜스가 자리에서 일어섰다. 광기 어린 꿈을 꾸고 있는 듯한 느낌이었다.

"먼저 문을 잠가야겠네. 그 편이 안전할 테니."

랭커스터 부인이 터펜스를 데리고 2층으로 통하는 좁은 계단을 올랐다. 누군가 사용하고 있는 듯한 2인용 침실이 나타났다. 페리 부부가 사용하는 방 같았다. 침실 문을 통해 나가니 바로 옆에 다른 방이 붙어 있었다. 세면대와 단풍나무로 된 키 큰 옷장이 있는 방이었다. 다른 가구는 없었다. 랭커스터 부인은 옷장으로 다가가더니 뒤쪽을 더듬거렸다. 그러자 갑자기 옷장이 쉽게 옆으로 밀렸다. 밑에 바퀴가 달려 있어 쉽사리 밀려 나오는 것 같았다. 옷장 뒤에는 뜻밖에도 벽난로가 있었고, 그 위로는 작은 선반이 달린 거울이 걸려 있었다. 선반에는 새 모양의 도자기가 여러 개 놓여 있었다.

랭커스터 부인이 가운데 있는 새를 쥐고 세게 잡아 당겼다. 그러자 그 새가 벽난로 틀에 가서 끼워졌다. 살짝 건드리자 다른 새도 모두 그 자리에 끼워졌다. 이렇게만 했을 뿐인데, 잠시 후 딸깍 하는 소리가 들리더니 벽난로 전체가 벽에서 밀려나며 앞쪽으로 회전했다.

"정말 머리가 좋은 게지. 오래전에 이 집을 수리할 때 이런 장치를 해 둔 거야, 다들 이 방을 '사제의 은신처(16~17세기 가톨릭이 금지되었을 무렵 집 안에 가톨릭 사제가 숨어 있던 방 — 옮긴이)'라고 불렀다우. 하지만 진짜 사제의 은신처는 아니었지. 사제와는 아무 상관도 없는 방이니까. 이리로 와요. 여기서 내가 지내고 있어요."

랭커스터 부인이 쇠창살 문을 다시 한 번 밀었다. 그러자 앞쪽으로 나왔던 벽이 뒤로 회전했고, 잠시 후에 널찍하고 매력적인 방이 모습을 드러냈다. 그 방 창문 너머로 운하와 맞은편에 있는 언덕이 내려다보였다.

"사랑스러운 방이죠, 그렇지 않아요? 전망도 너무 아름답고요. 난 이 방을 아주 좋아해요. 젊었을 때 한동안 이 방에서 살았죠."

“아, 그러셨군요.”

“하지만 운이 좋은 집은 못 된다우. 아니, 오히려 모두들 재수 없는 집이라고 했지. 이 문도 닫아야겠어요. 조심해서 나쁠 건 없잖우, 안 그래요?”

부인이 한 손을 뻗어 문을 밀자, 딸깍 하는 소리가 나며 다시 원래의 모습으로 돌아갔다.

“그러니까 이곳을 은신처로 쓰려고 이 집을 수리할 때 방을 이렇게 바꾼 거로군요.”

“많은 곳을 수리했다우. 앉아요. 높은 의자를 드릴까, 아니면 낮은 걸로 드릴까? 난 류머티즘이 있어서 높은 의자를 좋아해요. 그러니까 부인은 이 집에 어린아이의 시체가 있을지 모른다고 생각하는 게로군. 정말 터무니없는 생각이지, 그렇지 않아요?”

“그럴 수도 있죠.”

“경찰과 도둑들이 있었지. 난 젊었을 때 너무 어리석었다우. 모든 면에서 그랬지. 대규모 절도단이 젊은 나이엔 그렇게 멋있어 보일 수가 없었어요. 갱의 정부(情婦)가 되는 게 세상에서 가장 멋진 일 같았으니까. 믿어지지 않겠지만, 한때는 내가 그렇게 생각했다우. 하지만 그래선 안 됐어. 정말 그래선 안 됐다고. 나도 과거엔 그렇게 생각했지만 말이야. 하지만 이내 더한 걸 원하게 되더군. 무언가를 훔치고 숨겨 두는 일이 따분하게 느껴지기 시작한 거야. 그건 빈틈 없는 계획을 필요로 하는 일이었으니까.”

랭커스터 부인이 관대한 어조로 털어놓았다. 부인은 말하는 도중에 몸을 앞으로 굽히고 터펜스의 무릎을 톡톡 치기도 했다.

"그러니까 존슨 부인, 아니 블라이 양이……."

"물론 그 여잔 나한테 언제까지나 넬리 블라이라우. 하지만 어떤 연유로 일 처리를 빨리 하려다 보니 때때로 존슨 부인이 되기도 하는 거지. 그렇지만 블라이 양은 한 번도 결혼한 적이 없어요. 한 번도. 그저 평범한 노처녀지."

그때 아래층에서 문 두드리는 소리가 들렸다.

"이런, 페리 부부가 돌아온 모양이네. 이렇게 빨리 올 줄 몰랐는데."

문 두드리는 소리는 계속 되었다.

"문을 열어 줘야 할 것 같아요."

"아니, 그럴 순 없어. 난 날 방해하는 인간을 참을 수가 없다고. 우리가 여기서 이렇게 다정하게 이야기를 나누고 있는데 말이야, 안 그래요? 우린 그냥 여기서 계속……. 저런, 이제 창문에 대고 날 부르고 있군. 밖을 내다봐요. 누가 와 있는지."

터펜스가 창가로 갔다.

"페리 씨예요."

밑에서는 페리 씨가 소리치고 있었다.

"줄리아! 줄리아!"

"주제넘은 인간! 에이머스 페리 같은 인간이 내 세례명을 부르다니 있을 수도 없는 일이야. 그럴 순 없지. 아, 걱정하지 말아요. 여긴 아주 안전한 곳이니까. 여기서라면 재미있는 대화를 계속 나눌 수 있지. 내 얘기를 모두 해 줄게요. 난 아주 흥미로운 인생을 살았다우. 파란만장했지. 책으로 써야겠다고 생각할 때도 있을 정도니까. 난 제정신이 아니었다우. 들꽃처럼 살았거든. 그러다 범죄단과 가까워진 거야. 그래, 모두 범죄자들이었어. 아주 불쾌한 자들도 있었지만, 개중엔 좋은 사람들도 있었다우. 좋은 계층 출신 말이우."

"블라이 양처럼요?"

"아니, 아니야. 블라이 양은 범죄와 아무 관계도 없는 사람이라우. 넬리 블라이는 아니야. 그 여자는 교회밖에 몰라. 아주 종교적인 사람이지. 하지만 세상에는 다른 종류의 종교도 많다우. 내 말뜻을 알죠?"

"여러 종파가 있다는 말씀이시겠죠."

"맞아요. 보통 사람들의 생각으로는 그럴 거예요. 하지만 진짜로 평범하지 않은 사람들도 있는 법이거든. 특별한 명령을 받은 특별한 사람들 말이야. 특별한 군단 같은 게 있다고. 내 말이 무슨 뜻인지 알겠어요?"

"잘 모르겠는걸요. 그런데, 페리 부부에게 문을 열어 줘야 하지 않을까요? 화를 낼 거 같은데……."

"아니, 페리 부부를 이 집에 들여놓을 생각은 없어. 적어도 내 얘기를 마칠 때까지는 말이야. 무서워할 것 없다우. 모든 게 아주 자연스럽고, 해롭지 않으니까. 고통도 전혀 없어. 잠드는 것과 똑같아요. 나쁠 것 없다고."

터펜스가 랭커스터 부인을 응시했다. 그러다 벌떡 일어나 벽에 달린 문 쪽으로 달려갔다.

"그쪽으로는 나갈 수 없어. 손잡이가 어디 있는지 모를텐데. 당신이 생각하는 곳에 있지 않으니까. 오직 나만 알아. 난 이 집의 비밀을 모두 알고 있어. 젊었을 때 여기서 갱단과 함께 살았거든. 그러다 내가 그자들에게서 도망쳐 나가 구제를 받았지. 특별한 구원이었어. 아이를 죽인 내 죄를 씻기 위해 받은 구원이었으니까. 난 무용수였고, 아이를 원치 않았지. 저 벽 위에 저게 날 그린 그림이야. 무용수였던 나를……."

터펜스가 랭커스터 부인이 가리키는 곳을 바라보았다. 벽에 유화가 걸려 있었다. 나뭇잎으로 장식된 흰색 새틴 무용복을 입은 여자의 전신상이 그려져 있고 워터 릴리라고 쓰여 있었다.

"워터 릴리는 내가 맡았던 최고의 역이었어. 모두들 그렇게 말했지."

터펜스가 느릿느릿 돌아와 자리에 앉아 랭커스터 부인을 뚫어지게 쳐다보았다. 그녀의 머리로 어떤 문구가 되풀이해서 떠올랐다. 양지바른 언덕에서 들은 말이었다. '부인의 가엾은 아이인가요?' 터펜스는 그때 공포감을 느꼈다. 지금도 공포스러웠다. 무엇이 두려운지는 잘 모르지만, 똑같은 공포감이 전신을 훑고 지나갔다. 터펜스는 눈앞의 온화한 얼굴과 자애로운 미소를 쳐다봤다.

"난 내가 받은 명령을 이행해야 했어. 파멸의 대리인이란 게 있는데, 내가 파멸의 대리인으로 지명된 거야. 난 기꺼이 받아들였어. 파멸의 대리인들은 죄로부터 자유로운 사람들이야. 어린아이들도 죄로부터 자유롭지. 죄를 지을 만큼 나이를 먹지 않았으니까. 그래서 지명받은 대로 난 그 아이들을 신의 영광을 위해 바쳤어. 아직 순진무구한 아이들, 그래서 죄가 뭔지 모르는 아이들을 말이야. 그런 지명을 받는 건 얼마나 영광된 일인지 몰라. 특별히 선택된 사람이 되는 거니까. 난 늘 아이들을 사랑했어. 하지만 내 아이는 없었지. 정말 잔인한 운명이었어. 아니, 잔인한 것처럼 보였지. 하지만 그건 내가 저지른 일에 대한 응징이었던 거야. 내가 무슨 짓을 했는지 이제 알겠나?”

“아뇨.”

“그래? 다 아는 것처럼 하고 다니던데. 난 당신도 그걸 아는 줄 알았어. 의사가 있었어. 내가 찾아간 의사. 그때 난 겨우 17살이었고, 겁에 질려 있었어. 그 의사는 괜찮다고, 아이를 지워 버리면 아무도 모를 거라고 그랬어. 하지만 그건 옳은 일이 아니었어. 난 악몽을 꾸기 시작했어. 꿈에 매번 그 아이가 나와서 왜 자기는 태어나 보지도 못한 거냐고 내게 물었지. 아이는 또 친구가 필요하다고 했어. 여자아이였지. 난 그 아기가 여자아이였다고 확신해. 그 애가 꿈에 나타나서 다른 애들이 필요하다고 말하는 거야. 그 무렵 난 명령을 받았어. 난 아기를 가질 수가 없었어. 결혼을 해서 아기가 생길 줄 알았는데, 남편이 그토록 절실히 아이를 원했는데도 아이가 생기지 않는 거야. 내가 저주를 받았기 때문이었지. 이제 알겠지, 그렇지 않아? 하지만 속죄할 길이 있었어. 내가 저지른 일을 속죄받을 방법 말이야. 난 살인을 저질렀어. 살인은 다른 살인으로만 속죄받을 수 있는 거야. 그런 살인은 진짜 살인이 아니라 제물이기 때문이지. 그 아이들은 제물로 바쳐졌어. 당신도 그 차이를 알 거야, 그렇지? 그 아이들은 그렇게 가서 내 아이의 친구가 되었어. 아이들의 나이는 제각기 달랐지만, 모두 어린아이들이었지. 명령이 내려지면…….”

랭커스터 부인이 몸을 앞으로 숙이고 터펜스의 몸을 어루만졌다.

“그건 너무나도 행복한 일이었어. 넌 이해할 거야, 그렇지? 그 아이들을 해방시켜 내가 아는 죄를 영원히 모르게 하는 건 지극히 행복한 일이었어. 물론 내가 누구에게도 말하지 않았으니, 아무도 그런 사실을 몰랐겠지. 그것만은 확실히 지켜야 했어. 그런데도 가끔 뭔가를 알아차리거나 의심하는 자들이 나타나곤 했지. 그러면 물론 그자들도 죽여 줄 수밖에. 그래야 내가 안전하거든. 그렇게 해서 난 안전하게 지내 왔어. 이제 알겠지?”

“잘……. 잘 모르겠어요.”

“넌 알고 있어. 그래서 네가 여기 온 거야, 안 그래? 양지바른 언덕에서 내가 네게 물어본 거 기억하지. 난 네 얼굴을 보고 ‘부인의 가엾은 아이인가요?’ 하고 물었어. 내가 죽인 아이들의 엄마라는 느낌이 들었거든. 난 네가 어느 날 다시 오면, 너랑 같이 우유를 마셔야겠다고 다짐해 두었어. 보통은 우유를 사용해. 코코아를 쓴 적도 있지만. 내 비밀을 아는 사람에겐 모조리 그렇게 해 주었어.”

랭커스터 부인이 천천히 방을 가로질러 가서 구석에 있는 찬장을 열었다.

“무디 부인도 그중 한 사람인가요?”

“아, 그 여자 일을 아는군. 그 여자는 아이 엄마는 아니었어. 극장에서 의상을 담당하던 여자였지. 그 여자가 내가 저지른 일을 냄새 맡은 거야. 그래서 떠나 줘야 했지.”

랭커스터 부인이 재빨리 몸을 돌려 우유 잔을 들고 미소 지으며 다가왔다.

“다 마셔. 그냥 쭉 마시라고.”

터펜스는 한동안 잠자코 앉아 있다가 벌떡 일어나 창문가로 달려갔다. 터펜스는 의자를 들어 유리창을 깬 다음 창문 밖으로 머리를 내밀고 소리쳤다.

“살려 주세요! 살려 주세요!”

랭커스터 부인이 웃음을 터뜨렸다. 랭커스터 부인은 우유 잔을 탁자 위에 내려놓고 의자 뒤로 기대앉아 계속 웃었다.

“어리석기도 하지. 누가 올 거라고 생각해? 누가 올 수 있다고 생각하지? 여기 오려면 문을 부수고 이 벽을 뚫어야 할걸. 그리고 그때쯤이면……. 다른 것도 있어. 꼭 우유일 필요는 없으니까. 우유가 쉽긴 하지. 우유와 코코아, 가끔은 차. 난쟁이 무디 부인을 위해서는 코코아에 그걸 탔어. 그 여잔 코코아를 좋아하니까.”

“모르핀 말인가요? 어떻게 그걸 손에 넣었죠?”

“아, 그건 어렵지 않아. 오래전에 같이 살았던 남자가 암에 걸렸거든. 의사가 남편에게 투약하라며 내게 그걸 주었지. 다른 약도 받았어. 나중에 난 그 약들을 모두 버렸다고 말했지만 그것과 다른 약, 또 진정제를 잘 모셔 두었지. 언젠가는 쓸모가 있을 거라고 생각했거든. 실제로 아주 잘 써먹었지. 아직도 남은 약이 있어. 난 절대로 그런 약을 먹지 않아. 별로 좋은 게 못되거든. 쭉 마셔. 그게 가장 쉬운 방법이야. 다른 방법도 있지만 그걸 어디 두었는지 기억이 나질 않는군그래.”

랭커스터 부인이 우유 잔을 터펜스에게 내밀었다. 그러고는 자리에서 일어나 방 안을 맴돌기 시작했다.

“그걸 어디 뒀더라? 어디 뒀지? 늙으니까 너무 잘 잊어버린단 말이야.”

터펜스가 다시 고함을 쳤다.

“살려 주세요!”

하지만 운하의 제방에는 아무도 보이지 않았다. 랭커스터 부인은 여전히 방을 맴돌고 있었다.

“내가 그걸 어디 두긴 했는데……. 아, 뜨개질 가방에 넣어 두었지.”

터펜스가 창문에서 몸을 돌렸다. 랭커스터 부인이 터펜스를 향해 다가왔다.

“이런 방법을 원하다니 어리석은 것 같으니라고.”

랭커스터 부인이 왼팔로 터펜스의 어깨를 잡았다. 그녀의 오른손이 등 뒤에서 나왔다. 그 손에는 얇고 긴 칼이 들려 있었다. 터펜스는 온 힘을 다해 몸부림쳤다.

‘이 여자 정도는 쉽게 막을 수 있어. 쉽게 할 수 있다고. 늙고 쇠약한 여자라서 날 죽일 순 없을 거야…….’

불현듯 차가운 공포의 물결이 터펜스의 전신을 휘감았다.

‘하지만 나도 늙은걸. 난 별로 힘이 세지 못해. 이 여자만큼 힘이 세지 못하다고. 이 여자의 손과 팔, 그리고 손가락을 봐. 게다가 이 여자는 미쳤고. 미친 사람은 힘이 세다고 하잖아.'

번뜩이는 칼날이 터펜스를 향해 다가왔다. 터펜스가 비명을 질렀다. 아래쪽에서 사람들의 고함 소리와 뭔가를 치는 듯한 소리가 들려왔다. 누군가 이 집의 문이나 창문을 열려고 하는 것 같았다. 이제 문을 부수는 소리가 들렸다.

'하지만 절대 여기까지 오지 못할 거야. 그 교묘한 문을 어떻게 뚫겠어? 여는 법을 모르면 절대로 들어올 수 없어.'

터펜스는 온 힘을 다해 저항했다. 아직까지는 랭커스터 부인을 막을 수 있었지만 상대의 몸집이 더 컸다. 랭커스터 부인은 크고 힘센 여자였다. 그녀는 여전히 미소를 짓고 있었지만, 자애로운 표정은 더 이상 찾아볼 수 없었다. 마치 지금 상황을 즐기고 있는 것처럼 보였다.

"살인자 케이트."

"내 별명을 알고 있군? 맞아, 하지만 난 그걸 넘어섰어. 신의 지령을 받는 집행자가 된 거지. 내가 널 죽이는 건 신의 뜻이야. 그러니까 괜찮다고. 너도 그걸 알 거야, 그렇지? 그러니까 괜찮다고."

터펜스는 이제 커다란 의자 한쪽에 몰린 상태가 되었다. 랭커스터 부인이 한 팔로 터펜스를 의자에 대고 눌렀다. 누르는 힘은 점점 세졌고, 더 이상은 뒷걸음칠 곳도 없었다. 랭커스터 부인의 오른손에 들린 날카로운 칼날이 점점 가까이 다가왔다.

'공포에 빠지지 말자. 공포에 빠져선 안 돼.'

하지만 바로 예리한 의문이 고개를 들었다.

'그런데 내가 뭘 할 수 있지?'

몸부림쳐 봤자 아무 소용 없을 터였다.

거대한 공포가 터펜스를 덮쳤다. 양지바른 언덕에서 처음 그 암시적인 말을 들었을 때 느꼈던 것과 똑같이 예리한 공포였다.

'부인의 가엾은 아이인가요?'

그건 최초의 경고였다. 하지만 터펜스는 그 말을 제대로 해석하지 못했다. 경고인지 알지 못한 것이다.

터펜스는 다가오는 칼날을 지켜보았다. 그러나 이상하게도 온몸이 마비될 만큼 공포스러운 것은 번쩍이는 칼날도, 그로 인한 위험도 아니었다. 그보다는 칼날 위에 있는 얼굴, 자애로운 미소를 띤 랭커스터 부인의 얼굴이었다. 말도 되지 않는 이유를 들어 주어진 소임을 다하려는 그 얼굴은 행복하고 너무도 만족스럽게 웃고 있었다.

'이 여자는 미친 사람 같지 않아. 가장 끔찍한 건 바로 그 점이야. 이 여자는 절대 미치지 않았어. 자기가 미쳤다고 생각하지 않으니까. 자기 생각에는 완벽하게 정상적인, 그리고 이성적인 인간일 뿐이라고. 아, 토미, 토미, 지금 난 어떻게 해야 하는 걸까요?'

현기증이 덮쳐 왔다. 터펜스는 사지에 힘이 빠지는 것을 느꼈다. 모든 근육이 풀려 버리는 것 같았다. 어디선가 유리가 깨지는 듯한 커다란 소리가 들렸다. 터펜스는 그렇게 어둠 속으로, 의식 저편으로 사라졌다.

II

"이제 정신이 드시는군요. 이걸 마시면 좋아지실 겁니다, 베레스퍼드 부인."

차가운 유리잔이 터펜스의 입술에 와서 닿았다. 터펜스가 온 힘을 다해 그 잔을 물리쳤다. 독이 든 우유야……. 누가 그런 말을 한 적이 있어……. 독이 든 우유가 어쨌느니 하는 말을 들었잖아. 독이 든 우유를 마실 수는 없어……. 아냐, 이건 우유가 아니야. 냄새가 다른걸…….

터펜스가 안심하고 입을 벌려 한 모금 마셨다.

"브랜디로군."

터펜스가 중얼거렸다.

"맞아요! 어서, 조금 더 마셔요……."

터펜스가 또 한 모금을 마셨다. 그녀는 쿠션에 기대 주변을 둘러보았다. 창문 너머로 사다리의 윗부분이 보였다. 창문 앞쪽 바닥은 산산조각 난 유리 파편으로 가득했다.

"유리가 깨지는 소리를 들었어요."

터펜스가 브랜디 잔을 밀어냈다. 그러고는 잔을 쥐고 있는 손을 따라 시선을 옮겼다. 손을 따라 팔이 나오고, 그 잔을 쥐고 있는 남자의 얼굴이 나타났다.

"엘 그레코."

터펜스가 또 중얼거렸다.

“뭐라고 하셨습니까?”

“신경 쓰지 마세요.”

터펜스가 방 안을 둘러보았다.

“그 여자는……. 랭커스터 부인은 어디 있죠?”

“옆방에서 쉬고…… 있습니다.”

“알겠어요.”

하지만 자신이 진짜 무얼 아는 것 같지는 않았다. 앞으로 그간의 정황을 모두 알게 될 터였지만 지금 드는 생각은 단 한 가지뿐이었다.

“필립 스타크 경이시죠. 맞나요?”

터펜스가 의심스러운 음성으로 느릿느릿 물었다.

“그렇습니다. 그런데 왜 엘 그레코라고 하셨나요?”

“고통스러워 보이니까요.”

“뭐라고 하셨습니까?”

“톨레도인지 프라도에 있는 그림요. 그걸 오래전에 그렇게 생각했어요. 아니, 그렇게 오래전 일도 아니네요.”

터펜스가 잠시 생각해 보더니 무슨 발견이라도 한 듯 외쳤다.

“어젯밤 모임에서였어요. 그러니까 목사관에서…….”

“좋아요. 잘하고 계십니다.”

필립 스타크 경이 터펜스를 격려했다.

어쩐지 여기 깨진 유리 파편이 가득한 이 방에서, 고통에 찌든 음울한 얼굴을 하고 있는 이 남자와 마주 앉아 이야기하고 있는 게 무척 자연스럽게 느껴졌다.

"양지바른 언덕에서 제가 실수를 했어요. 완전히 잘못 짚었다고요. 그때 두려움을 느꼈거든요……. 일종의 공포스러운 예감 같은 걸 느꼈는데……. 하지만 제가 틀렸던 거예요……. 그때는 그 여자가 두렵지 않았어요. 그 여자가 잘못될까 봐 두려웠지요. 뭔가 나쁜 일이 일어날 것만 같아서 그 여자를 보호해 주고 싶었어요. 그 여자를 살리고 싶었다고요. 나는…… 무슨 말인지 아시겠어요? 아니면 바보 같은 소리처럼 들리시나요?"

터펜스가 필립 스타크 경을 회의적인 눈빛으로 바라보며 물었다.

"나보다 더 잘 이해할 사람은 없을 겁니다. 이 세상에 아무도 없을 거예요."

터펜스가 인상을 찌푸리며 그를 쳐다봤다.

"누구죠? 그 여자가 대체 누구죠? 그러니까 진짜 이름은 아니겠지만……. 랭커스터 부인, 요크 부인의 정체가 궁금해요. 그건 장미에서 딴 이름일 뿐이고……. 그 여자가 대체 누구죠?"

"그 여자가 누구냐고요? 그 여자의 진짜 실체 말이죠. 이마에 신의 낙인이 찍힌 그 여자는 누구일까요?"

필립 스타크 경이 거친 음성으로 대답했다.

"페르귄트(입센의 5막 극시로, 몰락한 지주의 아들로 태어난 몽상가 페어가 파란만장한 여행 끝에 백발 노인이 되어 고향의 옛 애인 솔베이지의 팔에 안겨 죽는다는 내용 —옮긴이)를 읽어 보셨습니까, 베레스퍼드 부인?"

필립 스타크 경이 창가로 가 서서 밖을 내다 보다 갑자기 몸을 돌렸다.

"오, 하느님……. 그 여자는 제 아내였습니다."

"하지만 선생님의 아내는 돌아가셨잖아요. 교회의 위패에……."

"아내가 외국에서 죽었다는 것은 제가 퍼뜨린 이야기였습니다. 그리고 교회에 아내를 추모하는 위패를 내걸었죠. 사람들은 아내와 사별한 홀아비에게 이것저것 묻지 않는 법입니다. 제가 더 이상 여기 살지도 않았고요."

"부인이 선생님을 버리고 떠났다고 하는 사람도 있던데요."

"그것도 가능할 법한 이야기였죠."

"그러니까 선생님은……. 아이들에게 일어난 그 사건을 눈치챈 뒤로 부인을 멀리 피신시키신 거로군요……."

"그때 아이들이 어찌 되었는지 아십니까?"

"부인이 제게 말해 줬어요. 믿기 어려웠지만……."

"대부분의 경우에 아내는 상당히 정상적입니다. 아무도 그 이면을 짐작하지 못할 정도로요. 하지만 경찰이 의심하기 시작해서, 뭔가 조치를 취해야 했습니다. 아내를 구해야, 보호해야 했습니다. 이해하시겠습니까? 조금이라도 이해해 주실 수 있으십니까?"

"그럼요, 충분히 이해하고말고요."

"아내는 무척 사랑스러운 여자였습니다. 저기 그림을 보십시오. 워터 릴리. 아내는 야생화 같은 여자였습니다. 아내의 어머니 헬렌 워런더는 근친결혼을 하던 유서 깊은 워런더가의 마지막 후손으로,

가출을 했다고 합니다. 그러다 전과자였던 나쁜 녀석을 만난 거죠. 그분의 딸이었던 제 아내는 무용을 배워 무대에 섰습니다. 워터 릴리는 아내가 맡은 것 중 가장 인기 있던 역이었습니다. 그러다 아내는 자극을 찾아 폭력배와 사귀었고, 비참하게 버림받았습니다……. 아내에게 삶은 늘 실망의 연속이었습니다……."

필립 스타크 경의 목소리가 조금 갈라졌다.

"나와 결혼한 뒤로 아내는 모든 방황을 끝내고 정착해서 조용히 가정을 꾸리고 싶어 했습니다. 아이들을 키우며 말입니다. 난 부자였고, 그래서 아내가 원하는 것을 모두 해 줄 수 있었습니다. 하지만 아이가 생기지 않은 겁니다. 그건 우리 둘 모두에게 크나큰 슬픔이었습니다. 아내는 강박적인 죄책감을 갖기 시작했습니다. 아내가 언제나 좀 불안해 보이기는 했었지만, 이 모든 문제의 원인이 무엇인지는 몰랐습니다……. 아내는……."

필립 스타크 경이 절망적인 몸짓을 해 보였다.

"난 아내를 사랑했습니다. 단 한순간도 사랑하지 않은 적이 없습니다. 아내가 어떤 상태이든, 무슨 짓을 했든, 난 아내를 안전하게 지켜 주고 싶었습니다. 평생 아내를 애타게 그리워하며 감옥 같은 곳에서 살게 하고 싶지는 않았습니다. 그래서 우리는 오랜 세월 동안 아내를 안전하게 지켜 냈습니다."

"우리라고요?"

"넬리 말입니다. 친애하고 신뢰하는 넬리 블라이 양. 넬리는 완벽한 계획 아래 모든 일을 처리해 나갔습니다. 먼저 편안하고 고급스러운, 노인들을 위한 요양 시설을 찾았죠. 그곳에는 아내를 유혹할 아이들이 없으니까요. 아내를 아이들에게서 멀리 떼어 놓아야 했습니다. 결과는 성공적이었습니다. 게다가 이 요양 시설들은 컴벌랜드, 웨일스 북부처럼 멀리 떨어져 있어, 아무도 아내를 알아보는 사람이 없었습니다. 아니, 그렇다고 생각했습니다. 그건 에클스 씨의 충고이기도 했습니다. 에클스 씨는 아주 영리한 변호사로, 비용은 많이 들었지만 믿을 수 있다고 생각했으니까요."

"협박당하셨나요?"

"상상도 못한 일이었습니다. 에클스 씨는 내 친구이자 고문이었으니까요……."

"그 그림에 배를 그려 넣은 사람은 누구인가요? 워터릴리라는 배 말이에요."

"제가 그렸습니다. 아내를 기쁘게 해 주려고요. 아내는 예전에 무대에서 거두었던 성공을 그리워했습니다. 원래는 보스코언의 그림이었습니다. 아내는 그 사람의 그림을 좋아했죠. 그러던 어느 날 아내가 그림의 다리 위에 검은 물감으로 죽은 아이의 이름을 써 넣지 않겠습니까. 그래서 그걸 가리려고 그 위에 배를 그리고 워터 릴리라고 써넣었습니다……."

벽에 달린 문이 활짝 열리더니, 착한 마녀가 방 안으로 들어왔다.

그녀가 터펜스와 필립 스타크 경을 번갈아 쳐다봤다.

"이제 괜찮으신가요?"

페리 부인이 아무렇지도 않은 듯한 목소리로 물었다.

"네."

터펜스가 대답하며 생각했다.

'저 착한 마녀의 좋은 점은 야단법석을 떨지 않는다는 거야.'

"남편 되시는 분이 차에서 기다리고 계세요. 제가 부인을 아래층으로 모시고 내려오겠다고 했죠. 그러는 편이 좋으시죠?"

"그편이 좋아요."

"그러실 줄 알았어요. 그 여자는……. 저 방에 있나요?"

페리 부인이 침실로 통하는 다른 문을 쳐다보며 물었다.

"그렇습니다."

필립 스타크 경이 대답했다.

페리 부인이 침실로 들어갔다가 이내 다시 나왔다.

"그러니까……."

페리 부인이 묻는 듯한 기색으로 필립 스타크 경을 쳐다봤다.

"그 여자가 베레스퍼드 부인에게 우유를 권했는데, 베레스퍼드 부인은 마시지 않았습니다."

"그래서, 자기가 그걸 직접 마신 거고요?"

"그렇습니다."

필립 스타크 경이 잠시 머뭇거리다 대답했다.

"모티머 선생님이 곧 오실 거예요."

페리 부인이 터펜스에게 다가와 부축하려 했다. 그러나 터펜스는 혼자 힘으로 자리에서 일어났다.

"전 괜찮아요. 놀랐을 뿐이죠. 이제 괜찮아요."

터펜스는 일어나 필립 스타크 경을 마주하고 섰다. 두 사람 다 아무 말도 하지 않았다. 페리 부인이 문가로 가서 섰다.

터펜스가 결국 입을 열었다.

"이제 모든 의문이 풀린 셈이군요?"

"한 가지만 빼면 그렇습니다. 그날 교회 뒷마당에서 부인의 머리를 친 사람은 넬리 블라이였습니다."

터펜스가 고개를 끄덕였다.

"그런 것 같았어요."

"넬리가 잠깐 이성을 잃었다고 하더군요. 부인이 자기 뒤를, 우리의 비밀을 쫓는 줄 알았던 겁니다. 넬리에게 그렇게 오랜 세월 동안 그토록 무거운 짐을 지웠던 게 몹시 후회스럽습니다. 한 여자가 견뎌 내기에는 너무 힘겨운 부담이었을 텐데……."

"블라이 양은 선생님을 깊이 사랑하는 것 같았어요. 토미와 나도 더 이상 존슨 부인의 뒤를 쫓지 않겠어요. 그게 선생님이 원하시는 거라면 말이에요."

"감사합니다. 정말 감사합니다."

두 사람 사이에 다시 침묵이 흘렀다. 페리 부인은 참을성 있게 기다리고 있었다. 터펜스는 주변을 둘러보았다. 그러고는 깨진 창가로 가서 그 아래로 평화롭게 펼쳐진 운하를 내려다보았다.

"다시는 이 집을 보러 오지 않을 것 같으니 잘 봐 둬야죠. 잊어버리지 않게 말이에요."

"이 집을 기억하고 싶으신가요?"

"그럼요, 누군가 제게 이 집이 그동안 잘못 사용되어 왔다고 말한 적이 있답니다. 이제 그 말뜻을 알 것 같아요."

필립 스타크 경이 궁금한 듯 터펜스를 쳐다봤으나, 아무 말도 하지 않았다.

"어떻게 알고 여기 오신 거죠?"

터펜스가 물었다.

"엠마 보스코언이 보냈습니다."

"그랬을 것 같았어요."

터펜스는 착한 마녀에게 다가갔고, 두 사람은 비밀의 문을 지나 아래층으로 내려갔다.

엠마 보스코언은 이곳을 연인들을 위한 집이라고 말한 적이 있었다. 터펜스가 이 집을 떠나는 지금도 그 말은 꼭 들어맞았다. 이 집은 두 연인을 품고 있었다. 죽은 한 명과 고통스럽게 살아갈 또 한 명을…….

터펜스는 문을 지나 토미가 기다리고 있는 곳으로 갔다.

터펜스가 착한 마녀에게 작별 인사를 하고는 차에 올라탔다.

"터펜스."

토미가 말했다.

"말 안 해도 알아요."

"다시는 그런 짓 하지 마. 다시는 그러지 말라고."

"안 그럴 거예요."

"지금 그렇게 말해 놓고 또 그럴 거면서."

“아니, 안 그래요. 나도 이제 너무 늙었다고요.”

토미가 차를 출발시켰다.

“가엾은 넬리 블라이.”

터펜스가 중얼거렸다.

“왜 그 여자가 가엾다는 거지?”

“필립 스타크 경을 지독히 사랑하니까요. 그 오랜 세월 동안 한 남자를 위해 온갖 일을 다 하다니……. 아무 짝에도 쓸모없는 미련한 헌신이었다고요.”

“말도 안 돼! 그 여자가 기꺼이 자발적으로 한 일이야. 그런 여자들도 있다고.”

“냉혈한 같으니라고.”

“어디로 가고 싶어? 마켓 베이싱에 있는 더 램 앤드 플래그 호텔로 갈까?”

“아뇨, 집으로 가고 싶어요. 우리 집으로요, 토미. 집에 가서 쉬고 싶어요.”

“천만다행이군. 앨버트가 까맣게 탄 닭 요리로 우릴 반긴다면, 녀석을 죽여 버리겠어!”

〈끝〉

옮긴이 | 홍현숙

1966년 서울에서 태어나 연세대학교 불어불문학과를 졸업했다. 현재 전문 번역가로 활동 중이며, 옮긴 책으로 『자부심의 기적』, 『미켈란젤로의 딸』, 『아메리칸 퀼트』, 『할머니가 있는 풍경』, 『에덴의 벌거숭이들』, 『내 마음속 심리 카페』, 『세계 서스펜스 걸작선(전3권)』 등이 있다.

애거서 크리스티 전집

엄지손가락의 아픔

3판 1쇄 찍음 2022년 9월 30일
3판 1쇄 펴냄 2022년 10월 7일

지은이 | 애거서 크리스티
옮긴이 | 홍현숙
발행인 | 박근섭
편집인 | 김준혁
책임편집 | 정미리
펴낸곳 | 황금가지

출판등록 | 2009. 10. 8 (제2009-000273호)
주소 | 06027 서울 강남구 도산대로 1길 62 강남출판문화센터 5층
전화 | 영업부 515-2000 **편집부** 3446-8774 **팩시밀리** 515-2007
홈페이지 | www.goldenbough.co.kr

도서 파본 등의 이유로 반송이 필요할 경우에는 구매처에서 교환하시고
출판사 교환이 필요할 경우에는 아래 주소로 반송 사유를 적어 도서와 함께 보내주세요.
06027 서울 강남구 도산대로 1길 62 강남출판문화센터 6층 민음인 마케팅부

© ㈜민음인, 2022. Printed in Seoul, Korea
ISBN 978-89-8273-760-2 04840
ISBN 978-89-8273-700-8 04840(set)

㈜민음인은 민음사 출판 그룹의 자회사입니다.
황금가지는 ㈜민음인의 픽션 전문 출간 브랜드입니다.